U0057045

【臺灣現當代作家
研究資料彙編】105

李榮春

國立台灣文學館
出版

部長序

　　文化是一群人思想言行的沉澱，臺灣文化是共同活在這塊土地上所有人的記憶，臺灣文學更是寫作者、評論者、閱讀者經驗交流的最具體且明顯的印記。

　　在不很久之前的 2018 年 1 月，國立臺灣文學館才舉辦「臺灣現當代作家研究資料彙編計畫」第七階段成果發表會，作家、家屬、學者齊聚，見證累積百冊的成果已成當代文學界匯集經典與志業的盛事。

　　時序來到歲末年終，文學館接力推出第八階段的出版成果，也就是林語堂、洪炎秋、李曼瑰、王詩琅、李榮春、吳瀛濤、王藍、郭良蕙、辛鬱、黃娟十位重要作家的研究彙編，為叢書再疊上一批穩固的基石。

　　記憶是土壤，會隨著時代的震盪而流失，甚至整個族群忘卻事情的始末，成為無根的人群。這時候就需要作家的心、文學的筆，將生命體驗以千折百轉的方式描摹、留存到未來。如此說來，文學就是為國家的記憶鎖住養分，留待適當的時機按圖索驥，找出時空的所有樣貌。

　　作家所見所思、所想所感，於不同世代影響時代的認識，因此我們談文學、讀作品，不可能躍過作家。「臺灣現當代作家研究資料彙編計

畫」的精神恰與文化部近來致力推動「重建臺灣藝術史計畫」的核心想法不謀而合，也就是從檔案史料中提煉出最能彰顯臺灣文化多元性的在地史觀，為 21 世紀臺灣文化認同找到最紮實的記憶路徑。這套叢書透過回顧作家生平經歷、查找他們的文學互動軌跡，加上諸多研究者的評述，讀者不僅與作家的文學腳蹤同行，也由此進入臺灣特有的文學世界。

十分欣見臺文館將第八階段的編選成果呈現在面前。這個計畫從 2010 年開展，完成了 110 位臺灣現當代重要作家的研究資料彙編。這份長長的名單裡，雖不乏許多讀者耳熟能詳的文學大家，但也有許多逐漸為讀者或研究者都忘的好手。這個百餘冊的彙編，就是倒入臺灣文化記憶土壤的養分。漸漸離開前臺的前輩作家，再度重新被閱讀、被重視、被討論，這是推展臺灣文學的價值。

這一套兼具深度與廣度的臺灣文學工具書，不只提供國內外關心、研究臺灣文學的用戶參考，並期待持續點亮臺灣文學的光芒。

文化部部長　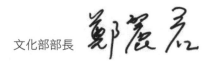

館長序

　　以文字方式留存的臺灣文學，至少已有三百餘年歷史，若再加計原住民節奏韻味的口傳文化，絕對是至足以聚攏一整個社會的集體記憶。相對於文學創作的不屈不撓，臺灣文學的「研究」，則因為政治情境所迫，而遲至 1990 年代才能在臺灣的大學科系成立，因此有必要加緊步履「文學史」的補課工作。

　　國立臺灣文學館，當然必須分擔這個責任。文學，是人類使用符號而互動的最高級表現，作家透過作品與讀者進行思想的美好交鋒，是複雜的社會共感歷程。其中，探討作家的作品，固是文學研究的明確入口，然而讀者的回應甚至反擊，更是不遑多讓的迷人素材。臺灣文學館在 2010 年開啟《臺灣現當代作家研究資料彙編》的編纂計畫，委託臺灣文學發展基金會執行，以「現當代」文學作家為界，蒐羅散落各地、視角多元的研究評論資料，期能更有效率勾勒臺灣文學的標竿圖像。

　　《臺灣現當代作家研究資料彙編》，由最早預定三個階段出版 50 冊的計畫，因各界的期許而延續擴編，至今已是第八階段，累積出版已達 110 冊。當然，臺灣文學作家的意義，遠遠大於現當代的範圍，彙編選擇的作家對象，也不可能窮盡，更無位階排名之意。

現當代的範圍始自 1920 年代賴和的世代至今，相對接近我們所處
的社會，也更能捕捉臺灣文化史的雜揉情境。當然部落社會的無名
遊吟者、清末古典文學的漢詩人，曾在各個時代留下痕跡的文學家
們，亦為高度值得尊崇的文學瑰寶。第八階段彙編計畫包含林語
堂、洪炎秋、李曼瑰、王詩琅、李榮春、吳瀛濤、王藍、郭良蕙、
辛鬱、黃娟共十位作家，顧及並體現了臺灣文學跨越族群、性別、
世代、階級的共同歷程，而各冊收錄的研究評論，也提供我們理解
臺灣文學特殊面向的不同視野。期待彙編資料真能開啟一個窗口，
以看見臺灣短短歷史撞擊出的這麼多類屬各異的文學互動。

國立臺灣文學館館長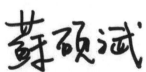

編序

◎封德屏

緣起

　　1995 年 10 月 25 日，在臺灣師範大學教育大樓的 201 室，一場以「面對臺灣文學」為題的座談會，在座諸位學者分別就臺灣文學的定義、發展、研究，以及文學史的寫法等，提出宏文高論，而時任國家圖書館編纂張錦郎的「臺灣文學需要什麼樣的工具書」，輕鬆幽默的言詞，鞭辟入裡的思維，更贏得在座者的共鳴。

　　張先生以一個圖書館工作人員自謙，認真專業地為臺灣這幾十年來究竟出版了多少有關臺灣文學的工具書，做地毯式的調查和多方面的訪問。同時條理分明地針對研究者、學生，列出了十項工具書的類型，哪些是現在亟需的，哪些是現在就可以做的，哪些是未來一步一步累積可以達成的，分別做了專業的建議及討論。

　　當時的文建會二處科長游淑靜，參與了整個座談會，會後她劍及履及的開始了文學工具書的委託工作，從 1996 年的《臺灣文學年鑑》起始，一年一本的編下去，一直到現在，保存延續了臺灣文學發展的基本樣貌。接著是《中華民國作家作品目錄》的新編，《臺灣文壇大事紀要》的續編，補助國家圖書館「當代文學史料影像全文系統」的建置，這些工具書、資料庫的接續完成，至少在當時對臺灣文學的研究，做到一些輔助的功能。

　　2003 年 10 月，籌備多年的「臺灣文學館」正式開幕運轉。同年五月《文訊》改隸「財團法人台灣文學發展基金會」，為了發揮更大的動能，開

始更積極、更有效率地將過去累積至今持續在做的文學史料整理出來，讓豐厚的文藝資源與更多人共享。

於是再次的請教張錦郎先生，張先生認為文學書目、作家作品目錄、文學年鑑、文學辭典皆已完成或正在進行，現在重點應該放在有關「臺灣現當代作家評論資料目錄」的編輯工作上。

很幸運的，這個計畫的發想得到當時臺灣文學館林瑞明館長的支持，於是緊鑼密鼓的展開一切準備工作：籌組編輯團隊、召開顧問會議、擬定工作手冊、撰寫計畫書等等。

張錦郎先生花了許多時間編訂工作手冊，每一位作家的評論資料目錄分為：

（一）生平資料：可分作者自述，旁人論述及訪談，文學獎的紀錄。

（二）作品評論資料：可分作品綜論，單行本作品評論，其他作品（包括單篇作品）評論，與其他作家比較等。

此外，對重要評論加以摘要解說，譬如專書、專輯、學術會議論文集或學位論文等，凡臺灣以外地區之報刊及出版社，於書名或報刊後加註，如中國大陸、香港、新加坡等。此外，資料蒐集範圍除臺灣外，也兼及中國大陸、香港、新加坡、日本、韓國及歐美等地資料，除利用國內蒐集管道外，同時委託當地學者或研究者，擔任資料蒐集工作。

清楚記得，時任顧問的學者專家們，都十分高興這個專案的啟動，但確定收錄哪些作家名單時，也有不同的思考及看法。經過充分的討論後，終於取得基本的共識：除以一般的「文學成就」為觀察及考量作家的標準外，並以研究的迫切性與資料獲得之難易度為綜合考量。譬如說，在第一階段時，作家的選擇除文學成就外，先考量迫切性及研究性，迫切性是指已故又是日治時期臺籍作家為優先，研究性是指作品已出土或已譯成中文為優先。若是作品不少而評論少，或作品評論皆少，可暫時不考慮。此外，還要稍微顧及文類的均衡等等。基本的共識達成後，顧問群共同挑選出 310 位作家，從鄭坤五、賴和、陳虛谷以降，一直到吳錦發、陳黎、蘇

偉貞，共分三個階段進行。

　　「臺灣現當代作家評論資料目錄」專案計畫，自 2004 年 4 月開始，至 2009 年 10 月結束，分三個階段歷時五年六個月，共發現、搜尋、記錄了十餘萬筆作家評論資料。共經歷了三位專職研究助理，近三十位兼任研究助理。這些研究助理從開始熟悉體例，到學習如何尋找資料，是一條漫長卻實用的學習過程。

接續

　　「臺灣現當代作家評論資料目錄」的專案完成，當代重要作家的研究，更可以在這個基礎上，開出亮麗的花朵。於是就有了「臺灣現當代作家研究資料彙編暨資料庫建置計畫」的誕生。為了便於查詢與應用，資料庫的完成勢在必行，而除了資料庫的建置外，這個計畫再從 310 位作家中精選 50 位，每人彙編一本研究資料，內容有作家圖片集，包括生平重要影像、文學活動照片、手稿及文物，小傳、作品目錄及提要、文學年表。另外每本書分別聘請一位最適當的學者或研究者負責編選，除了負責撰寫八千至一萬字的作家研究綜述外，再從龐雜的評論資料中挑選具有代表性的評論文章，平均 12～14 萬字，最後再附該作家的評論資料目錄，以期完整呈現該作家的生平、創作、研究概況，其歷史地位與影響。

　　第一部分除資料庫的建置外，50 位作家 50 本資料彙編（平均頁數 400～500 頁），分三個階段完成，自 2010 年 3 月開始至 2013 年 12 月，共費時 3 年 9 個月。因為內容充實，體例完整，各界反應俱佳，第二部分的 50 位作家，分四階段進行，自 2014 年 1 月開始至 2017 年 12 月，共費時 4 年，並於 2017 年 12 月出版《百冊提要》，摘要百冊精華，也讓研究者有清晰的索引可循。2018 年 1 月，舉行百冊成果發表會，長年的灌溉結果獲文化部支持，得以延續百冊碩果，於 2018 年 1 月啟動第三部分 20 位作家的資料彙編。

成果

　　雖然過程是如此艱辛，如此一言難盡，可是終究看到豐美的成果。每位編選者雖然忙碌，但面對自己負責的作家資料彙編，卻是一貫地認真堅持。他們每人必須面對上千或數百筆作家評論資料，挑選重要或關鍵性的評論文章，全面閱讀，然後依照編選原則，挑選評論文章。助理們此時不僅提供老師們所需要的支援，統計字數，最重要的是得找到各篇選文作者，取得同意轉載的授權。在起初進度流程初估時，我們錯估了此項工作的難度，因為許多評論文章，發表至今已有數十年的光景，部分作者行蹤難查，還得輾轉透過出版社、學校、服務單位，尋得蛛絲馬跡，再鍥而不捨地追蹤。有了前面的血淚教訓，日後關於授權方面，我們更是如臨深淵、如履薄冰，希望不要重蹈覆轍，在面對授權作業時更是戰戰兢兢，不敢懈怠。

　　除了挑選評論文章煞費苦心外，每個作家生平重要照片，我們也是採高標準的方式去蒐集，過世作家家屬、友人、研究者或是當初出版著作的出版社，都是我們徵詢的對象。認真誠懇而禮貌的態度，讓我們獲得許多從未出土的資料及照片，也贏得了許多珍貴的友誼。許多作家都協助提供照片手稿等相關資料，已不在世的作家，其家屬及友人在編輯過程中，也給予我們許多協助及鼓勵，藉由這個機會，與他們一起回憶、欣賞他們親人或父祖、前輩，可敬可愛的文學人生。此外，還有許多作家及研究者，熱心地幫忙我們尋找難以聯繫的授權者，辨識因年代久遠而難以記錄年代、地點、事件的作家照片，釐清文學年表資料及作家作品的版本問題，我們從他們身上學習到更多史料研究可貴的精神及經驗。

　　但如何在規定的時間內，完成每個階段資料彙編的編輯出版工作，對工作小組來說，確實是一大考驗。每一冊的主編老師，都是目前國內現當代臺灣文學教學及研究的重要人物，因此都十分忙碌。每一本的責任編輯，必須在這一年的時間內，與他們所負責資料彙編的主角——傳主及主編老師，共生共榮。從作家作品的收集及整理開始，必須要掌握該作家所

有出版的作品，以及盡量收集不同出版社的版本；整理作家年表，除了作家、研究者已撰述好的年表外，也必須再從訪談、自傳、評論目錄，從作品出版等線索，再作比對及增刪。再來就是緊盯每位把「研究綜述」放在所有進度最後一關的主編們，每隔一段時間提醒他們，或順便把新增的評論目錄寄給他們（每隔一段時間就有新的相關論文或學位論文出現），讓他們隨時與他們所主編的這本書，產生聯想，希望有助於「研究綜述」撰寫的進度。

　　在每個艱辛漫長的歲月中，因等待、因其他人力無法抗拒的因素，衍伸出來的問題，層出不窮，更有許多是始料未及的。譬如，每本書的選文，主編老師本來已經選好了，也經過授權了，為了抓緊時間，負責編輯的助理們甚至連順序、頁碼都排好了，就等主編老師的大作了，這時主編突然發現有新的文章、新的資料產生：再增加兩三篇選文吧！為了達到更好更完備的目標，工作小組當然全力以赴，聯絡，授權，打字，校對，重編順序等等工作，再度展開。

　　此次第三部分第一階段共需完成的 10 位作家研究資料彙編，年齡層與活動地區分布較廣，跨越 19 世紀末至 1930 年代出生的作者，步履遍布海內外各地。出生年代較早的作者，在年表事件的求證以及早年著作的取得上，饒有難度，也考驗團隊史料採集與判讀的功力。以出生年代較近的作者而言，許多疑難雜症不刃而解，有些連主編或研究者都不太清楚的部分，譬如年表中的某一件事、某一個年代、某一篇文章、某一個得獎記錄，作家本人及家屬絕對是一個最好的諮詢對象，對解決某些問題來說，這是一個好的線索，但既然看了，關心了，參與了，就可能有不同的看法，選文、年表、照片，甚至是我們整本書的體例，於是又是一場翻天覆地的大更動，對整本書的品質來說，應該是好的，但對經過多次琢磨、修改已進入完稿階段的編輯團隊來說，這不啻是一大挑戰。

　　1990 年開始，各地縣市文化中心（文化局），對在地作家作品集的整理出版，以及臺灣文學館成立後對日治時期作家以迄當代重要作家全集的

編纂，對臺灣文學之作家研究，也有了很好的促進作用。如《楊逵全集》、《林亨泰全集》、《鍾肇政全集》、《張文環全集》、《呂赫若日記》、《張秀亞全集》、《葉石濤全集》、《龍瑛宗全集》、《葉笛全集》、《鍾理和全集》、《錦連全集》、《楊雲萍全集》、《鍾鐵民全集》等，如雨後春筍般持續展開。

　　經過近二十年的努力，臺灣文學的研究與出版，也到了可以驗收或檢討成果的階段。這個說法，當然不是要停下腳步，而是可以從「臺灣現當代作家評論資料目錄」所呈現的 310 位作家、10 萬筆資料中去檢視。檢視的標的，除了從作家作品的質量、時代意義及代表性去衡量外，也可以從作家的世代、性別、文類中，去挖掘有待開墾及努力之處。因此這套「臺灣現當代作家研究資料彙編」，大部分的編選者除了概述作家的研究面向外，均有些觀察與建議。希望就已然的研究成果中，去發現不足與缺憾，研究者可以在這些不足與缺憾之處下功夫，而盡量避免在相同議題上重複。當然這都需要經過一段時間去發現、去彌補、去重建，因此，有關臺灣文學的調查、研究與論述，就格外顯得重要了。

期待

　　感謝臺灣文學館持續推動這兩個專案的進行。「臺灣現當代作家評論資料目錄」的完成，呈現的是臺灣文學研究的總體成果；「臺灣現當代作家研究資料彙編」的出版，則是呈現成果中最精華最優質的一面，同時對未來臺灣文學的研究面向與路徑，作最好的建議。我們可以很清楚的體會，這是一條綿長優美的臺灣文學接力賽，經過長時間的耕耘、灌溉，風搖雨濡、燭影幽轉，百年臺灣文學大樹卓然而立，跨越時代並馳而行，百冊作家研究資料彙編得千位作家及學者之力，我們十分榮幸能參與其中，更珍惜在傳承接力的過程，與我們相遇的每一個人，每一件讓我們真心感動的事。我們更期待這個接力賽，能有更多人加入。誠如張恆豪所說「從高音獨唱到多元交響」，這是每一個人所期待的。

編輯體例

一、本書編選之目的，為呈現李榮春生平、著作及研究成果，以作為臺灣文學相關研究、教學之參考資料。

二、全書共五輯，各輯內容及體例說明如下：

　　輯一：圖片集。選刊作家各個時期的生活或參與文學活動的照片、著作書影、手稿（包括創作、日記、書信）、文物。

　　輯二：生平及作品，包括三部分：

　　　　1.小傳：主要內容包括作家本名、重要筆名，生卒年月日，籍貫，及創作風格、文學成就等。

　　　　2.作品目錄及提要：依照作品文類（論述、詩、散文、小說、劇本、報導文學、傳記、日記、書信、兒童文學、合集）及出版順序，並撰寫提要。不收錄作家翻譯或編選之作品。

　　　　3.文學年表：考訂作家生平所進行的文學創作、文學活動相關之記要，依年月順序繫之。

　　輯三：研究綜述。綜論作家作品研究的概況，並展現研究成果與價值的論文。

　　輯四：重要文章選刊。選收作家自述、訪談紀錄以及國內外具代表性的相關研究論文及報導。

　　輯五：研究評論資料目錄。收錄至 2018 年 11 月底止，有關研究、論述臺灣現當代作家生平和作品評論文獻。語文以中文為主，兼及日文和英文資料。所收文獻資料，以臺灣出版為主，酌收中國大陸、香港、日本和歐美國家的出版品。內容包含三部分：

　　　　1.「作家生平、作品評論專書與學位論文」下分為專書與學位論文。

　　　　2.「作家生平資料篇目」下分為「自述」、「他述」、「訪談」、「年表」、「其他」。

　　　　3.「作品評論篇目」下分為「綜論」、「分論」、「作品評論目錄、索引」、「其他」。

目次

輯一◎圖片集

影像◎手稿◎文物

1934年，時年20歲的李榮春。
（李鏡明提供）

1938年，李榮春（右一）與臺灣農業義勇團同袍合影於南京。
（李鏡明提供）

1948～1950年，壯年的李榮春。
（李鏡明提供）

約1952年，李榮春與友人合影於頭城和平街。前排左起：佚名、佚
名、李榮春、陳有仁、吳英傑、林居萬。（李鏡明提供）

1957年8月31日，《文友通訊》成員首度聚會，合影於施翠峰齊東街住家。前排右起：李榮春、鍾肇政、文心；後排右起：廖清秀、陳火泉、施翠峰。（鍾肇政提供）

1968年2月25日，頭圍公學校（今頭城國小）第25回畢業生40週年紀念，李榮春（前排左二）與同學合影。（李鏡明提供）

1974年，時年60歲的李榮春。（李鏡明提供）

1975年，李榮春與姪兒李鏡明（左）合影於臺北。（李鏡明提供）

1976年11月，與兄弟姊妹合影於頭城和平街老家。前排右起：李榮春、三哥李榮芳、二哥李榮德、五弟李榮五；後排右起：大姊李完、雙胞胎姊姊李絨。（李鏡明提供）

1977年冬，與五弟一家合影於臺北。左起：李榮春、姪媳張金治、姪兒李鏡明、五弟李榮五、五弟媳李黃月娥。（李鏡明提供）

李家榮德七秩華誕合照紀念

1978年，李榮春（二排左二）參加家族聚會，
慶祝二哥李榮德七秩華誕。（李鏡明提供）

1979年，李榮春與四個月大的孫姪女李士儀
（右）合影。（李鏡明提供）

1982年5月16日，頭圍公學校（今頭城國小）第25屆同學會，李榮春
（後排右二）與同學合影。（李鏡明提供）

1984年冬，李榮春留影於頭城。（李鏡明提供）

1985年4月27日，鍾肇政來訪，合影於羅東。右
起：李榮春、鍾肇政、五弟李榮五、姪兒李鏡
明。（李鏡明提供）

1985年6月，李榮春留影於頭城慕善堂。
（李鏡明提供）

1985年6月，李榮春留影於三哥李榮芳的腳踏車店二樓。
（李鏡明提供）

1986年2月，李榮春與陳有仁（左）合影於鍾筆政（中）家中。（李鏡明提供）

1994年1月，李榮春與李潼（左）合影於頭城。（李鏡明提供）

2009年9月24日,李榮春文學館於頭城啟用。圖為李榮春文學館外景。(蘇筱雯拍攝)

2014年5月2～3日,靜宜大學臺灣研究中心、財團法人文學臺灣基金會舉辦「李榮春百歲冥誕學術研討會」。右起:李鏡明、陳建忠、趙天儀、彭瑞金、柳書琴、余昭玫。(李鏡明提供)

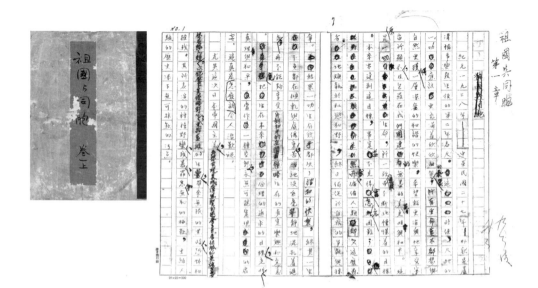

1948秋～1955年，長篇小說〈祖國與同胞〉手稿。（國立臺灣文學館）

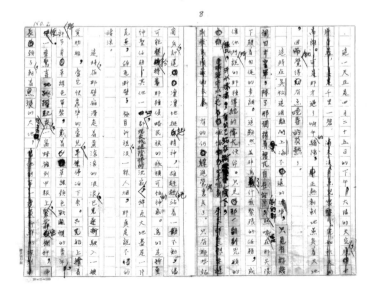

1957年，李榮春長篇小說〈洋樓芳夢〉手稿。
（國立臺灣文學館）

1959年10月，李榮春以筆名「覺黎」連載於《公論報・日月潭副刊》的長篇小說〈海角歸人〉手稿。（國立臺灣文學館）

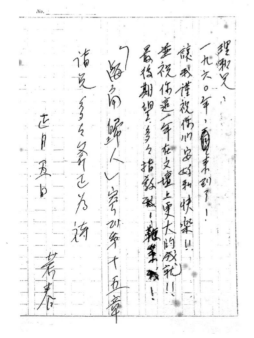

1960年1月5日，李榮春致鍾理和函，函中提及希望鍾理和閱讀〈海角歸人〉部分稿件。（財團法人鍾理和文教基金會提供）

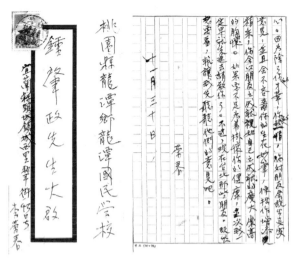
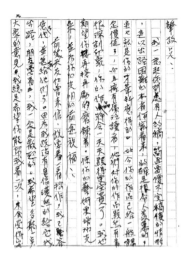

1963年11月30日，李榮春致鍾肇政函，函中表達對其稿約不斷的欣羨，並希望鍾肇政有機會能閱讀自己的作品。（真理大學臺灣文學資料館提供）

1968年6月，李榮春練習英文之手跡。（李鏡明提供）

（手稿）

八十大壽

一

老么一早要去上班，母親正坐在床沿，捏著唸珠點片在唸佛。她天未亮一醒過來，便不再放下它，一直在唸珠，奮不顧身追求永恆的憧憬。「我有一個母親已經七十九歲，年紀越來大了。」老么一進房，看著母親歲歲，精神如此精奮，他後有一刻不在注意母親，隨著母親歲數一年一年增多，他對母親的關懷便也更加小心，照顧得更安全，不會有什麼微的大意，時一刻不在自己心裡這麼說，幾十年如一日。他後有一刻不在注意母親，更不會有什麼和幸福，像在對誰似的在心坎才會覺得安心，沒有此遠種不懈，健鹿遠採大了。

1967～1983年，經反覆修改的長篇小說〈八十大壽〉手稿與2002年晨星版內頁。
（國立臺灣文學館）

No. 1

八十大壽

老么一早要去上班，母親捏著唸珠坐上床沿，正在默聲唸佛。天未亮一醒過來，还躺在床上，她馬上拿起唸珠，同唸珠便遠採開始好？一顆地唸珠，同唸便夜已經躺下床了，唸得半夜，她唸了唸珠夫，唸晨一開始直到半夜，她全心全神追求的熱情，半刻難捨一神這採的親情，卻很，永遠都不會覺得疲憊，精神越顯豐靈，滿臉容光煥發。矣終或者天天廠。她全心全神追求永恆的憧憬，靈極，精神高度的緊容地集中在遠種憧憬的追求，蛋終這採，她對於其他世間阿一般事情，同樣也能抱持著很高的熱情

018

一

老么一早要去上班，她躺上拿起唸珠坐上床沿，正在默聲唸佛。天未亮一醒過來，還躺在床上，已經躺下床了，還一直埋著唸珠，唸得很緊快，每天凌晨，她全心全神唸著，唸將近二十年了，雖然都不會覺得疲憊，永遠不會感到厭倦，憧憬的喜悅，半邊癱瘓的身軀，精神越顯靈顯，滿臉容光煥發。她的全部精神意識集中在這種憧憬的追求，靈活這樣極高度的緊張熱情和興趣。尤其是收音機每天大播送的節目，歌仔戲，閩南話廣播連續劇，仿佛讓她進入了各種悲歡離合，喜怒哀樂，世事波濤詭起雲湧化無劇單調無聊的音響中，卻像對她並無大播送的努力勤奮。顯然就會發生極端的衝突，無法相容並存於這人世間中，照這樣情形看來，她會在一起陪她的時候，也再沒有一點多餘的時間，可讓她同樣再憶起收音機的播送。可是夜裡老么在一樣事物之餘的內

輯二◎生平及作品

小傳◎作品◎年表

小傳

李榮春（1914～1994）

　　李榮春，男，筆名雨亭、覺黎，籍貫臺灣宜蘭，1914 年（大正 3 年）12 月 28 日生，1994 年 1 月 31 日辭世，享年 80 歲。

　　頭圍公學校（今頭城國小）畢業，曾入私塾「就正軒」學漢文與自修英文。1938 年以「臺灣農業義勇團」名義受總督府徵召至上海、南京，隔年除役後返鄉。未久赴東京並轉往上海，後居住紹興王壇二年餘，親身經歷加諸於中國鄉村的無情戰火。1946 年返臺後立志記錄所見所聞，於頭城終日寫作，1957 年加入鍾肇政所發起的《文友通訊》，為李榮春少數與文壇互動的記錄。曾任職於《公論報》、臺北市宜蘭縣同鄉會刊物《蘭陽》。1953 年以長篇小說〈祖國與同胞〉獲中華文藝獎金委員會獎勵金。

　　李榮春的創作以小說為主，又以長篇小說為大宗，作品的最大特色在於自傳性色彩強烈、執著於心靈探索，依主題大致可分為兩類，其一是「藝術家成長小說」，其二是「宗教經驗與懷母書寫」。前者包括早期創作的三部長篇小說《祖國與同胞》、《海角歸人》、《洋樓芳夢》。〈祖國與同胞〉為李榮春代表作，全稿字數六十萬字，原預計分四部出版，後因經費不足，僅自印第一部，約二十二萬字、共計一千冊[1]，為其生前唯一出版之

---

[1] 編按：1957 年 4 月，李榮春於第一次的《文友通訊》中說明，《祖國與同胞》第一部「有一部分送朋友，仍剩四百多冊，全書四部無法繼續出版」（載於《文學界》第 5 期（1983 年 1 月），頁 129。）1958 年 9 月 25 日，鍾肇政以筆名「鍾正」發表於《聯合報‧副刊》7 版的〈風雨夜──文友書簡〉一文，則引述李榮春信件「沒料書竟只賣掉了全數的五分之一左右」，另提及「印成書

著作。完整的《祖國與同胞》於 2002 年為世人所見，李榮春以中日戰爭為背景，塑造了一位充滿理想、每日捧書的苦悶青年魯誠，與《海角歸人》中為了寫作罔顧生計的牧野、《洋樓芳夢》中不在乎出版利益的羅慶，其性格、理想與困境具有雷同處，皆是透過藝術完成了內在自我與外在世界之創造。

　　另一方面，《懷母》、《鄉愁》、《八十大壽》、收錄於《和平街》的短篇小說等，皆屬「宗教經驗與懷母書寫」一類。這些作品對於鄉土與宗教多所關注，除為臺灣民間風俗、宗教活動留下記錄，更將懷母的心緒延伸為家族書寫，充滿人子的孺慕之思。彭瑞金分析：「他在透過內省觀照，毫不掩飾的自剖心靈的秘密時，追求的就是整體人群的心靈解放。」作品中，內心與外在的相互映照，共構出李榮春獨特的世界觀。

　　李榮春出生、成長於日治時期，戰後加入《文友通訊》，藉由文友間的相互砥礪，為臺灣文學留下一脈香火；後半生則蟄居故鄉頭城專事寫作，將一生獻給了文學，如此執著而純粹的文學心靈，實為臺灣文學史中的異數。鍾肇政曾如此描繪道：「一方面是馱負最沉重的軛，踽踽然吃力而行，到伏案沉思、字斟句酌的哲人筆耕者，兩者那麼不調和，也那麼奇異地凝聚而成一個西西弗斯般的巨人。在我心目中，這就是李榮春其人了。」

的僅三分之一的第一部」。《祖國與同胞》第一部就四部之出版計畫而言，為四分之一；就字數計，為原稿三分之一。關於剩餘冊數，除上述「只剩四百多冊」、「只賣掉了全數的五分之一左右」，另有李鏡明口述之「賣出四百多本」。評述者據不同參考資料，撰文內容有所出入，特此說明，後不再一一詳釋。

作品目錄及提要

【小說】

祖國與同胞

臺北：自印
1956 年 1 月，32 開，244 頁

長篇小說。作者以中華文藝獎金委員會給予之獎勵金自印，
僅印行原稿三分之一字數。全書共 23 章，敘述臺灣青年魯
誠，一心希冀參與抗日戰爭，於「祖國」尋求門路的經過。
正文前有施翠峰〈寫在《祖國與同胞》前面〉，正文後有李榮
春〈作者後記〉。

李榮春文學獎助會
1994

晨星出版社 1997

懷母

宜蘭：李榮春文學獎助會
1994 年 6 月，25 開，159 頁
李榮春作品全集之一

臺中：晨星出版社
1997 年 11 月，25 開，190 頁
晨星文學館 1・李榮春作品集 1

中篇小說。全書共 14 章，描繪老四面對母親體力漸衰、及至
過世的心緒，充滿人子對母親的無盡思念。正文前有手稿、
照片、李潼〈新識兩位老作家——李榮春作品全集之一《懷
母》代序一〉、李鏡明〈有境界，自成高格——李榮春作品全
集之一《懷母》代序二〉，正文後有〈李榮春先生寫作年
表〉。
1997 年晨星版：正文與 1994 年獎助會版同。正文前刪去李鏡
明〈有境界，自成高格——李榮春作品全集之一《懷母》代
序二〉，新增李鏡明〈懷母——人子的告白〉，正文後新增鍾
肇政〈悼老友榮春〉、彭瑞金〈殉道者言——評介李榮春的文
學遺書《懷母》〉。

烏石帆影

臺中：晨星出版社
1998 年 7 月，25 開，266 頁
晨星文學館 8・李榮春作品集 2

短篇小說集。全書收錄〈看搶孤〉、〈教子〉、〈祖厝〉、〈狂人
來了〉、〈頭城仙公廟廟公呂炎嶽〉、〈劉成與我〉、〈中秋夜〉、
〈和平街〉、〈日本人到底幹過哪一樁好事？〉共九篇。正文
前有彭瑞金〈走出孤獨──讀李榮春短篇小說集《烏石帆
影》〉。

海角歸人

臺中：晨星出版社
1999 年 9 月，25 開，330 頁
晨星文學館 13・李榮春作品集 3

長篇小說。全書共 27 章，敘述戰後返臺的牧野，為堅守文學
創作理想，不畏人言而離群索居的歷程。正文前有彭瑞金
〈無言的抗議──從《海角歸人》試解李榮春的心鎖〉，正文
後有〈《海角歸人》人、時、地對照表〉、〈李榮春先生寫作年
表〉。

【合集】

李榮春全集

臺中：晨星出版社
2002 年 12 月，25 開
彭瑞金主編

共八冊。正文前有彭瑞金〈《李榮春全集》序〉。

祖國與同胞（上、下）

臺中：晨星出版社
2002 年 12 月，25 開，1292 頁
晨星文學館 25・李榮春全集 1

長篇小說。全書共 100 章，為《祖國與同
胞》之完整版。描寫日治時期的臺灣青年魯
誠，懷抱理想而前往「祖國」參與抗日戰
爭，除了見證戰爭的殘酷，也對個人生命意
義產生思索。正文後有〈作者後記〉。

海角歸人

臺中：晨星出版社
2002 年 12 月，25 開，300 頁
晨星文學館 26・李榮春全集 2

本書收錄長篇小說《海角歸人》。正文與 1999 年晨星版同。
正文後有〈《海角歸人》人、時、地對照表〉。

鄉愁

臺中：晨星出版社
2002 年 12 月，25 開，457 頁
晨星文學館 27・李榮春全集 3

長篇小說。全書共 16 章，採倒述方式，以母親過世作為契
機，回顧前塵往事，使頭城李家的家族故事歷歷浮現。

洋樓芳夢

臺中：晨星出版社
2002 年 12 月，25 開，428 頁
晨星文學館 28・李榮春全集 4

長篇小說。全書共 24 章，敘述羅慶寫成長篇小說《真理與光
明》，並與友人為此作尋求出路，最終卻失敗的歷程。

八十大壽（上、下）

臺中：晨星出版社
2002 年 12 月，25 開，860 頁
晨星文學館 29・李榮春全集 5

長篇小說。全書共 34 章，描述眾人欲為母
親提前慶祝八十大壽，主角老四以此為發
端，回憶母親過往言行，透過日常生活的敘
寫，呈現家族底蘊與凝聚力。

懷母

臺中：晨星出版社
2002 年 12 月，25 開，493 頁
晨星文學館 30・李榮春全集 6

中、短篇小說集。本書收錄中篇小說〈懷母〉、〈魏神父〉共
兩篇，以及短篇小說〈救濟麵粉〉、〈頭城天主教〉、〈上天貼
了告示〉、〈耶穌誕生〉、〈游藤與我〉、〈生蕃　土匪　日本
人〉、〈一天要做幾個人的活兒〉、〈日本人到底幹過哪一樁好
事？〉、〈祖國一定會打倒大日本帝國〉共九篇。

和平街

臺中：晨星出版社
2002 年 12 月，25 開，476 頁
晨星文學館 31・李榮春全集 7

短篇小說集。本書收錄〈媽祖宮廟前廣場〉、〈看搶孤〉、〈請
媽祖〉、〈頭城的過年〉、〈頭城仙公廟廟公呂炎嶽〉、〈和平
街〉、〈中秋夜〉、〈大陸酒〉、〈鹹鰱魚〉、〈吃蕃薯〉、〈種柑
仔〉、〈祖厝〉、〈分家〉、〈歸寧〉、〈教子〉、〈婆媳之間〉、〈狂
人來了〉、〈生離死別〉、〈走投無路〉、〈骨肉兄弟〉共 20 篇。

李榮春的文學世界

臺中：晨星出版社
2002 年 12 月，25 開，284 頁
晨星文學館 32・李榮春全集 8

本書集結李榮春與友人來往書信、他人評論李榮春作品文章
及生平年表。全書分三部分，「書信」收錄〈李榮春、鍾肇
政、陳有仁來往書信〉、〈與鍾理和的通信〉、〈其他〉共三
篇；「李榮春小說評論」收錄彭瑞金〈無言的抗議——從《海
角歸人》試解李榮春的心鎖〉、彭瑞金〈還李榮春文學公
道〉、李麗玲〈真實與虛構——從人物論李榮春的文學世界〉
等 18 篇；以及〈李榮春年表〉。正文後有李鏡明〈給錢鴻鈞
先生的信（1997 年 6 月至 1997 年 9 月）——淺談李榮春作
品〉、李鏡明〈夢迴和平街〉。

文學年表

1914 年 （大正 3 年）	12 月	28 日，生於宜蘭廳頭圍支廳頭圍堡（今宜蘭縣頭城鎮），父親李雲，母親黃針。家中排行第四，上有三兄二姊，下有一弟。
1920 年 （大正 9 年）	本年	見他人模仿口吃，覺得有趣，遂跟著仿傚，不及幾天，便覺口舌出現障礙，竟成終生不癒之患。
1921 年 （大正 10 年）	本年	父親李雲去世。
1922 年 （大正 11 年）	4 月	就讀頭圍公學校（今頭城國小）。
1928 年 （昭和 3 年）	3 月	畢業於頭圍公學校。
1929 年 （昭和 4 年）	本年	入私塾「就正軒」學漢文，繼之自修英文。
1936 年 （昭和 11 年）	本年	母親黃針中風，半身不遂。
1938 年 （昭和 13 年）	4 月	與童養媳莊美形式上結婚。 以「臺灣農業義勇團」名義受總督府徵召，進駐中國上海大場鎮，開闢軍用農場，墾種蔬菜以供應日本軍隊。
	9 月	被派往南京拓墾分農場。
1939 年 （昭和 14 年）	春	轉至南京紫金山農業實驗部。
	8 月	20 日，自中國回到臺灣，隔日參加於臺北州廳舉行的「臺灣農業義勇團」臺北州隊解隊式。返鄉幾天便覺坐臥不安，乃搭乘客船「蓬萊丸」前往東京，於「梅田吃音矯正院」矯正幼年所患之輕度口吃，未能痊癒。

1940 年 （昭和 15 年）	5 月	由東京轉往上海。
1941 年 （昭和 16 年）	本年	覺悟要「為不幸的祖國奮鬥」，欲參加地下抗日組織，卻因臺灣人身分投效無門。遂轉往南京，隨義勇團友人林朝枝至安徽壽縣與另一名友人王萬春會合，並開始終日讀書寫作。
1942 年 （昭和 17 年）	春	偶然到上海，邂逅張芝香，與其同居紹興王壇二年餘。此地生活經驗，成為日後〈祖國與同胞〉的寫作素材。
1946 年	5 月	僅攜兩箱文稿、寫作資料與書籍自中國返臺，立志記錄所見所聞，長住頭城專事寫作。初始在山上開墾，以逃避名義上的妻子和妻子領養的女兒。
1947 年	7 月	4 日，〈遙弔烏石港〉以筆名「雨亭」發表於《臺灣新生報・新地副刊》5 版。
1948 年	秋	開始撰寫長篇小說〈祖國與同胞〉。
1949 年	本年	完成長篇小說〈飄〉。
1951 年	本年	〈遙弔烏石港〉遭宜蘭縣縣長盧纘祥認為辱沒其先祖，避居大姐李完臺北住處。
1952 年	秋	完成〈祖國與同胞〉初稿六十萬字。
1953 年	夏	〈祖國與同胞〉獲中華文藝獎金委員會獎勵一萬六千元，其後以二年時間在頭城和平街進行修改。 於三哥李榮芳的腳踏車店結識文友陳有仁。
1956 年	1 月	長篇小說《祖國與同胞》由作者自印出版，印行一千冊。為了出書負債，以低於成本的價錢請書商經銷，仍銷售不利。
1957 年	4 月	首度寫信致鍾肇政，述及「我的一生為了寫作什麼都廢了」，鍾肇政受其感動，堅定辦理《文友通訊》之志。
	5 月	18 日，《文友通訊》第 3 次發出，正式加入文友陣容。

	8 月	31 日，出席於臺北齊東街施翠峰住處舉辦之《文友通訊》首度聚會，與會者有廖清秀、陳火泉、文心、鍾肇政，該晚宿於施翠峰家。聚會遭情治人員監視，唯東道主施翠峰查覺，諸人渾然不知。
	本年	開始撰寫長篇小說〈洋樓芳夢〉。
1958 年	3 月	15 日，陳有仁牽線下，會姚朋、馮啓明，希望為長篇小說〈飄〉（後易名為〈海角歸人〉）之稿件尋出路。
		21 日，與陳有仁至龍潭訪鍾肇政，並將鍾肇政以李氏生平為藍本創作的中篇小說〈大巖鎮〉稿件攜至臺北，和施翠峰、陳火泉等文友輪閱。
		下旬，在陳有仁、林居萬奔走下，經由省議員郭雨新牽線，拜訪《公論報》社長李萬居。
	4 月	2 日，再度拜訪李萬居，並試譯英文報紙。是日，李萬居收到鍾肇政為李榮春撰寫的推薦信。
		7 日，李萬居致電陳有仁，正式通知錄取李榮春為《公論報》職員。
		上旬，任職於《公論報》資料室，研讀各報刊，為將來翻譯電文作準備。暫居陳有仁於萬華雅江街的《臺灣新生報》宿舍。
	7 月	10 日，短篇小說〈歎疚〉發表於《文友通訊》第 15 次。
1959 年	10 月	7 日，長篇小說〈海角歸人〉以筆名「覺黎」連載於《公論報・日月潭副刊》6 版，至隔年 3 月 22 日止。
		20 日，短篇小說〈開光點眼〉發表於《公論報・日月潭副刊》6 版。
1960 年	3 月	19 日，出席文心於臺北舉辦之婚宴，與會者有林鍾隆、陳火泉、鄭清文、鍾肇政、林海音等。
1961 年	3 月	5 日，《公論報》被迫改組，乃辭去職務。經友人吳英傑

		介紹,至廢鐵壓擠場擔任搬運工人,三個月後返鄉。
1962 年	2 月	4 日,與鍾肇政、廖清秀、陳有仁、文心、施翠峰等文友於陳火泉家聚餐,遭員警偵查。
1964 年	本年	於深澳火力發電所(今深澳火力發電廠)擔任水泥工,遭警總約談,二天後釋回。 五弟李榮五將李榮春積蓄捐予頭城募善堂,供其避居於禪房、專事寫作,期間常返家照顧臥床的母親。
1967 年	本年	母親黃針過世。開始構思以母親為背景的長篇小說〈八十大壽〉。
1975 年	3 月	加入臺北市宜蘭縣同鄉會,擔任該會刊物《蘭陽》之編輯委員,至 1984 年 12 月止。 短篇小說〈頭城仙宮廟廟公呂炎嶽〉連載於《蘭陽》第 1～3 期,至 9 月止。
	12 月	短篇小說〈婆媳之間〉發表於《蘭陽》第 4 期。
1976 年	3 月	短篇小說〈教子〉發表於《蘭陽》第 5 期。
1977 年	3 月	中篇小說〈懷母〉連載於《蘭陽》第 9～12、14～16 期,至 1978 年 12 月止。
1979 年	3 月	短篇小說〈生離死別〉發表於《蘭陽》第 17 期。
	6 月	短篇小說〈看搶孤〉發表於《蘭陽》第 18 期。
	12 月	短篇小說〈歸寧〉發表於《蘭陽》第 20 期。
1980 年	3 月	短篇小說〈中秋節〉發表於《蘭陽》第 21 期。
	6 月	短篇小說〈中秋夜〉發表於《蘭陽》第 22 期。
	9 月	短篇小說〈和平街〉發表於《蘭陽》第 23 期。
	12 月	短篇小說〈生番・土匪・日本人〉發表於《蘭陽》第 24 期。
1981 年	3 月	短篇小說〈分家〉發表於《蘭陽》第 25 期。
	6 月	短篇小說〈一天要做幾個人的活兒〉發表於《蘭陽》第

		26 期。
	9 月	短篇小說〈祖厝〉發表於《蘭陽》第 27 期。
	12 月	短篇小說〈日本人到底幹過哪一樁好事？〉發表於《蘭陽》第 28 期。
1982 年	3 月	短篇小說〈祖國一定會打倒大日本帝國〉,〈祝福佩芸小寶寶〉發表於《蘭陽》第 29 期。
	6 月	短篇小說〈決戰〉發表於《蘭陽》第 30 期。
	10 月	短篇小說〈上天貼上告示了〉連載於《蘭陽》第 31～32 期,至 12 月止。
	本年	募善堂建築遭白蟻侵蝕,遷居至三哥李榮芳的腳踏車店二樓。
1983 年	本年	完成長篇小說〈八十人壽〉。
		整理舊作投稿《自立晚報》「百萬小說徵文」,未能入選。
1985 年	4 月	與鍾肇政聚於頭城。
	12 月	上旬,至龍潭探望甫喪子的鍾肇政。
1986 年	7 月	26 日,與《文友通訊》成員於臺北重聚,與會者有鄭清文、許山木、陳火泉、廖清秀、鍾肇政、文心、陳嘉欣等。
1994 年	1 月	31 日,中風病逝於羅東聖母醫院,享年 80 歲。
		過世後,姪兒李鏡明在其衣櫥中發現約三百萬字遺稿,旋即於宜蘭成立李榮春文學獎助會,進行手稿整理與出版事宜。
	6 月	中篇小說《懷母》由宜蘭李榮春文學獎助會出版。
	10 月	短篇小說〈劉成與我〉、〈狂人來了〉刊載於《文學臺灣》第 12 期。
1996 年	10 月	中篇小說〈魏神父〉連載於《文學臺灣》第 20～22 期,至 1997 年 4 月止。

1997 年	11 月	中篇小說《懷母》由臺中晨星出版社出版。
1998 年	1 月	適逢逝世四週年,《宜蘭文獻》製作「李榮春專輯」,李麗玲〈真實與虛構——從人物論李榮春的文學世界〉、彭瑞金〈還李榮春文學公道〉、錢鴻鈞〈認識一位逝去的老作家——從《文友通訊》進入李榮春的文學世界〉、〈李榮春年譜〉、〈李榮春作品目錄〉、〈李榮春相關報導〉、鍾肇政〈永恆的友情——李榮春老友四週年祭〉、陳有仁〈我與榮春先生交往及其進《公論報》始末——謹為榮春謝世四週年紀念專輯而寫〉、李鏡明〈我的四伯——挑戰命運和時代的文藝工作者李榮春先生〉、李潼〈前世文字債,今生來償還——為老作家李榮春的最後寫真〉、錢鴻鈞輯錄〈李榮春相關書信集〉刊載於《宜蘭文獻》第 31 期。
	7 月	短篇小說集《烏石帆影》由臺中晨星出版社出版。
1999 年	9 月	長篇小說《海角歸人》由臺中晨星出版社出版。
	12 月	李潼以李榮春生平為藍本所創作的兒童文學《臺灣的兒女——頭城狂人》由臺北圓神出版社出版。
2001 年	8 月	鍾肇政以李榮春生平為藍本所創作的中篇小說〈大巖鎮〉稿件失而復得,連載於《臺灣文藝》第 177～178 期,至 10 月止。
2002 年	12 月	彭瑞金主編《李榮春全集》(八冊),由臺中晨星出版社出版。
2009 年	9 月	24 日,李榮春文學館於宜蘭頭城啟用。
2011 年	8 月	燦景古建築研究工作室編《頭城文風——看搶孤》,由宜蘭縣文化局出版,透過短篇小說〈看搶孤〉介紹頭城搶孤文化。
	11 月	燦景古建築研究工作室編《頭城文風——一片春帆帶景來》,由宜蘭縣文化局出版,透過節錄《海角歸人》、《鄉

愁》、《八十大壽（上、下）》、《懷母》、《和平街》介紹頭
城文史。

2013 年　　1 月　　為紀念李榮春百歲冥誕，葉永韶主編兒童文學《七月
尾——悠遠的頭城中元祭》，由宜蘭縣文化局出版，透過
節錄《海角歸人》、《八十大壽（下）》、《懷母》、《和平
街》介紹頭城搶孤文化。

2014 年　　5 月　　2〜3 日，靜宜大學臺灣研究中心、財團法人文學臺灣基
金會於靜宜大學舉辦「李榮春百歲冥誕學術研討會」，與
會者有趙天儀、陳萬益、林芳玫、江寶釵、陳建忠等。

參考資料：

- 〔李鏡明〕，〈李榮春先生寫作年表〉，《懷母》，宜蘭：李榮春文學獎助會，1994 年 6
月，頁 156〜158。
- 〔宜蘭文獻〕，〈李榮春年譜〉，《宜蘭文獻》第 31 期，1998 年 1 月，頁 31〜34。
- 〔宜蘭文獻〕，〈李榮春作品目錄〉，《宜蘭文獻》第 31 期，1998 年 1 月，頁 34〜
35。
- 施翠峰，《施翠峰回憶錄》，臺北：臺北縣文化局，2010 年 11 月，頁 89〜91。
- 張靜宜，〈鋤頭博士——農業義勇團〉，《臺灣學通訊》第 80 期，2014 年 3 月，頁 24
〜25。
- 陳明成，〈祕境與棄兒——初步踏查《公論報》藝文副刊〉，《臺灣文學研究》第 7
期，2014 年 12 月，頁 65〜125。
- 陳凱筑，〈論李榮春及其小說〉，臺北教育大學臺灣文學研究所碩士論文，2007 年。
- 彭瑞金主編，《李榮春全集 8・李榮春的文學世界》，臺中：晨星出版社，2002 年 12 月。

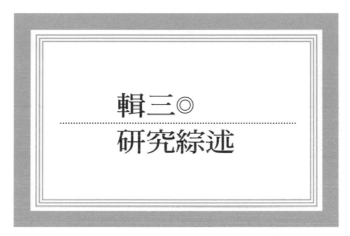

輯三◎
研究綜述

李榮春研究綜述

◎彭瑞金

一、李榮春文學概述

　　李榮春，日治時代，1914 年出生於宜蘭頭城和平街。父親是箍桶的木匠。因為常在廟口聽街上長輩描述日本兵上岸後的種種暴行，頭圍公學校畢業後即不願意再讀日本人的「書」。先是入私塾學漢文，繼又自修日文、英文、白話漢文，也在自學中認識了文學。二十歲即致力於文學，可以說是一位自發性的作家。

　　1937 年，日本對中國發動戰爭，隨即進占中國許多地方，為求就地解決大批軍人的糧餉問題，臺灣總督府乃在臺灣五州、各召募二百名，合計千名的「農業義勇團」，前往各地占領區，擔任農業試驗任務。李榮春自幼即有擺脫日本人統治的念頭，以為加入義勇團到了中國之後，可以逃往中國的大後方。他被派往江灣與大場交界開闢軍用農場，種植蔬菜，供應日軍所需。後來也被派往南京紫金山農業實驗部，都是擔任拓墾的工作，距離中國的大後方非常遙遠，根本沒有管道逃走。一年（1938～1939）期滿後回到臺灣。因為李榮春從小即有童養媳婚姻，但自立志文學以後，就不想受到婚姻、家庭的束縛，離臺前雖然極力抗拒仍不敵母親的施壓、完成了形式的結婚。返臺後立刻又面臨履行婚姻的壓力，不數日，即以矯正口吃的理由，遠赴日本東京。半年後再轉赴上海，不久又再轉往安徽壽縣投靠義勇團的隊友，他們都是合約期滿後留在該處經營洋行生意的隊友。但李榮春加入後不到一年，日本軍部嫉妒洋行生意興盛、收回自管。

李榮春在洋行解散後，再度來到上海，仍繼續尋求可以到大後方的途徑。在這裡邂逅了從紹興王壇山村出來上海謀食的女子，佯稱她有門路可帶他到大後方。結果路上遭日軍盤查，乃隨該女子進入她的山村躲藏，洋行解散分得的財務，遭該女子慫恿買了無人承租、自己也無力種作的山田，原先設想的在山村寫作的計畫，也因阮囊羞澀遭該女子凌虐、羞辱而落空，最後二人為了生計，才又一起返回上海。李榮春雖然失去了賴以維生的金錢，又無法進行寫作，但他看到了戰火底下、中國偏鄉人民所受的苦難。這也是後來他寫《祖國與同胞》的主要背景。再以到了上海之後，做工餬口，仍然在尋求到後方的途徑。直到戰爭結束後的隔年五月，他才回到臺灣。皮箱裡盡是書籍和寫作資料，衣著則與難民無異，但他要投入文學創作的決心更為堅定。為了專心寫作再次逃避和童養媳的婚姻，雖然童養媳還在等他，也領養了一個女兒，他依然不為所動。

從上海回來的十年間，他除了怕家累耽誤寫作，拒絕婚姻、家庭，也拒絕家人給他安排的固定上班工作，只靠打零工過活。根據他的作品內容推測，《海角歸人》應是他這段時期最先完成的作品，其次開始寫的才是《祖國與同胞》。大約花了四年（1948～1952）的時間完成了六十萬字的《祖國與同胞》初稿，隔年（1953），投稿「中華文藝獎金委員會」參加長篇小說徵獎。該獎雖沒有規定字數上限，卻通知他無法「比較」，為此，獎金委員會負責人還請他吃飯，親自說明，並說以私人名義給予他一萬六千元稿費獎勵。李榮春得到這筆錢之後，再花了兩年時間修改。推想，他又大幅增加了一些內容，否則不會在全集出版時，《祖國與同胞》多達八十餘萬字。《祖國與同胞》雖未敘獎，卻得到比獎金還高的補助，對李榮春的鼓勵非常大。根據他在《洋樓芳夢》裡描述的，他自己以及他身邊支持他的親友都相信，只要這本書出版了，他將躍居世界文學名家。所以，不僅傾全力「專職」修改，也花錢僱人謄抄，不意他費盡全力將它修改完交給文獎會後，文獎會卻無意為它出版，並說該書適合反攻大陸後印給四萬萬同胞看。李榮春知道出版無望欲索回原稿時，還受到百般刁難。《祖國與同

胞》參獎事件，曾把李榮春的作家夢推向天堂，文獎會處理此作的態度，又把他的作家夢打入地獄，幾乎從此把他打回頭城，當文學隱士。

1957 年，鍾肇政發起成立「文友通訊」，經由文獎會聯絡上李榮春，他立刻決定加入，他在自我介紹時說了兩件事；一是以修理腳踏車為業，家人說他只是在二哥經營的腳踏車店幫忙，清理腳踏車。一是，他曾經自費出版《祖國與同胞》的三分之一，約二十萬字，印了一千本，只賣出四百多本，而且每賣一本即虧一元。《文友通訊》的確激發李榮春另一波的文學熱情，文學也不再是孤獨的戰鬥，彼此可以互相切磋，可惜《文友通訊》存在的時間不長。後來，摯友陳有仁的奔走，推荐他給《公論報》的李萬居社長。在該報資料室服務，這時期也是他拚命寫作的時期，產量可觀。為了報答李社長的知遇，他把《海角歸人》交《公論報》連載。1961 年，《公論報》被迫改組，李萬居社長被迫辭去社長，李榮春基於義氣也辭掉《公論報》的工作，前後近三年間，是李榮春一生最長的專職工作。不久，又返回頭城，以雜工、臨時工收入餬口。每天，黎明即起，到海灘跑步，鍛鍊身體。他相信要有健康的身體才能寫作，除了外出打工，都蟄居屋內不停地寫作。

離開《公論報》之後，李榮春隱居頭城，埋首創作數十年，除了將一部分短篇小說交給同鄉會刊物《蘭陽會刊》刊出外，幾乎沒有向外投稿過，不知道是不是文獎會給他帶來的打擊，他似乎完全把自己的文學封閉了起來。1980 年代，《自立晚報》曾舉辦一次百萬元獎金的徵獎活動，李榮春曾把他的《洋樓芳夢》寄去參賽。在份量上和其他得獎的作品比起來，他又是大巫見小巫，不知道是不是又因體積嚇到了評審們，並未得到評審青睞。此後，更明顯地看到李榮春把自己「陸封」在頭城老家，卻無改於他以全生命投入小說創作的堅定志向。

從 1961 年離開《公論報》返回頭城後，李榮春可以說就是蟄居頭城，他的母親曾託人為他謀得深澳火力發電所的工作，但他為了文學創作，不願受固定工作時間的束縛，旋即辭去。從這時候到他去世的三十年間，李榮春幾乎是在與世隔絕的情況下埋首文學創作，《八十大壽》、《鄉愁》、《懷

母》，以及收集在全集《和平街》裡的那些短篇小說中的大部分作品都是在這三十年「閉門」寫出來的。年歲漸長之後的李榮春逐漸不堪勞動的打工工作，幸賴有兄弟以及姪兒的護持，特別是李鏡明醫師，他才能專力於創作。其實，蟄居頭城後的李榮春到底寫了什麼？有什麼作品？不僅文壇乏人知曉，家人也是在他去世之後，整理遺物時，才發現他把三百萬字的手稿整齊堆疊在他的衣櫃裡。誠如李鏡明醫師所形容的，他是「臺灣文學殉道者，蘭陽文壇孤獨俠」，李榮春的確是一個對文學懷有宗教般虔誠信仰的創作者，他是意志堅定終身奉獻給文學的文學信徒，一生可以說從未從文學得到報償的純奉獻者，但他也終身堅信文學，直到 1994 年 1 月 31 日去世前夕，仍與姪兒李鏡明表示，他對自己的文學存在的價值，深具信心。

李榮春絕大部分的作品，都是他去世後才見諸於世的，這一切還得歸功於他的姪兒，也是他的文學護法李鏡明，在 1994 自費出版了《懷母》，後來才有《文學臺灣》連載〈魏神父〉，以及晨星重新出版《懷母》和出版《烏石帆影》、《海角歸人》。最後，到 2002 年，在國家文化藝術基金會贊助下出版了《李榮春全集》。至此，才讓世人認識了比較完整的李榮春文學全貌，也由此開啟了李榮春文學的研究，讓李榮春文學的貢獻真正發揮出來。

《李榮春全集》計有八種十巨冊。

（一）《祖國與同胞》分上、下二冊，約八十九萬字。起草於 1948 年左右，1952 年完成的初稿，曾由中華文藝獎金委員會給予一萬六千元的稿費獎勵。他把這筆錢投入修改，至 1956 年，始自費出版前三分之一。《祖國與同胞》有些自傳性色彩，描寫一位應日本政府 1938 年「鍬之勇士」（農業義勇團）徵召的臺灣青年，一心一意想藉機潛往中國大後方加入抗戰而不可得。因在上海召妓認識來自浙江紹興鄉下的女子，佯稱有管道可攜其前往大後方，結果卻被騙往她的家鄉，花光他身上的積蓄，但也意外看到了戰火下中國人民生活的真相。見證了戰爭對無辜民眾的殘暴，也記錄了民眾在人命危淺的非常時刻、謀生求活的本領，戰爭或許扭曲了人性，為了活命，使人變得愚蠢、自私、偏執、殘忍、暴戾，但求苟活，也

展現了生命的韌性和堅強，太平世紀的墮落、不義，在戰火下也許就是能屈能伸。主人翁身歷險境，他的義勇團背景，可能讓他被捕喪命，但誤信人言，身陷亂邦，也沒有脫身良策。李榮春以自己九死一生和中國人民一起「抗日」的經驗寫成這本巨著，可謂臺灣文壇空前絕後的奇葩。

（二）《海角歸人》是李榮春歸臺後，率先完成的作品，也是他生前唯一在報紙副刊連載過的作品，約二十一萬字，《海角歸人》也有自傳性色彩，描寫戰後返鄉的牧野，有別於那些衣履鮮麗，行囊滿是金塊珠寶的許多戰亂時代的投機分子，自己的破皮箱裡盡是原稿和書籍，加上一身襤褸的流浪漢外貌，相形失色，使他羞於和家人、親人相見，只好遯居已經嫁人的孿生姊姊、臺北的家，家裡有母親、兄弟，以及有婚約的妻子，卻望穿秋水不見伊人。這位海角歸人其實深懷文學大志，立誓終身不娶，以免婚姻生活損及他對文學的專注，也不接受固定上班的工作，僅以打零工餬口，要把全生命貢獻文學，無奈不僅周遭的環境是冷冰冰的，家人、親人也對他的異行怪為失去容忍的耐心。對來自四面八方的冷嘲熱諷，他只能以為文學戰鬥的心志，對抗整個社會輕蔑文學的惡現狀。

（三）《鄉愁》是一部家族史小說，確切的寫作年代已不可考。全書約三十萬字。此書很可能是《八十大壽》的另一種版本，而《懷母》則是它的系列之作，李榮春八歲的時候，父親即去世，是母親將他兄弟扶養長大，但母親五十六歲中風，半身不遂。1960 年代，李榮春曾辭去工作照顧母親。母親的八十大壽，是家中的大事，《八十大壽》是他以此為題切入，敘述這個業已枝繁葉茂的家族，在母親的帶領下發展的過程，一方面呈現凝聚這個家族的內在特質，也技巧地將這個家族發展對映的時代、社會背景勾勒出來，用以烘托這個家族存在的意義和社會地位，李家由於父親早逝，母親又在五十幾歲即中風，能活到八十歲，自是家人無限的喜樂和福分，所以，作者是全神投注經營這部作品。母親過世時，他才五十四歲，隨即起草此作，一直寫到七十歲才完稿，投稿自立報系所辦的百萬小說獎，當然是因為他對此作自視甚高，但寫他的母子情深，才是這部作品最

動人的所在。李榮春花了十六年經營《八十大壽》，或許有感於整體文學環境的冷漠，他的另一畢生心血《祖國與同胞》可能無法重見天日，因此，他把個人的經歷，包括出生、成長、旅居中國八年、參加文獎會徵文的經過、《公論報》任職始末，個人從事文學的抱負，也都整理出來，插入這部家族史小說中，自然大大不利於他的得獎機會。不過，李榮春最不被人理解的，恐怕還是他對家的深情和對母親的依戀。李榮春最不可思議的作品還是《懷母》，它應該是母親去世之後，最悲傷的時刻就要寫的肺腑感言，母親去世時，李榮春已是年過半百的老男人，他敘述的、對母親的依戀孺慕之情，宛如一個小男孩，對照他那木訥內向不擅言語表達的個性，《懷母》有驚人的細緻感情表達。《鄉愁》很可能是李榮春最後一部長篇小說，也可能是他晚年試圖將《八十大壽》予以重新整理，但《八十大壽》有五十七萬字，全集分上、下冊出版，《鄉愁》卻只有三十萬字。不同於《八十大壽》的是，《鄉愁》從李家的來臺祖寫起，寫到遷居頭城的祖公，寫自己的父親、兄弟，乃至母親的家世，也寫了自己的故事。這部作品，明顯的是有了更為圓熟的文字驅遣能力，也受到 1980 年代臺灣文學多元化趨勢的影響，出現大量福佬語詞彙，字裡行間也多了新時代社會的景象。顯示，李榮春雖在盛壯之年即離群索居，卻不是關閉對外的資訊在寫作。

（四）《洋樓芳夢》是他的第三部長篇作品，約有三十萬字，成書的時間，約在 1957 年前後，也就是《祖國與同胞》確定無法由文獎會出版，他自費出版了《祖國與同胞》的前十幾萬字後。此作描寫主角羅慶和他的摯友康顯坤（大概就是李榮春和他在農業義勇團認識的王萬春）等，對文學抱有天真卻無可救藥的痴望的一場文學大夢。康在結束農場義勇團的合約後，並未返臺，經營洋行賺了不少錢，洋行遭日軍關閉後，把賺來的錢平均分給共事的團友，是豪氣干雲的漢子。戰後卻在臺北街頭拉三輪車維生。知道羅慶完成了一部偉大的文學作品，立刻改租大房子照顧他的生活，讓他安心寫作，到處為他奔走，尋求出版的機會。深信此作一旦問世，一定名利雙收，更是諾貝爾文學獎的熱門競爭對手。一群天真可愛復可嘆的「文學人」，一

群懷抱的文學夢想的人，終因文獎會的私心自用而夢碎。

　　（五）《和平街》是短篇作品集，一共收入李榮春的二十篇短篇小說。內容相當多元，有以民俗、節慶為題材者，如〈看搶孤〉、〈請媽祖〉、〈頭城的過年〉等，有以家庭生活為題材者，如〈祖厝〉、〈分家〉、〈歸寧〉、〈婆媳之間〉等，有探討宗教信仰的真諦者，如〈頭城仙公廟廟公呂炎嶽〉。

二、李榮春文學研究概述

　　李榮春文學研究約可分為四類：

　　第一類是作品評論專書及學位論文，計有七種。《李榮春全集》中有一集是《李榮春的文學世界》，收集在此之前出現的，1.李榮春與鍾肇政、鍾理和、陳有仁來往的書信，共二篇。2.李榮春作品評論及生平評介，共十八篇。3.李榮春年表。其他六種都是學位論文，也都是 2002 年《李榮春全集》出版後陸續出現的研究論文。江靜怡的〈李榮春小說研究〉，是李榮春文學的文本對照其生平及時代的研究。吳淑娟的〈以生命和文學共舞——李榮春自傳性小說研究〉，是以「自傳性小說」的視角切入的李榮春文學研究，並非自李榮春文學另外切出「自傳性小說」之研究區塊。陳凱筑〈論李榮春及其小說〉，雖然也是綜論式研究，只是特別標出李榮春小說中的「大河」、「宗教經驗」、「多元語言運用」三項特質探討。沈秋蘭〈李榮春小說的在地書寫〉，聚焦在李榮春文學與頭城的地域相關研究。蘇惠琴〈李榮春小說研究——以《祖國與同胞》與《八十大壽》為例〉，雖是作品論，也是從其生平履歷切入的討論。周介玲〈臺灣作家的文學獻身之道——李榮春之藝術家成長小說研究〉，是以後設的「藝術家成長小說」作為尋覓李榮春文學的發展途徑。

　　第二類是李榮春生平、年表、作品的介紹、導讀（包括書序及評介）以及和李榮春文學事蹟相關的訪談。一共有五十二筆，包括《文友通訊》時期，李榮春初現文壇時的介紹。絕大部分還是李榮春去世之後的追憶性文字，和遺作出版時或出版後所寫序言、導讀或評介。這些文字，無論是

舊雨或新知，共同的都對李榮春文學，表達了驚艷與敬佩。驚艷的是李榮春文學是臺灣文學極為罕見的文學純品。敬佩的是，李榮春能在一生煢獨中為文學堅毅的奉獻。還有一個特色是，這類作品占李榮春文學研究資料相當高的比例，並非出自文學人之手，比較接近是來自讀者的聲音。年表大部分是書籍出版時、研究者於研究之便於爬梳李榮春文學而製定，資料則由家屬提供或從手稿、書信以及作品內容去推斷，與事實的出入恐難避免。這和李榮春文學的孤獨俠有重要的關係。

第三類是李榮春及李榮春文學相關的報導，計有七筆。李榮春文學重現文壇後，有相關的雜誌、文獻會刊物、報紙、出版李榮春專輯，舉辦座談會，頭城鎮公所也設立了「李榮春文學館」，以推廣宣揚李榮春文學。

第四類為李榮春作品的評論，包括綜論、單部作品的討論、單篇作品或多部或全部作品的評論，計有八十二筆。李榮春作品的討論、研究，大部分集中在《李榮春全集》出版之後，嚴格說起來，都是在李榮春文學蓋棺定論後，回過頭去的檢視，由於這些論述過去對李榮春文學認識有限，在缺乏足夠的前人研究參考文獻，整理的研究面向，並不夠寬廣，也不夠深入，普遍呈現的是，評的少，介的多，也就更遑論是論了。2014 年，李榮春去世二十年後，靜宜大學臺灣研究中心與文學臺灣基金會舉辦「李榮春百歲冥誕學術研討會」，試圖喚醒學界將李榮春文學研究，推向另一個更深更廣的學術研究境地。可以說是自《李榮春全集》出版引發李榮春文學研究的小風潮，十多年後，再吹皺的一陣學術波瀾。李榮春作品評論出現的時間，大都是晚近二十多年間，但從作家論，到各篇、各作品的單一或綜合討論都不缺少，《祖國與同胞》、《海角歸人》、《洋樓芳夢》、《烏石帆影》（最先出現的短篇小說集）、《懷母》以及若干短篇，如〈魏神父〉，都在出版後，引起文學界的矚目、討論。

三、關於李榮春文學研究資料彙編

綜合上述各類李榮春文學研究資料，共有一百四十八筆。扣除專書及

學位論文七篇，以及同篇文章不同出處及同篇文章，題名不同者四十六筆，李榮春研究資料實際僅得一百零二筆，就中挑選出來十一筆。由於受限於彙編篇幅，以及部分較深入的研究篇幅較長，因此，彙編並未能全面而普遍地呈現李榮春文學研究的全貌。選入的十一篇作品，分別為：

1.　鍾肇政〈永恆的友情——李榮春老友四週年祭〉（他述，1998 年）。
2.　陳有仁〈我與榮春先生交往及其進《公論報》始末——謹為榮春謝世四週年紀念專輯而寫〉（他述，1998 年）。
3.　李鏡明〈我的四伯——挑戰命運和時代的文藝工作者李榮春先生〉（他述，1998 年）。
4.　彭瑞金〈公道得還——寫在《李榮春全集》出版前〉（他述，2003 年）。
5.　李潼〈前世文字債，今生償還來——為老作家李榮春的最後寫真〉（他述，2002 年）。
6.　李鏡明〈給錢鴻鈞先生的信（1997 年 6 月至 1997 年 9 月）——淺談李榮春作品〉（綜論，2002 年）。
7.　陳顏〈尋找李榮春——一個臺灣作家的困境〉（綜論，2006 年）。
8.　彭瑞金〈李榮春七十年——李榮春學術研討會講稿〉（綜論，2014 年）。
9.　陳瀅州〈「祖國」幻滅之後——論《祖國與同胞》與《亞細亞的孤兒》〉（作品評論，2015 年）。
10.　陳麗蓮〈情與禮的糾葛——李榮春小說所呈現的臺灣閩南喪葬文化〉（作品評論，2014 年）。
11.　唐毓麗〈私小說的紀實與省思——談《祖國與同胞》、《海角歸人》、《洋樓芳夢》中的自我形象及愛情書寫〉（作品評論，2014 年）。

　　鍾肇政寫過多篇介紹和悼念李榮春的文字，也曾以李榮春為模特兒，

寫了〈大巖鎮〉這篇小說。他們是《文友通訊》的文友。〈永恆的友情——李榮春老友四週年祭〉是為李榮春逝世四週年,《宜蘭文獻》製作李榮春紀念專輯而寫,鍾肇政除了強調李榮春曾經是他文學陣線上的戰友,二人有曾經相濡以沫、互相扶持穿越白色恐怖的革命情感外,他公開為老友呼籲,應該趕快著手編印全集,將他的遺作公諸於世。是時,鍾肇政自己的全集也尚未出版,李榮春文學在文壇也罕為人知,但鍾肇政卻以無比堅定的語氣肯定李榮春是臺灣文學史上「奇異地凝聚而成一個西西弗斯般的巨人」。

陳有仁的〈我與榮春先生交往及其進《公論報》始末——謹為榮春謝世四週年紀念專輯而寫〉,也是應《宜蘭文獻》的李榮春專輯而作。陳有仁是李榮春往來最密切的友人。李榮春不擅交遊,友人不多,尤其是把自己「陸封」頭城,專心致力於文學創作之後,來往親友也不多。陳有仁和他交往四十年,他從 1953 年的《文藝創作》的一篇報導中,得知同鄉長輩李榮春以《祖國與同胞》得到中華文藝獎金委員會的肯定,深為感佩,主動結識,返鄉時,必定前往拜訪,暢談文學。李母委請陳有仁替榮春找工作,陳乃與另一友人林居萬一起請託省議員郭雨新,郭把他介紹給《公論報》的李萬居,經李社長親自面試後,李榮春便到《公論報》上班。這是李榮春一生做過的、唯一「接近」文學的職業。雖然《公論報》任職的時間不長,卻是促成李榮春的《海角歸人》的連載,比鍾肇政的《魯冰花》連載,還要早上一年。陳有仁這篇追憶文章,除了交待兩人交誼之外,也記述了兩人都不曾對外發表的談文論藝,特別能看到李榮春是如何純真地描述他的文學理想和抱負。在生平記事方面,陳文也展示了兩人的白色恐怖經歷。

李鏡明〈我的四伯——挑戰命運和時代的文藝工作者李榮春先生〉,也是應《宜蘭文獻》的專輯而作。李鏡明雖然學醫,卻是李榮春姪輩中唯一可以和(聽)他談文學的知音。這篇文章以親人的角度描述作家的家庭生活,以及作家的生活作息,有其非常獨到的敘事角度。李鏡明也是照顧李

榮春晚年生活的文學護法，如果沒有他在李榮春去世後，著手李榮春文學作品的整理、出版，李榮春文學何年何月得以重見天光，恐怕是無人能答的未知數。

彭瑞金的〈公道得還——寫在《李榮春全集》出版前〉，是《李榮春全集》的出版序文。李榮春文學研究相關的一百四十八筆資料中，彭瑞金即占了三十二筆，近五分之一的李榮春文學評介都是他寫的，他也是全集的主編。所謂，還李榮春文學公道，旨在強調李榮春一生孜孜矻矻於文學，他的文學勞作，實為我們的社會累積文化資產。由於我們的社會，不僅不曾珍惜、敬重這樣的作家，甚而是奚落、鄙夷而有之，但從李榮春文學出現後，驚艷四方，讓李榮春畢生心血都完整呈現出來，是臺灣社會的責任，也是還李榮春公道。

李潼〈前世文字債，今生償還來——為老作家李榮春的最後寫真〉，誠如文題，這是李榮春去世前半個月，作者與兩名攝影師到頭城為李榮春攝影，從清晨到黃昏，他都不發一言，廂型車載著他，從山巔到海邊，從住家到小鎮，任由攝影機留下他最後無言的身影。作者此文只是側記老作家的身影，但因為是「最後」，便彌足珍貴，它印證了許多識與不識李榮春的人對李榮春的印象。

李鏡明〈給錢鴻鈞先生的信（1997 年 6 月至 1997 年 9 月）——淺談李榮春作品〉，雖然是書信，其實本文是以家屬的身分和另一位李榮春文學的知音分享閱讀李榮春文學的心得。李鏡明以家屬的身分去閱讀具自傳性色彩和家族史特色的李榮春文學，自有外人無法企及的李榮春文學的弦外之音被發掘出來，本文還有一個特色，就是作者在努力將李榮春文學向外、向臺灣的文壇連結出去，努力證明李榮春文學和整個臺灣文學，都在同樣頻率的脈跳上。

陳顏〈尋找李榮春——一個臺灣作家的困境〉是一篇文學家行跡的踏查報導。追尋李榮春生活的足跡，作者試圖解開李榮春文學的迷疑，也就是一位已經離開人間多時的作家內心世界的探索。作者採取的還是田野調

查的研究策略,除了用腳親自去走李榮春生前常走的路,到李榮春常到的地方,見李榮春常見的人,看李榮春常看的景。再從李榮春的遺作中找蛛絲馬跡,探索之中涉及的人、事、物,進而去重建、重構一個作家的心靈世界。雖然本文採用了大量、來自李鏡明、陳有仁二人私密性的談話,但對於一位生前罕為人知、多數作品又不見天日的「特異」作家,私密卻是不失為一支可以開啟李榮春心靈寶盒的鑰匙。

彭瑞金〈李榮春文學七十年——李榮春學術研討會講稿〉是 2014 年李榮春學術研討會開幕演講的講稿。從李榮春矢志文學到他百歲冥誕,他的文學已在人間存在七十年。但在這過去的七十年間,絕大部分的時間,李榮春文學都只是臺灣文壇的伏流、潛流,即使有全集出版了,但全集主要的目的還是在保留、保存作家耕耘的心血,並不利於作品的流通和推廣,學術研討會旨在再次喚醒學界正視李榮春文學的存在價值和對文學史的意義。本文所以倒帶重述李榮春文學的內容及價值,也在說明辦理李榮春學術研討會的動機及目的。

陳瀅州〈「祖國」幻滅之後——論《祖國與同胞》與《亞細亞的孤兒》〉是一篇比較研究。李榮春和吳濁流都是活過日治時代的臺灣人,也都有「祖國」經驗,兩位作者的平生巨著都在講到國族認同的問題。雖然二人作品中的主角,都曾經從臺灣出走中國,尋求「祖國」認同,同樣遭到認同挫折。然而,李榮春的「魯誠」在八年抗戰一場空之後,曾經動搖過他對「祖國」的信心,在不斷的思想重構中,他還是堅信「祖國」不會棄他不顧,有種近乎盲目的「祖國」情懷。吳濁流筆下的「胡太明」,被「祖國人」視為日本間諜後,逃回臺灣又被日人懷疑他的身分及返臺目的,「祖國」讓他身心俱疲,結果發瘋了。盲目和瘋狂,看似極端的不同,但共同呈現了臺灣人試圖擺脫被殖民命運而不可得的悲情。

陳麗蓮〈情與禮的糾葛——李榮春小說所呈現的臺灣閩南喪葬文化〉,指出李榮春於臺灣喪葬習俗的書寫,具有強烈的自覺,既不受日本文化的影響,也不以擁抱漢文化為職志。在鄙夷傳統喪葬儀節的書寫脈絡中,李

榮春小說似哲理式思辨的敘述方式，呈現他對喪葬儀節的詮釋與理解充滿感情，而非單純以迷信、落伍視之。這是一篇以嶄新視角探討李榮春文學的研究。母親臥病多年後，以高齡去世，於李榮春衝擊極大，可說悲痛逾恆。李榮春雖隨同家人遵禮成服，內心卻對母親的喪禮過程另有詮釋。作者能從這裡發現李榮春，自具創見。

唐毓麗〈私小說的紀實與省思——談《祖國與同胞》、《海角歸人》與《洋樓芳夢》中的自我形象及愛情書寫〉，本文主要建立在李榮春小說具自傳性小說，亦即私小說的基礎上，因此，重點便在這些作品的「紀實書寫與自我形象」以及「情愛遺恨與自我省思」，其實二者也都是在「自傳性小說」的探討範圍內。作者指出，李榮春的自傳性小說只重寫實，不重虛構，除了寫在戰亂時代中自我奮力求生，也能對周遭社會的關切，發揮他的觀察與批判，充分展示他是一個有自省與批判能力的作家。作者同時也觀察到，小說中糾結或曖昧的男女情感，具有私小說懺情的特質。作者也認為李榮春的自傳性小說是他的生命詠嘆調，也充分發揮了「真實即美學」的作家個人特質。

四、結語

限於篇幅，只能從約百筆的李榮春文學的相關評介、討論、研究中，挑選出十一筆。不同於一般大家耳熟能詳的知名作家，有如山的詳介文字可以挑選，但也因為李榮春文學都是蓋棺論定之後才以完整面貌被人閱讀。因此，雖然僅有十一篇的選輯，大致上還是能從兩方面呈現李榮春文學概括的總體面貌。一是，李榮春文學在他去世後不久出現文壇時，親人友人為他一生的文學際遇不甘、不捨，加上文學界人士對他神祕生平的好奇，共同挖掘了李榮春的生平與作品，以及《李榮春全集》的出版，都在他去世不甚久的時間到位，其實已經為李榮春文學立了「塑像」，也足夠提供李榮春文學被討論、研究的基礎。其次，學界對李榮春文學的嗅覺，還算敏銳，在全集出版後不久，即有學術界發現李榮春文學是值得開發的文

學礦藏,陸續有研究李榮春文學的學位論文出現。李榮春文學也不再被文學史的研究討論忽略,從本書輯錄的研究論文參考書目篇目引註中,可以發現李榮春已是臺灣文學史不可忽略的要角。學界於李榮春文學的研究、討論,則是回應了李榮春在獨孤的文學世界裡對自己文學的自信。

輯四◎
重要評論文章選刊

永恆的友情
李榮春老友四週年祭

◎鍾肇政[*]

編印全集，刻不容緩

　　《宜蘭文獻》雜誌即將為已故的戰後第一代臺灣作家李榮春先生編一個四週年祭的紀念專輯，要我也寫一篇紀念文字。最初，把這消息傳給我的是自稱「臺灣文學義工」的錢鴻鈞博士，當下我自然是未加思索就滿口答應下來，不為什麼，只因我與李氏曾經是文學陣線上的戰友，時當整個臺灣籠罩在白色恐怖下，人人朝不保夕的當口，我們的心靈相互依偎，相濡以沫，矢志為面臨斷絕的臺灣文學而效命。那種心情，謂之為「革命情感」，大概也不算過甚之詞吧。

　　錢君很快地把他整理出來的相關資料影印一份交給我，洋洋灑灑達近二百頁之多，從作品目錄、評論引得，到李氏與多位文友之間的往返書簡以及若干悼念文字等等，堪稱琳瑯滿目。約略過目之後，覺得該有的東西大都已齊備，並且由這些資料，可知李氏遺作的印行，迄目前為止尚極有限，整理與出版成了當前亟須完成的工作，倘能以全集本型態公諸於世，該是最理想的了。

文學夥伴相濡以沫

　　與李兄訂交是在 1957 年春間，不必屈指亦知剛好是 40 年前的事。那

---

[*] 小說家、翻譯家、評論家，長期致力於臺灣文學、客家文化之推展。

時，我發起宏願，一心想為剛剛冒出頭來的戰後第一代作家，做些聯絡的工作，乃有《文友通訊》的編印及發行——事實上，它是還不能稱為刊物的東西，用鋼板刻、油印出來的，篇幅也只有兩張白報紙，刊露文友們的動態一類的消息。這大概可視為戰後臺灣作家首次緊密地連結在一起的行動。

　　聚在《文友通訊》下的朋友僅得七位，清一色是受日本教育長大，正在隨日本統治結束而語言轉換的痛苦中煎熬，勉強踏出中文創作第一步的作家們。名單依年齡序如下：陳火泉、李榮春、鍾理和、施翠峰、鍾肇政、廖清秀、許炳成（文心），後來又有兩位年輕朋友楊紫江、許山木參加。

　　幾位朋友之中，李兄是從一開始就使我驚詫不置，深深敲擊我心弦的一位。在通信中，他告訴我從事的工作是替一家腳踏車店幫人擦腳踏車，且已有六十萬言鉅著《祖國與同胞》寫成，獲當時的「文獎會」獎助（按：「文獎會」全名為「中華文藝獎金委員會」，是 1950 年代最早具有獎勵性質的文藝組織。它提供了高額獎金及固定的發表刊物，且另有稿酬的優渥條件，年收龐大的稿件量。是以，許多文藝青年，在不安定的物質環境下，自然而然會向該會投稿。極為特殊地，1950 年代臺籍作家與文獎會有聯繫的，僅有小說家，且幾乎囊括當時所有的小說家，反觀在詩人方面，卻沒有明顯記錄。此一差異性，也極為吻合 1950 年代臺籍詩人的另一種文學發表路線）。[1]他還說，戰時在中國「流浪七年」，戰後為了文學創作，不僅所有就業機會都放棄，連家庭生活亦棄之如敝屣。

　　這是幾乎教人難以置信的告白，但我沒有理由不相信。坦白說，在其他過正常生活的這些新朋友當中，李氏顯得那麼不同凡俗，因而也特別吸引住我的注意。甚至也私下裡認定，我冒白色恐怖下的風險，辦起了這樣的「刊物」，倘能給這樣的朋友一絲安慰外加些許鼓勵，我可算是有了重大的代價了。

---

[1] 括號內容引自李麗玲，〈五〇年代國家文藝體制下臺籍作家的處境及其創作初探〉（清華大學文學研究所中文組碩士論文，1995 年 7 月）。

猛寫大巖鎮，為好友塑像

根據錢君影印給我的來往信件裡，列有幾位文友對拙稿〈大巖鎮〉的評價，引發了我對此稿的若干古老記憶。它是以李氏其人為主寫成的人物記類型的小說創作，約四萬言。此舊稿現已散佚，遍尋不著，具體內容如何，悉告遺忘，只能從前述諸文友的評語中略窺一二而已。

然而，我記得清清楚楚的是，我從初識李氏之際，即因他那種不同尋常的閱歷及遭際而深受衝擊，自然而然萌生了寫他的意念，然後執筆的。不用說故事大體是虛構出來的，骨架則完全以李氏為模特兒加以構成。我也依稀記得，我幾乎是發了狂一般，被一股莫可名狀的熱情推動著，向什麼可怕的敵人挑戰似地寫下了這麼一部中篇小說。而這好像也是我初嘗經營較長作品況味的一件事。

從錢君為我留下來的那些記錄，可以看出我這一篇作品並未獲得文友們的佳評——我確實也由此而自認這是完全失敗的作品，故而聽任它躲進我自己都想不起來的一個什麼角落，以致不知去向。

另者，我還看到《文友通訊》印發期間，即 1957 年 4 月到 1958 年 9 月，榮春兄給我的信不下十餘封，幾乎全數不見了。以我每信必留的習慣，我想只能有如下解釋：這些信都是提供給《文友通訊》的通訊文字，轉錄了以後（有時還因有個朋友幫我刻鋼板，所以必須剪剪貼貼），就未刻意把信件留下來。

西西弗斯與哲人筆耕者

寫榮春兄，除了〈大巖鎮〉外，例如在多篇回憶性的文字裡提及，另加他逝世時的悼文等等，恐不下十次之多，其實卻都不免是浮光掠影。如今想來，深覺慚愧之餘，痛感我對這位戰友，所知實在太有限了！這次從這一大疊資料，尤其是經常與榮春如影相隨的年輕朋友陳有仁兄的紀念文字當中，方始獲悉他生前生活上的若干情形，特別是他上臺北在《公論

報》工作時的經經過過。

　　《公論報》這份報紙，如今早成了歷史名詞——這幾十年間雖然也有過不少次被襲用，卻都不出曇花一現——但老一輩人都必還記得當年，它以堂堂之姿，侃侃諤諤暢談時政，在強權下從不屈服的身段，以致觸怒當道，不惜運用種種卑劣手段，將它和它的主持人李萬居先生鬥倒。

　　這件曾經哄傳海內外的彈壓言論事件，似乎是榮春兄就職後不久發生的，因此他不免也被捲進去，所幸他大概還不算「大人物」吧，未有受害的事跡，而不久他也就望望然離開了易手後的該報，寧願過他靠做苦工維生的生活。

　　確實地，他從最早給我的訊息——從事擦腳踏車的工作，到承擔最粗重的「卑微工作」，無非都是選擇最是苦自己筋骨的工作。於是，一方面是駄負最沉重的軛，踽踽然吃力而行，到伏案沉思、字斟句酌的哲人筆耕者，兩者那麼不調和，也那麼奇異地凝聚而成一個西西弗斯般的巨人。在我心目中，這就是李榮春其人了。

摯友與戰友情誼永不渝

　　正如前文所言，在寫了那麼多次故友之後，再來執筆，想不重複，實在是不可能的事，於是這篇蕪文便也難免有「冷飯」之譏了。然而，我的確並未後悔，在這個專輯裡湊一篇東西，不獨是我義不容辭的事，並且在我近五十年星霜的冗長文學生涯中，我以有過這麼一位文學上的摯友、戰友為榮，而他對我的友情，也是我所珍視的。

　　直到永遠……

——選自《宜蘭文獻》第 31 期，1998 年 1 月

我與榮春先生交往及其進《公論報》始末

謹為榮春謝世四週年紀念專輯而寫

◎陳有仁[*]

遺憾與欣慰

　　1994 年元宵節後，接到李鏡明醫師來電告知其四伯父榮春先生逝，享年 80 歲。頓時使我驚愕不能自已。

　　回想當時我尚身羈市塵，未拋俗務，疏於問候先生近況，先生患病何恙，我都未能得知，遑論探其病況？因默念與先生忘年交逾四十載，共嘗炎涼，互敘曲衷，情深意重何異手足，彼此呵寒問暖豈遜父子，而心靈交會豈是泛泛之交可以足足道也。

　　榮春先生執著為文藝創作堅毅不渝，捨其享樂而不悔，為堅持理念免因家累而不婚，也因其長年累月勤於讀書創作，使得世俗目為瘋顛廢物，甚而備受故舊輕蔑詆毀，其仍泰然自若──默念及此，深以未能躬臨病榻探慰其病，又不得瞻仰先生遺容，總令我引以為憾！但念先生生平之思想理念超乎於物外，不拘於世俗，私忖此乃先生沉潛內斂之高潔品性，刻意不致驚擾親友奔勞之故吧？

　　多年以來，我每回探訪先生時，感到他獨居寫作，為熱愛生命忠於藝術，孜孜數十年如一日，奉獻其一生性命交與文學歷史，所以他生活得縈

---

[*]陳有仁（1934～2012），另名陳友仁，宜蘭人。曾任職於《臺灣新生報》編輯部副刊室。

紮實實，不由令人畏然起敬！

　　先生晚年的生活起居，我也曾體察到頗得其親人妥為照顧，諸如其三哥騰出偌大設施完善樓房給與潛心寫作；其愛姪鏡明醫師月包一家菜餚豐盛的飯館給先生自由膳食，後來甚至體念其往返飯館有恐不便，僱專人供送三餐。又約每週二度請先生到羅東診所共聚以敘家常之趣，並享天倫之樂。甚而李醫師經常撥冗親自驅車陪先生遊覽蘭陽各處山川美景──諸此種種都是為體恤先生晚年生活不至於孤寂，這也在在表現了伯姪情深溢於言表。做為一個長年敬仰和關懷榮春先生的我，自愧無能為力盡照顧先生於萬一，當想到榮春先生晚年能受如此孺慕溫情呵護之餘，令我倒也暗自感到如釋重負與無限欣慰了。

一世的莫逆交

　　我之與榮春先生認識經過，且略說從頭：

　　我生於家道中落之家，二次大戰末期，烽火迫近整個臺灣，盟機持續轟炸各地要塞，使得學校全面停課，我伯祖父振坤公，得家傳漢學底子深厚，就在此時乘機招集多個子弟在自家祠堂設立家塾傳授初淺漢文。未多久戰爭結束，就在這一年，我雙親仳離，我隨著父親從鄉下遷到頭城鎮上定居。終戰後此間一度漢學很興盛，家父再將我送進私塾學堂又讀了三年。漸漸地引發閱讀興趣，私下涉獵其他讀物，東找西尋，借來的、買來的，通俗的章回演義、古典的如《聊齋》之類，胡亂地讀了起來。蓋當時正值戰後物資奇缺、民生凋蔽，我從閱讀之中獲得精神上無窮的樂趣，適足以彌補物質生活之貧困。尤其感到從閱讀之中拓展了無限的視野空間。

　　那時我在一位去世多年的長輩家裡，發現其遺留的大量中外名著中譯本藏書，都是戰前二、三十年代從上海購回來的。裡面就有上海文化生活出版社叢書不下百冊，這都是原屬於五四運動後新思潮時期的出版品。值得一提的是，在大戰末期胡風編譯的《弱小民族小說選》，當中就有楊逵成名作〈送報伕〉，如此日文版的作品戰前在臺灣是屬於禁閱的，而到戰後能

夠讀到中日文對照，真是喜出望外，就這樣我的閱讀書籍更為豐富了。大約就在 1953 年之間，我在《文藝創作》雜誌報導中獲悉，本省籍作家李榮春完成一部六十多萬言長篇創作《祖國與同胞》受到文獎會肯定，並發給一筆可觀的生活獎助金。在戰後不久的臺籍作家之中，能以中文寫出戰亂中的中國大陸實況，在 1950 年代初期，就算中國大陸來臺作家亦屬屈指可數，遑論是臺籍作家？

那時候我還不知李榮春先生是我蘭陽何許人氏，私盼能得結識，則何其榮幸。

就在這時我有幾位同好讀友，奔走查詢相告，作者曾流浪中國大陸九年，戰後翌年始返蘭陽故鄉，為了立志寫作，無法自立維生，多年只是到處出賣勞力、苦幹粗活，為的就是要完成他的鉅篇創作。他曾經斷續在其二哥輾石工廠做搬運石頭工，更長期在其三哥腳踏車店擦車了，地點就是在頭城開蘭路上，也正是在我零售煤碳場的斜對面。這位令我心儀，而幾乎是踏破鐵鞋尋訪不著的作家，竟然就是我整天舉目就可以看到的那一個羅漢腳。

我是 1953 年這一年，在榮春工作的腳踏車店和他認識的。因為我年少失學，正值求知心切，並且與榮春志趣相投，漸漸地與榮春緊密過從而投契起來，甚至成為往後整整四十年的莫逆之交了。

榮春獲得文獎會肯定與獎助金後，生活稍為安定了一段時期。文獎會要他再將其處女作《祖國與同胞》加以文字上的修飾，和內容的充實，所以他在那一段期間又花了將近兩年重新修改。

這時期榮春與五弟登五同住在和平街那幢古屋，每日都黎明之前即起身寫作，天色微亮就往鎮郊海邊砂灘上揮舞著雙臂，時而急速向前旋轉，時而往後逆轉。從遠處望去，他那疾速旋轉的雙臂就如兩個旋轉不停的車輪。接著就在海灘上疾速來回狂奔了好幾趟。這樣經過大約一個多小時之久，不論寒暑回到家沖過冷水浴後，早餐，而後上工做粗活。

我有幾個對榮春在黎明前就起身寫作感到好奇的朋友，經常相約，就

在清晨三、四點之前，摸黑躡足趨往其和平街古屋的大門外面，再由柴門裂縫間往裡窺視他的寫作情形。只見他坐在神案桌前，時而伏案沉思良久，時而才動筆疾寫不停，就在此時，由靜寂的屋內，傳出剪刀裁剪稿紙咔嚓之聲，又看到他一副嚴肅的神態，著實令人不由肅然起敬。我才驚嘆，數十萬言的長篇作品就是如此披星戴月和絞盡腦汁而寫成的。也就在此刻，使我想起榮春一再鄭重的說過：「文藝是心靈創造的千秋大業，要抱有仰不愧古人，俯不負來者的精神，更要有自覺到肩負著創造人類文明的偉大的使命感。」

　　此後的二、三年間（大約是 1953～1954 年間），我迫於生計，極待謀生自立，幾回往返到臺北受僱臨時短工，或做臨時小生意，都是無法安定而幾次失望的轉回家鄉。這期間生活給與我的煎熬、壓逼，可以走投無路來形容了，因為我自知謀生條件幾等於零，所以使我覺得為生存而迷惘，前途真不知何去何從？這時總找榮春傾訴，的確他給我莫大的啟示，以他豐富的生活經驗，更可貴的是他為追求文學創作，而勇猛與生存搏鬥，他對我說：「青年人要有苦悶，愛好文藝多讀多寫固然是重要，更重要的是生活的體驗、生存的歷練，這些絕不是金錢買得來的。至於生存的過程原就是如同面對山路的坎坷、海上的波濤，只有勇敢面對，無他。」

　　他的這一番話，給我謀生的勇氣，也給與我面對生存的慾望。

　　幾經波折，終於在 1956 年春間，我得進入《臺灣新生報》民意測驗部充當工友，約經半年就以雇員之職調到編輯部副刊室，時該室主任童常（童尚經）、總編輯王德馨、副總編輯單建周，我頗博得單副總的另眼關愛，到了 1958 年末單副總給我介紹兼作保證人得轉入中央社，安插在社長曾虛白個人身邊，專為社長個人服侍。走筆至此，不免與本文有脫軌之嫌，但我必須說明的是，我由《臺灣新生報》轉職中央社，是我人生的轉捩點，也是在白色恐怖正如火似熾期間，我被蒙在鼓裡地捲了進去，而且是卡在天羅地網裡頭，永不得脫身。原來到 1967 年間《臺灣新生報》的匪諜案爆發後，我在《臺灣新生報》時與我工作頗為密切的童常（童尚經）

入獄未多久給槍決了；另資深老記者沈元嫜被凌遲死在獄中（《柏楊回憶錄》中便有詳述）；而給我介紹兼作保證人的副總編輯單建周竟然是個在臺首謀。案發警總迫得緊，可能他自知難逃，為免如先前的沈元嫜受凌遲至死之苦，他很勇敢地從七層高樓自墜而結束了性命（單建周之死因，最近見《臺灣日報》5月20日23版，黃仁，〈我的弟弟白白犧牲〉一文中略述及此）。

　　基於這樣的人事背景，難怪我很快就被調離曾虛白的身邊，另付與我無關緊要的差使。當時我仍不知底蘊之恐怖、天網之細密，還是如常的讀書、習作；朋友、書信，一如往常。最犯大忌者如朋友之中有極左的陳永善（陳映真）、激進的林永生等多位，而且給鍾肇政在《文友通訊》期間猛敲邊鼓，不免敲暈了頭；自認為扮的是跑龍套，卻穿錯了龍袍。果真到了1967年夏天，警總張開天網，請君入甕作客西本願寺（位於今臺北市獅子林）三天，寫白白兩千字、切結書一張。放我走時一位訊問人員（後來始知他叫陳恭忠）丟下一句：「你自己有問題外，也是穿針引線的主要角色，替你脫罪，出去要當心！」「替我脫罪」我自覺到這是放長線，可我不能供給大魚釣了，我無可奈何地暗念著：「運交華蓋欲何求？未敢翻身已碰頭。」；另寫：「撞倒一瞬間，猛爬三十年。」當細述曲衷積愫。

　　自從我在外面有了工作，每週總回頭城一趟，為的是要與榮春聚首暢敘小別，傾心交會，而他也以我如遊子歸來，喜不自勝。那時他已經自費出版《祖國與同胞》第一冊，經過二、三年之後，跡象顯示出版失敗，血本無歸，誰料自費出書之時兄弟親友們興高采烈的期待，都成了泡影。此時，親友間給與他的幾乎是聽不到安慰的聲音，倒是打擊和嘲諷之聲時有所聞：「寫了大半生，他這生真正完蛋了」；「所謂獎助作品，不過是沒人要看的東西」；「有價值的東西，爭購都來不及，哪有像你貼本還賣不掉！」；「擺路邊攤，賣涼水的都能養活家小，就他一個填不飽自己的肚皮」；「傳說有人賣某做大舅的，他不就是嗎？」像這些冷諷熱嘲的話語傳自鄰里故舊之間，對著一個真誠獻身文藝創作者而言真是其情何堪啊！此時榮春內

心所受的創痛之深、衝擊之大，有誰能夠體會呢？

在 1956 年後的數年間，榮春給我信中都很真誠而沉痛的說出那時節的心境（榮春給我的數十封信件以及諸文友的，都在 1967 年夏間警總來抄家時遺失）。榮春在 1957 年 4 月底給鍾肇政信中：「……我的一生為了寫作什麼都廢了，至今還沒有一個自立的基礎……生活一直寄人籬下。為了三餐，將寶貴的時間幾乎整個地費在微賤的工作上……。」又鍾肇政在 1958 年 9 月 25 日《聯合報・副刊》的〈風雨夜〉一文裡：「……R. R（指榮春）來信中……『為了出版那本書（《祖國與同胞》）我負了一筆債。書印成後，我被迫以低於成本達一元多的價錢請書商經銷，沒料書竟只賣了全數的五分之一左右。如今，他們堆置在工具房角，聽任蟲蛀霉蝕……債主是家堂兄，腳踏車店老闆，於是我開始替他擦拭腳踏車，一則以餬口；兼則以償債……。』……他的遭際使我痛楚，而他那部把對祖國對同胞的摯愛傾注進去的，廢寢忘食了將近五年之間的，真正說得上血淚結晶的七十萬言（按：六十萬言）著作……竟而落得如此下場，這就使我在痛楚之外，更加了一層哀切了！」「我常覺得，R. R 是我們中最富於作家氣質的一位，加上他那不平凡的閱歷，遍嘗人間辛酸的生活經驗，是不難成為一位出色的作家的。所差的……文字與技巧而已。」（按：此封文友書簡引自鍾肇政致鍾理和的公開信，信中引李榮春給鍾肇政的信。）

榮春先生那時候的處境心情，充滿了困頓、無助，在我尚未離開頭城時，我看在眼裡，卻在內心湧起無限的感慨：「……為了三餐，將寶貴的時間都浪費在微賤的工作上……」，那時我也只有無能為力地給與精神勉勵罷了。

進入《公論報》經過

由於我長年進出榮春與五弟居住的家裡，榮春的老母親，知道我在臺北有了工作就幾次很迫切的對我說：「你在外面請替榮春找個工作，有得吃住就好了。」又說：「他的每個兄弟為家庭生活負擔都很沉重，我幾十年來

躺在床也要給大小輪流照顧，不能再為他一個增加兄弟的困擾。」我聽了這話後覺得無力感外，也很沉重地一直耿耿於懷。

記得榮春剛從中國大陸返臺的翌年，寫了一篇懷古的散文〈遙弔烏石港〉，以雨亭筆名登在《臺灣新生報‧副刊》上，誰料此短文給此間一位權貴士紳感到顏面無光並有辱其祖先，而觸怒之。因此榮春精神上遭了一些困擾，也因不使弟兄們在地方難於做人，榮春毅然自我放逐，避走他鄉謀生了好一段時日。這雖然是時過境遷，他這幾年也完成了長篇處女作，但落得如此生活無著落的下場，不能不使人感慨！況且他又將面臨再次離鄉背井的命運呢！

但是只有感慨，給榮春的生活壓迫絲毫沒有一點濟助。

於是我和兩個同樣關心榮春的朋友，一位還在臺大念土木四年級的林居萬（現在是貢寮核電廠工程主任）；一位同我一樣初出茅廬做事的吳英傑，共商如何幫榮春安排個安定生活，才能使其得以安定的寫作。自然誰也無能為力，但是我們三人都有一個很天真而很堂皇的共識——為了救助一個獻身從事文藝的作家，我們有充分的理由找我們的省議員幫忙。很自然地我們心目中的人選就是蘭陽的郭雨新，不作第二人想。

就這樣決定了目標，於是我就打電話找郭省議員，他親自接聽，我簡略的說有事請他協助，郭省議員二話不說約我們隔日晚上到他寓所面談。

次日晚間我們照約找到他在中山北路一條巷內的寓所。郭省議員果真在等著我們。我和林居萬二人說明榮春簡歷及現況，並遞《祖國與同胞》給他參考。他翻了翻告訴我們說在日本從事文藝工作者，大多有很不錯的收入，再差的生活也不至過不下去。他隨即起身到室內寫了一張便條說：「你們連同這本書和我的信，去找《公論報》李萬居社長，或許他那裡報社可以安插一個工作，就可以給這個作家幫點小忙。」

我們連連感謝的離開，都高興的感到我們的天真、我們的熱誠，似乎並沒有落空，而且已得到一個期待。

《公論報》李社長的寓所就在康定路旁，離我住的雅江街宿舍很近，

是一幢日式樹木扶疏的庭園。我們還是先以電話約好去見他，也是在晚上。李社長見我們便說：「郭議員給我電話了。我報社很困難，待遇很差，這件事還要請李榮春先生到臺北來和我談談才行。」時隔我們見李萬居社長將近四十年了，這一天的詳細日期，依據我寫給鍾肇政的信上推測應在1958 年 3 月中旬前後。於是我火速去信榮春請即來北見李萬居社長。大約是在 3 月下旬左右，榮春初次與李社長會面；而榮春再來北第二次與李社長會面是在 4 月 2 日，這次李社長給一份《英文時報》要榮春試譯（部分），3 日榮春親自將譯稿送給李社長看。這天榮春便逕自返頭城。因我下班時見榮春留字條說：李社長看過榮春譯稿後會電話通知我。李社長的愛惜人才，與決定要用榮春，似乎在我們同榮春去見他時已見端倪，因為李社長說：「他在鄉下做苦工，時間白白溜過去，讀書、寫作還是這裡方便！」（見 1958 年 4 月 7 日陳有仁致鍾肇政信中引述）

　　1958 年 4 月 7 日中午我便接到李萬居社長的電話，他說：「李先生請他日內就來，帶一份履歷表，我帶他去見我們總編輯。」我謝了他，李社長又說：「這種人，我們應該栽培的，做個文學家也要豐富的學問、閱歷、體驗，更要多讀書。李先生給他好環境，他是有希望，將來也會有成就的。」（見同上致鍾肇政信引語）

　　於是我又於 4 月 7 日寫信要榮春三度前來臺北。

　　榮春很快來了，終於在 1958 年 4 月上旬左右到《公論報》工作。先給安插在該報資料部，上班時間是夜間九點半到凌晨一點半。他在《公論報》之初大約一個多月因未租到房間，臨時和我同住在雅江街《臺灣新生報》的單身宿舍。因此給榮春的住宿問題譜了一段極為辛酸的插曲，我必須加以說明。

　　1959 年 9 月 16 日我寫給鍾肇政信中引述榮春的話：「今年夏天，人家都蓋不得被，我要一夜沒有被，真要把我冷死了。」我初為詫異，原來他自入夏以來，通宵都睡在淡水河堤岸邊的草地上，連夜風急，更深，自然無被不能禦寒了。「在繁星和月光下可以給我冥想，又可使我酣眠。但是每

天都要曬半小時被子有點麻煩。」因為被子給更深露水沾浸之故。「但是曬被並不花我的時間，當我跑步完了被也乾了。」

原來我住的一間宿舍三個單身有四張竹床，空了一張，我雖徵得室友同意，帶榮春借宿幾天，不想卻給管理人員向社方報告有違舍規。榮春怕我惹麻煩，自動捲被到淡水河邊長期露宿，但是白天我的室友都上班去了，榮春還是可以返宿舍裡讀書或寫稿。到了下午室友下班之前，榮春已經上夜班去了。這樣一直到在環河南路找到一間小木房，榮春才搬離我的宿舍。

《公論報》事件

好不容易榮春在《公論報》有了一個工作，卻也是命運坎坷的無名作家，投靠到當時被國民黨多年鉗制迫害的苦難報館。李萬居的《公論報》被打壓過程是歷經多方面的卑劣手段，可說是罄竹難書，結果則只能血淚形容。當局先是限制紙量，不准刊登廣告，書報攤不准販賣，中興紙廠必以現金購買；派遣情治人員常駐報社檢查、監視，記者編輯接二連三被捕，總編輯黃照星、編輯陳奇夫、記者江涵則被控「妨害軍機」，甚而連各地業務人員亦遭迫害。記者許一君 1961 年間被挾持，屍骨全無，迄今杳然，是樁令人毛骨悚然的例子。此類案例，不勝枚舉。接著利用臺北市議長張祥傳是李萬居老友，趁李萬居在張羅資金，貸給一筆鉅款（實非張之資，另有內幕），限期償還，迫以發行權抵押，再經法院判決達到改組吞併的陰謀，終於李萬居被架空。實際就如同 1947 年《臺灣新生報》（時李萬居也是社長）改組李萬居被架空的再次重演。到 1960 年 11 月 11 日北市地方法院判張祥傳勝訴，李萬居敗訴。這就是《公論報》事件李萬居被迫拱手讓出《公論報》始末（參閱楊錦麟，《李萬居評傳》第 17 章〈《公論報》悲歌〉，人間出版社，1993 年 11 月初版）。

《公論報》改版發行不多久也停刊了（按：1961 年 3 月 4 日最後出刊）。讀者不再支持固是原因，主要是張祥傳並非真要辦報，實則是替國民黨扮演打垮《公論報》的角色罷了。

　　1960 年 11 月 11 日李萬居敗訴，於次年年初李榮春也自動辭掉《公論報》職務。他的離開《公論報》並沒有告訴我。後來我在家鄉見了榮春，我問他說：「《公論報》改組後員工薪資都可以按月領到，怎麼不幹辭掉？」他回答我說：「報格都變質了，幹下去沒意思！」我自然沒得話說，只感到榮春的及時辭退，不就是給李萬居社長知遇的一種回報嗎？於此同時也表現了榮春的一種風骨。

　　據吳英傑告訴我，李榮春辭了《公論報》後，吳英傑介紹他到一家故物廢鐵壓擠廠做搬運工人，做了約三個月才回宜蘭。自 1958 年 4 月中旬到 1961 年間，榮春在《公論報》先後約近三年，其間在《公論報》發表長篇〈海角歸人〉，另短文隨筆〈龍山寺〉、〈中興橋〉等數篇。[1]

——轉載自《宜蘭文獻》第 31 期，1998 年 1 月

---

[1] 編按：據陳明成考察，「在《公論報》的紙本上只見到〈開光點眼〉，〈龍山寺〉、〈中興橋〉二文卻遍尋不著」，故陳有仁的說法尚需更明確的事證來支持。參考陳明成，〈祕境與棄兒——初步踏查《公論報》藝文副刊〉，《臺灣文學研究》第 7 期（2014 年 12 月），頁 114。

我的四伯
挑戰命運和時代的文藝工作者李榮春先生

◎李鏡明[*]

> 他要將一種意念、思維、感想，一一把它描繪成為具體的現象，這種無影無蹤瞬息變動的靈魂的狀態，這種生命的無形的根本的活動，要透過文字把它形象化，確實也不是很容易，但他對這種工作的興趣，卻越強烈，叫他停止這種工作，那無異是叫他不要再活下去一樣。這種靈魂的渴求的活躍，無論如何困難、失敗、無希望，他的寫作的衝動是這樣強烈，絕對不會停下來。
>
> ——節錄自李榮春〈八十大壽〉遺稿

　　我和四伯父榮春先生生活了四十多年，昔日的相處，給我留下了美好溫馨的回憶，但最可惜的是，在世的時候，沒有切身地接觸他的文學心靈。

　　李榮春先生（1914～1994），我的四伯父，認識他的時候我大概六、七歲。那時父親在頭城老街——和平街租了一間房子，祖母和我們住在一起，祖母床鋪的旁邊有一張八腳眠床，是四伯父的床，長大了方知道，是預備給他結婚用的。鋪上經常空著，是我玩耍的好地方。他從外地回來，我們就一齊睡那兒。記得四伯父總是在「公媽」前的八仙桌上寫字，稿紙前面一瓶裝著深藍色的墨水，在百燭燈光下微閃著反光，給我好奇的童心留下了深刻的印象。伯父靜靜地寫，一直到深夜，倦了就到屋後的古井邊

---

*李榮春之姪，醫師、李鏡明內兒科診所負責人。

沖冷水，他不拘小節，生活簡單，作息規律。當我偷懶成績退步時，母親每次都生氣地叮嚀，要我學習伯父的榜樣。

十歲的時侯，大嬸讓給我們一塊在街尾南門福德廟橋旁的土地，父親就在這裡建了新居。為了節省經費，遠房的表兄弟都胼手胝足合力幫忙，四伯和我也不例外，趁暑假，每屆午後，祖母就給我們一、二塊錢，四伯拖著「哩啊咔」（手拉車），我在後頭踩煞車，一齊到福德溪撿大石頭回來填地基，肚子餓了，就在野外小店買糕餅充飢。我方才慢慢注意到他的腦筋好像天天失神的在想什麼，雖則他很願意在烈日下勞動，可是手腳常常失措，他常對我說一分鐘他都不願浪費，永遠都學不完，時時刻刻都是他寶貴的生命。

民國 47 年，我 11 歲、四伯 45 歲，我們搬到新居，八腳眠床改裝成祖母的新床，不過這以後二、三年，四伯都去臺北。為了初中入學考試，我天天惡補，完全不知道他去那兒做些什麼事？這期間我聽說有一本書，稱做《祖國與同胞》，是四伯寫的，曾得過獎。我好奇地爬上爬下尋找，終於在舊書箱裡發現了一堆。往後曾經試圖讀了好幾次，除了「……嘿……嘿……」的對話外，看不懂也提不起興趣。三年後他又回來，原本父親就在祖母床旁預備了竹床給伯父當落腳處，所以往後幾年一直到我外出念書，我和他是日日生活在一起的。

初中是我一生快樂、痛苦交集，印象深刻難忘的三年。健壯的身體讓我沉迷於籃球場，發洩不完的體能和令人好奇的大千世界，使得我的渴求和必須靜心坐下讀書的升學主義背道而馳。我常常受著學校和父母親的雙重處罰。四伯父的回來，賜我在受難的時候多了一層倚靠。有一次月考，英文臨時抱佛腳，正在茫然之際，考前四小時他將我從床上叫醒，在屋簷下一字一字的教我，那時才知道他竟然也會英文。

四伯習慣倒頭就睡黎明即起從不賴床，在曙光微亮下穿著條短褲，抖擻起精神，尋著青雲路穿越木麻防風林到海水浴場，再沿著浪濤衝擊的沙灘慢跑到竹安河口。他一手握著破毛巾，赤身露體，在龜山島朝霞乍露金

光萬道之際，來回不倦地慢跑直到汗流浹背，然後面對浩瀚的太平洋，生氣虎虎地踢起拳腳，熱了，就衝到浪潮裡浮沉。等到我起床的時候，他已是沖完了冷井水，靜靜的坐在窗邊寫稿子。我永遠記得這樣的光景：早晨的和平街，約莫九、十點的時候，一束陽光從天窗射下，空氣中的浮塵隨著光束挪移著，屋內傳來了祖母泡茶時瓷器的清脆碰撞聲，四伯父靜悄悄的書寫，興到處，獨個兒微笑著，他總是寫了又改，改了又寫，椅子旁有漿糊和剪刀，他不厭其煩的將改妥的稿子裁剪整齊，小心滿足的貼上，永遠是那麼興致，那麼充滿希望的樣子。平常時候，祖母臥久了需要翻身，她按電鈴，可是四伯正寫得入神，總是讓鈴聲一響再響，祖母生氣了罵他是前世積欠文字債，今生來償還的，才會落得這般潦倒落魄。四伯的翻身搥背，總是這般粗手粗腳的，常挨祖母的罵，和他寫作時那種細緻耐心的模樣，真是判若兩人呢！

　　民國 49 年底，四伯父回來，一直到 53 年初我北上臺北念高中，其間三年多，我和他朝夕相處。我們非常熱愛這兒的生活，尤其對故鄉抱著一股說不出的濃厚感情。啊！美麗的家鄉——頭城！蘭陽開發史上第一個漢人墾拓的小鎮，是我們一生希望、夢幻、感情孕育的所在。這樸實的小城，背倚巍峨青翠的山峰，面對浩瀚無際的太平洋，有邊疆市集篳路藍縷以啟山林的汗漬和風華，素有「小蘇州」、「桃花源」的雅稱，西元 1796 年先民在吳沙公的號召率領下，越過三貂嶺在此建立了立足地——頭圍始，至 1895 年中日甲午戰爭臺灣割讓止，約莫一百年是它最繁華的歲月。1810年宜蘭正式納入大清版圖，烏石港登上歷史舞臺，成了蘭陽平原出入口貨物的樞紐，而面臨港濱的和平街（舊稱中南街及中北街）自然成了「蘭陽第一街」，從此這街道就像一條夢幻似的河流，喧鬧著野臺戲急促的鑼鼓聲，纏和幻舞在炮竹煙霧中的龍陣，從祖先的意識裡流向祖母、叔伯、父母親，和我們，在深層的腦海中形成了一片永遠抹不掉的記憶。這時候四伯已近天命之年，他一生為了理想大部分時光都在東飄西蕩，尤其流浪大陸九年期間，音訊斷然死生未卜，帶給家族極大的惶恐和著急。趁著這一

段時間陪著祖母度過風燭殘年，一方面可靜下心來繼續創作，他方面也可重享天倫之樂略盡人子孝思了。

和平街雖則洗盡鉛華，卻依舊保存應有的持重和寧靜。那些日子，每遇上傳統節日我們總是欣喜期待，非但不認為是落伍封建，反而徘徊流連，忍不住地想親身去觸及每一分快樂的時刻。最令人懷念的是春節，四伯父對它非常的敏感，打從臘月伊始，他就像小孩子似的瞪著雙眼引頸期待，他的內心隨著春天的來臨悸動，除夕清晨小鎮市集內熙來攘往趕辦年貨，顯現出人間繁榮的景象，到了黃昏，野外田家、竹籬瓦厝響起此起彼落的鞭炮聲，點綴微寒陰霾的歲末景緻，我們總是大小都出動，繞一趟山邊海濱，向舊歲做最後的拜別。四伯常認為「過年」是人間成了天堂，可是辭去舊歲又是多麼捨不得。及至大年初六，眼看年節將過，下意識地又在街頭巷尾，尋著廟會、子弟戲一次又一次的貪戀著。

他生活簡單規律，慾望又少，性格憨厚。父親常常比喻說四伯的內心如童心般的赤誠。他對寫作的態度，是如鋼鐵般的堅持，絕不會因任何因素而動搖。為了創作他不敢結婚，不事生產，也不重視體面，頭髮經常不理，衣服但求溫暖蔽體不嫌美醜，惹來背後閒言冷語。祖母時常規勸他，希望四伯出去工作，好儲蓄些成家立業的本錢，可是他就是始終不肯，祖母為此常擔心流淚。多少次的夜晚，當我睡在身旁時，她老人家總告誡我要好好讀書，長大以後讓四伯有個依靠。為了賺一點香菸和稿紙的錢，他挪出一部分時間到三伯父的腳踏車店工作，可是經常心不在焉，把車搞砸了，挨三伯的罵！

和平街的新居雖然說是瓦厝，父母親經年打掃得窗明几淨一塵不染，四伯一大早就坐在臨街窗戶的藤椅上讀書寫作，他十分喜愛舊俄時代和法國巴爾扎克式的寫實小說，椅子上常擺的有《包法利夫人》、《高老頭》、《羅亭》、《貴族之家》、《安娜卡列利娜》、《罪與罰》、《卡拉馬左夫兄弟》等書，老舊的封面蛀著霉味，不過他耐心一遍又一遍讀著，好似要將書本讀破的樣子。我常翻閱它，雖不了解書中的意思，但是發現冊頁內夾著樹

葉或卡片，給我一種古樸悠遠的感覺。他一再強調寧可精讀不必濫涉。

　　偶爾好友游藤來訪，游先生擅書法愛談佛理，常喝酒，興起時，他拍著桌面，瞪目問我們生從何來？他認為四伯父的文學是一種「非究竟」的學問，時常鼓勵四伯應該放下一切，遁入佛門追求永恆的生命。記得一個中秋節的深夜，爸爸、媽媽、四伯、游藤夫婦、隔壁伯母等共七、八人聚會在青雲路小橋上，時明月皎潔，涼風徐徐，大家準備了素菜、花生、月餅，席地而坐，彼此擊碗高歌，暢懷人生。紅露酒溫了熱血，剎那間，游藤變成「廣長舌」，悲喜交集地大談佛理，恍恍然有一種吞吐宇宙的氣概，而四伯則醉得沉甸甸地抖著筷子，直夾著嵌在空瓷盤上的兩隻蝦子，惹得大家哈哈大笑。隨著年齡的增長，那一夜變成越來越美麗的回憶。

　　鎮上南門街尾的天主堂是間雄偉的建築，拱頂尖上的十字架，夜晚時亮起燦爛的螢光，遠在五公里外的火車上都看得到。民國 52 年三伯母去逝，葬禮時，四伯父遇到了魏神父，他們彼此已互相注意多年，席間談到如何保持身體健康的話題，四伯誇示說只要好好每天規律的運動，如擦拭零件般地把器官保養磨練，他可以活到一百歲。不過這位曾在中國北方傳教，遠從荷蘭來的神父，聽了以後，告訴四伯說肉體的生命是短暫的，終將歸於塵土，不若靈魂永生的重要，他建議四伯有空的話，不妨常到教堂走走。過了一段時間，我看到四伯經常入神的閱讀聖經，這事引起了我的好奇，我想，祖母雖然中風臥床二十多年，可是佛珠不離手。而且母親每天大清早就虔心拜佛，祈求我學業進步並闔家平安。更何況，游藤居士知道的話，對這位幼年好友將會多麼失望，甚至視為叛徒。可是他不但花更多的時間研究經內的意義，還不時上教堂聽道。又告訴我，新約福音書裡基督的博愛精神，是如何的崇高偉大，還介紹使徒保羅寫的〈哥林多前書〉，稱讚表現了人類追求宗教愛的熱情和真誠。

　　那年年底，我上臺北念高中，四伯父也到深澳火力發電廠做工。多年以後我才知道其中的緣故。原來，教會和熱心的教友們，期盼他到南部神學院受訓，畢業後當神父傳道。入學手續皆已辦妥，催促了好幾回，只待

他前去報到。可是他怕得臨陣脫逃了。其實教會的教友怎可能了解四伯父？他為人木訥，不善言詞，尤其上臺演講，更是羞紅滿面，一句都說不出來的，況且他也說過即使餓扁肚皮，也不可以為了謀取三餐去騙神的。不過他倒是一位難得的好工人，他渴望單純肉體的勞動來鮮活腦力，提升創作的水平。他日以繼夜努力工作，成了包商最歡迎的工人。

　　民國 53 年，一個夜晚，約 11 點左右，我正在大廳讀書，兩位高壯的調查局人員突然來訪，他們說奉命要帶走四伯，可是他人在外地，警調人員翻撿舊書箱，拿走一本《祖國與同胞》，當夜隨即趕往深澳。那時我們都知道，半夜被逮捕，意謂著可能的永別。大家擔心萬分，但都不敢對祖母透露半點消息。幸好兩天後就被釋放。事後，我問他好幾次，他說是被帶到警備總部，至於詳細情形他則支吾其詞。

　　深澳工作了兩年，儲蓄了些生活費，他就忙著趕回來，那時祖母已是風燭殘年。四伯急切地盼望能依戀在母親身邊重享天倫樂趣。在這茫茫的世界裡，他深刻體會到母愛是唯一的依靠。雖然年齡已五十出頭，仍然孑然一身，為此內心多麼需要母親的撫慰，希望永遠像小孩子般留戀著母親。他想若是能夠再度安居在家鄉，一方面照顧母親，一方面繼續寫作，只要不因三餐奔波浪費光陰，就心滿意足了。可是又怕被誤以為是依母親的接濟維生，死賴著不走。這念頭壓逼得他不得不出去做些零星工作，他上山種苗圃、除野草、割稻、挑穀子，偶爾也下海捕捉虱目魚苗。忙得他團團轉的俗事，沒一樣出自他的自願。難怪覺得沒有一個人了解他，漫漫的一生是多麼寂寞。

　　民國 56 年，大專聯招前二十天左右，祖母驟然去逝，這對四伯是極大的打擊，從此失去了生活上的憑藉和關懷。幸賴內心尚餘的一股雄雄創作烈火，不息的維繫生存奮鬥的意志。家族大小合力將祖母的墳墓建得古樸肅穆，四伯每隔幾日，就禁不住前去徘徊流連一番。祖母過逝後，我也剛剛脫離聯考的桎梏，為了對祖母深沉的哀思，我們對四伯的情感更加的濃厚，每個禮拜天父母親準備著便當，我們全家踏遍了家鄉的青山綠水，沿

途四伯總是和我談人生，談哲學，鼓勵、啟蒙我多讀書擴大視野，要學會謙虛，千萬不可驕矜自滿。

由於妹妹和我都已長大，家裡已無多餘空間，四伯父不得不搬到募善堂去住。佛寺的主持是親戚，環境很雅靜，他可全心全意的寫作，這應是他一生最安定的日子。白天寫悶了，還可以爬山上近郊的仙公廟活動筋骨。有一次他忽然發了奇想，要將身邊僅存的儲蓄拿去和廟公一齊種「何首烏」，他認為這樣的投資將給他帶來源源不絕的孳息，並徹底解決和避免可能發生的淒涼晚景。雖經我一再地勸阻，還是執意不聽，最後他充滿憧憬，費了數月的心力，墾了一大片山林，始發現情況不對勁，方才作罷。這和他住在佛寺，工作於仙公道廟，彌撒在天主堂一樣，成了我們茶餘飯後的笑話。

他的前半生，無論是幼年，或是流浪大陸那九年，及還臺後一直到在《公論報》任職期間的經歷，對家人來說，始終是個謎。我問了幾回，他好似不願提起往事的樣子。最遺憾的是，在伯父生前沒有好好的閱讀過他的作品。長久以來我受到四伯外表的矇蔽，比如他不知寒暑，邋遢的穿著衣服。又如他毫無文飾、童心樣的熱誠。還有雖然努力創作了一生，卻一步也無法改善個人的生活窘境。在在讓我對他寫作能力產生懷疑。他曾多次提及留下一筆無窮的資產給我，還強調，即使花費半輩子都未必能夠整理得完。我暗笑他的迂腐無知，認為他寫昏了頭胡言亂語。許多次，我建議他寫些短篇，賺一點稿費，他總是不熱衷。我也希望他寫一部小說，內容涵蓋了臺灣近代的社會巨大變遷，他聽後也只是笑笑。他說他一身是劇，行住坐臥皆不乏寫作材料。我告訴他某某名作家，文字寫得多華麗精煉，他則對我說：寫作貴在真誠，文字其次。我始終未曾靜下心來，仔細的品嘗他的創作，錯失了和他心靈接觸的機會。

他的去世，讓我無比的傷心和懷念。但是幸運的，真正的一位品格高貴，堅苦卓絕，不懼世人眼光，勇敢抉擇自己，挑戰命運和時代的文藝工作者——我的四伯，李榮春先生，在他過世後，我開始認識他。

——選自《宜蘭文獻》第 31 期，1998 年 1 月

公道得還

寫在《李榮春全集》出版前

◎彭瑞金

一、李榮春是誰？

　　雖然這是極不應該有的現象，但李榮春仍是臺灣文學史鮮為人知的作家。李榮春 1914 年出生於宜蘭頭城，1994 年去世。正式的學歷是日治時代的頭圍公學校畢業，雖曾入私塾學習古漢文，卻完全靠自修學會白話漢文及英文。1940 年代即立志以白話文創作，終身寫作不輟。

　　由於從小聽聞日人入臺初期，極為兇殘，燒殺擄掠無惡不為，即養成痛恨日人之心理，甚至不願意就讀日本人辦的學校，他的英、日文程度都不錯，都是靠自修自學。少年時代即有想脫離日本統治的想法，1938 年，23 歲時，適逢臺灣總督府於臺灣五州招募一千名、各州二百名「農業義勇團」赴中國各地日本佔領區，擔任農業試驗任務。李榮春希冀藉此機會逃往中國的大後方，加入抗日戰爭的行列，1939 年，義勇團約滿後回臺，旋又至日本半年，再轉往上海等地，因無法衝破封鎖進入中國後方，乃在農勇團認識的經營洋行的友人處幫忙。友人洋行被迫歇業後，分得一筆鉅款，與在上海認識的女子一起返回其紹興附近的家鄉王壇山區居住。本意要在此日本人管不到的地方專心讀書寫作，無奈日本的軍隊還是進入這偏遠山鄉，不僅讓他飽受日軍殘暴的威脅，更因物價飛漲，貨幣貶值，現實生活也陷入困境，不得不從山鄉重返上海，並於戰後，1946 年返回臺灣。

　　一身襤褸回到臺灣的李榮春，兩口大皮箱裡盡是寫作資料和書籍，一貧如洗的困境並沒有讓他興起絲毫向現實妥協屈服的念頭，反而更堅定他

追求文學立志寫作的決心。先是拒絕與等了他八年的童養媳成婚，他要孤獨地走自己的文學路，也抗拒家人、友人幫他找到的固定支薪工作，包括有人介紹他至宜蘭的中學教書，寧願打零工、墾荒，他要把時間留給寫作。1957 年，認識鍾肇政等文友時，他在自我介紹中說，以修理腳踏車為業，不過是他人生中從事過的眾多行業之一。

這樣一位立志以文學為終身志業的作家，在 1952 年就完成了一部驚人鉅著，六十多萬字的《祖國與同胞》，次年送往中華文藝獎金委員會競逐長篇小說獎，以史無前例、無法與其他作品一起評審，給予一萬六千元之寫作補助。鼓勵他繼續創作，卻不肯為他出版。其實，先於《祖國與同胞》，他已經完成一部二十萬字的《海角歸人》。以這麼短的時間完成上百萬字的作品，是臺灣文學有史以來空前，至今仍是絕後的記錄。

創下這項空前絕後記錄的李榮春，由於作品始終沒有出版的機會；《祖國與同胞》曾以文獎會的補助金印行三分之一左右，發行不出去，也就後繼乏力。《海角歸人》則在任職《公論報》時，為報答社方知遇之情，主動提供不支稿酬連載。此外，他的文學幾乎沒有與文壇相連結。李榮春唯一與文壇的連繫，就是參加鍾肇政的《文友通訊》，在 1957 至 1958 年間，與鍾理和、廖清秀、鍾肇政等有書信往返，激發他的文學豪情，但無論如何都由於完成的作品沒有面世的機會，使他放棄向當世尋求知音的念頭，轉而以接近文學隱士的心情去追求文學的永恆，一個人躲在頭城寫作一輩子。

李榮春曾於 1958 年由友人陳有仁、林居萬居間奔走，鍾肇政寫推薦信，到李萬居的《公論報》資料室任職，於是將《海角歸人》送給該報「日月潭副刊」連載。一直到《公論報》被迫改組止，時為 1961 年，他大約有兩年多近三年的時間，過著帶職寫作的生活，有些短篇作品，完成於這段期間，餘外，他一生似乎都不肯再接受任何足以綁住他的生活，使他不能全心自由寫作的工作。到他 80 歲去世止，他又寫下了《洋樓芳夢》、《八十大壽》、《鄉愁》等三部長篇，和超過六十萬字的短篇作品，一

生留下來的著作超過三百萬字，這還只是就「定稿」而言，他有不少作品，包括《祖國與同胞》這部近百萬字的鉅著，都是三易其稿，一改再改，真正一筆一劃寫過的總字數，已經無法計算。這樣一位對文學創作懷抱殉道真誠的寫作者，一生幾乎完全在孤獨、寂寞、貧困中寫作，在親人眼中，他不過是前世積欠了文字債，這輩子來償還的，讓母親、弟兄操煩不已的沒出息子弟。在鄉里街坊看來，他也不過是腦筋有問題的「孤獨羅漢腳」。

二、「臺灣文學殉道者，蘭陽文壇獨孤俠」

　　這是李榮春之姪李鏡明醫師的題辭，非常貼切地勾勒出李榮春在文壇的地位，以及他生前的寫作心境。李家的先人以木匠為業，李榮春的父親在頭城街上以「箍桶」營生，不過他八歲時父親就去世了，由母親把他們五個兄弟二個姊姊——其中一姊係孿生姊姊，扶養長大。李榮春在兄弟中排行老四。寡母在家庭裡是全家的重心，亦深得街坊敬重。也許父親去世得早，兄長們個個都具創業雄才，弟弟也從小機伶，長大之後往公務員方向發展自己的人生，唯獨李榮春一生「不務正業」令母親操心不已。22 歲時，56 歲的母親中風，半身不遂，臥病 31 年。他的長兄和二兄在二十出頭的時候，就在頭城蓋了四家店面，經營生意轟動鄉里，更遠至臺中買下幾十甲土地。不幸由於碰到時局不穩定，物價幣值波動而失敗，土地變賣的錢遇上舊臺幣換新臺幣而成為廢紙，二兄仍在挫敗中站起來，繼續經營實業。三兄是機械天才，沒有經過三年四個月的拜師學藝，竟然成為修理腳踏車的第一把好手。弟弟是孝子，自弱冠起即負責照顧臥病在床之母親。李榮春生長在由一個中年守寡、臥病近三十年的母親為軸心的、極為特殊的家庭氛圍裡；其實，由於從小有口吃的毛病，不擅言詞，養成他「旁觀者」的性格，偌大一個家族成員裡的一舉一動，他都看在眼裡。經營以「家族」為題材的長篇小說，也就成了李榮春寫《祖國與同胞》之外，獨步臺灣文壇的孤獨的特質了。

　　《祖國與同胞》雖然是寫一個一心一意要到中國大後方加入抗日戰爭
行列不得門路的臺灣青年，因在上海召妓偶然鍾情於這位來自紹興鄉下的
女子，而隨其返鄉，經歷中日戰爭的個人經驗為主軸的小說，但由於口吃
造成的個性，加上對當地土話瞭解有限，李榮春在小說裡也是「旁觀者」
的角色，除了冷眼看到戰爭的殘暴之外，它其實也記錄了一般民眾如何在
人命微淺的非常時刻，謀生求生的本領，戰爭，使得有些人變得愚蠢、自
私、偏執，有人在亂世中苟活，扭曲了人性，也有人展現了能屈能伸的識
時務的生存本領。李榮春實即小說裡的「魯誠」，將自己置身完全陌生的險
境，他和王壇這個地方的關連完全靠一個偶然邂逅的女子，他甚至還不知
道她的真實姓名，就接受她的建議來到這裡，尤其他以臺灣人的身分，農
業義勇團的背景，一旦被日軍洞悉，都有喪命的危險。李榮春可以說憑藉
自己九死一生的和中國鄉間人民一起的「抗日」經驗寫成的六十多萬字的
小說，基本上已創下了以個人史為軸心寫作長篇鉅著的特例，尤其是這個
人物，是完全沒有任何官銜職務的典型「庶民」。或許這之間正透露了他個
人非常特別的文學觀，或者稱為小說創作觀。從他與姪兒李鏡明的對話
中：「寫作貴在真誠及赤子之心」、「作家要有擁抱全人類的胸襟和氣吞山河
的氣概」，我發現李榮春雖習慣以全知觀點，把自己抽離到旁觀者的位置來
寫「故事」，但事實上是把寫作者的人格無限放大，展現了「我」的絕對自
尊和自信，即使像隱藏在小說背後的「我」是一介「庶民」，但「我」生命
中的一切，只要真誠地袒露出來，就是文學。

　　根據 1998 年元月，宜蘭縣文化中心出版的《宜蘭文獻》，在李榮春逝
世四週年所製作的「專輯」年表中說，《海角歸人》是李榮春戰後初期返臺
後最先完成的作品，但李氏在 1957 年底至次年初給文友的信上說，他正努
力完成《飄》的修改並改名《海角歸人》。在《祖國與同胞》前三分之一出
版與《海角歸人》連載發表之間，他還寫了一部將近三十萬字的《洋樓芳
夢》。《宜蘭文獻》說它有十八萬字，與全集版相差十萬字，可見李榮春寫
作「三易其稿」的情況非常普遍，《洋樓芳夢》是他生前從未示人的稿件，

去世之後才在衣櫥的抽屜中被發現，描述他和農業義勇團認識的摯友「康顯坤」一家為《祖國與同胞》尋求出路、出版奮鬥的過程。康也是李榮春在投效中國抗日行列不成之後，最大的讀書寫作生活護持人，旅居中國期間堪稱叱吒風雲，經營洋行等賺了不少錢，被迫關閉時，卻平均分配給好友，是極講義氣的豪爽漢子，戰後卻以拉三輪車維生。知道好友「羅慶」完成這麼一部偉大作品後，立刻表示護持，僑租一棟更大更適合的房子供其安心修改原稿，出資僱人謄寫，照顧他的生活，替他奔走尋求出版機會，深信此作一旦問世必洛陽紙貴，一定是諾貝爾獎的熱門競爭對象。包括康之妻在內，一群懷抱文學夢想的人，終因「文獎會」的私心而夢碎。

　　《洋樓芳夢》或許顯示了「羅慶」、「康顯坤」對文學想法的過分天真，但自古沒有場外舉人，作家的嘔心瀝血之作連出版面世的機會都不可得時，要如何成為一個作家。思念及此，我深信「文獎會」一定是妒嫉李榮春寫出了連他們這批自命不凡的戰後臺灣文壇的「指導者」都無人能及的「偉大」著作，不肯玉成其事，才會推託說是要將來帶回「祖國」給四萬萬「同胞」看。如果他們真的相信這樣一部鉅著能激勵「同胞」，不是及早印出來，更能有效激發同胞的愛國心嗎？而且，他們給了一筆寫作獎勵金之後，有意將原稿「留中不發」，是經過極力爭取後才要了回來。《祖國與同胞》讓這些「指導者」顏面無光，也註定了李榮春要一輩子走他的孤寂的文學獨木橋。

　　《祖國與同胞》的挫折，雖沒有把李榮春擊倒，但顯然把他的文學逼向更孤獨的路上走。《祖國與同胞》雖然是以個人經驗史為軸心發展出來的作品，但並沒有忘記將個人生命的意義放在大時代動盪的格局去思考，他仍是大時代的見證者，這也是那個年代審閱他的稿件的人不敢忽視、否定它的價值的原因。結束《公論報》的工作之後，李榮春再回到頭城，一度在深澳的火力發電廠工作，但他在《文友通訊》上就曾經表示長篇寫作是「沉重的工作」，需要放棄其他的工作「將全部時間和精力，一起集中於此作最後的完成。」避回頭城，固然警總的約談是原因之一，爭取更多的寫

作時間和精力，才是主因吧！他那長年臥病的母親需人日夜照顧，讓年逾五十沒有成家的兒子找到了膩在、也是匿在母親身邊的藉口。病床上的母親，曾經無限感慨，自己生下一群子女，也都是一手親自養大，個個都有成就，唯獨「春仔」一個人活得快五十歲了，上不曾仰事，下沒有俯蓄，還是孤家寡人，無依無靠，身體壯得像一頭牛，只是什麼都不想幹。李榮春離開《公論報》返鄉時是 47 歲，年近八十的母親勸他不再挑剔找個伴成家，他以為寫作對於他是千金不換的要緊事，不能為結婚成家浪費寫作的時間，母親憂心自己去世之後，他要生活無著。這些都是李榮春觀察母親神色描述出來的情節。他在深澳火力發電廠短暫任職回到家裡後，在夜間接替弟弟、弟婦照顧母親的任務，利用其餘的時間全心寫作，現實生活的問題得到解決，但母親擔心自己身後，兒子失去自己之後無法生活。

其實，後來由五弟將他歷來積蓄湊足一筆錢捐給募善堂，那裡有一間禪房供其居住寫作，直到募善堂遭白蟻侵蝕，有倒塌之危才搬至三哥腳踏車店樓上居住。住募善堂其間，三餐仍回到距離不遠的弟弟家進食。晚年，其弟隨在羅東開業的兒子李鏡明醫師遷居羅東後，其姪更訂妥一家餐廳供其自由膳食，並每週坐車至羅東共敘天倫之樂。其實，以孤苦形容李榮春的生活，指的是他文學心靈的不為人知，他並未失去家庭的溫暖。相反的，李家在以寡母為中心所輻散出來的家庭氛圍是非常特殊的，一個臥病近三十年的病人，不僅不會因「久病無孝子」惹人嫌惡，反而釋放出分居各處的全家數十口人凝聚在一起的魅力。雖然這個家族裡，兄弟間也有過財物的爭執，妯娌間也有言語的磨擦，但對於老母親則是一致的敬愛。「歸鄉」之後的李榮春，就是以這樣的家族生活氛圍寫成了《八十大壽》、《懷母》、《鄉愁》三部長篇小說和十幾篇短篇。

這些從「家族」發展出來的作品，基本上和過去從「個人」做軸心的作品，調子是非常接近的，「庶民」生活世界的基調不變，透過旁觀的立場，以全知的觀點，發揮纖細入微的文學探究、描述本領，袒露最真誠無偽的情感。《八十大壽》從母親臥病多年後，忽然病情轉劇，全身不能動

彈，連言語的能力都失去了，經過全家大小的「念力」搶救，母親病情總算穩定下來了，家人於是倡議提早為母親舉辦八十大壽。小說從這裡倒述回去，主要敘述這個枝繁葉茂的家族，在母親的帶領下發展的過程，呈現凝聚這個家族的內在特質。作者也技巧性地將這個家族發展史的時代、社會背景勾勒出來，用以襯托這個家族存在的意義和社會位置。完成《八十大壽》的時候，李榮春已經 69 歲，從起草構思到完成，整整經歷 16 年，這其間，他或許有感於整體文學環境的變化，有生之年《祖國與同胞》不可能有重見天日的機會，因此，有關個人經歷的部分，包括出生、成長，旅居中國八年，參加文獎會徵文經過，《公論報》任職，從事文學的抱負都被重新整理、插入《八十大壽》的情節中。而獨立的《懷母》一作，可以視為《八十大壽》的續篇，敘述他對母親的依戀孺慕之情，對照李榮春木訥內向不擅以語言表達的個性，《懷母》中呈顯一個年近耳順的男性作家驚人細緻的感情。整體而言，這部以母親去世為主題的小說，作者呈現有如默片的表現方式，卻讓人感受到劇中人纖細無比的感情表達，恐怕是臺灣小說史上的一絕。

其實《八十大壽》之後，李榮春還寫了一部《鄉愁》，大約三十萬字的長篇。這部作品也有可能是《八十大壽》的另一種版本，顯然他有生之年並未將它定稿，但這部作品與《八十大壽》最大的差異是試圖以「家族史」的背景去寫作，仍是以他自己的李家為依據，從來臺祖先到遷居頭城的祖先，寫到自己的父祖兄弟，乃至母親的家世，當然也寫到了自己。有一個明顯的證據可以證明它是李榮春最晚的一部長篇作品，應該是 1980 年代，《八十大壽》定稿之後才寫的作品，那就是這部作品受到臺灣文學多元化現象影響，出現大量福佬語彙。可見，他雖離群索居，對於文壇種種仍是關心的。《八十大壽》完成後，鍾肇政有意推薦給《自立晚報》舉辦的百萬小說徵文，在輕薄短小為時尚的時代，恐怕誰也改變不了李榮春作品孤獨的命運。

李榮春自進入《公論報》開始，寫過不少短篇，其後，有近二十篇在

宜蘭人旅居臺北的同鄉會刊《蘭陽》上刊出來，可惜鮮有文壇知音。事實上，李榮春的短篇作品總數超過五十萬字，還有一部分已找不到原稿。而且，有別於他的長篇作品，這些作品展現的是另一種不同的風貌，從宜蘭頭城的風景人文、民俗、歷史著手，充滿地方特色和現實感，和徜徉於自己心靈世界的長篇形成截然不同的文學風景。透過這些短篇作品廣泛多樣的取材，或許才能進一步認識李榮春並不是將自己與外界現實隔離，或封閉自己心靈的作家。由於年輕時代和戰後都曾經有過求知若渴、大量閱讀各種書籍的歷程，短篇小說才能略略看出他淵博的一面。

三、還李榮春文學公道

李榮春對日本人的痛恨是非常純潔的，因為他聽說日本人屠殺他的鄉親，他看見日本人的惡行，他要逃離日本人的統治。但是，他的文學，尤其是長篇小說創作的基調，恐怕還是受到日本昭和文學的影響。昭和初期，有一些因從事傳播共產主義而被捕的左派作家，在獄中思想由左轉向右，出獄後，以小說描寫自己內心煎熬的轉向經過，稱為轉向文學，是為私小說。李榮春立志加入中國大後方的行列不得其門而入，意外地和中國鄉野農民和都市的工人一起度過八年抗戰歲月，戰前、戰後很多看法都改變了，《祖國與同胞》何嘗不可以視為他記錄自己思想轉向、心靈煎熬的「轉向文學」？何況，他的作品完全符合日本文學私小說的寫作方式。當然，以戰後的文學發展史觀之，李榮春的確是無可避免地要走他孤獨的文學路。

或許這一切可以歸為李榮春的自我選擇，然而臺灣社會如果繼續冷默對待一位曾經以全生命貢獻給文學，窮五十年之力完成三百萬字作品的作家，豈不徒然彰顯這個社會的粗魯無文？我在還來不及讀過李榮春全部作品時，即著文呼籲〈還李榮春文學公道〉，以我當時讀過的約一百萬字李榮春原稿而言，深深體會到李榮春文學，基本上是藝術家精心雕琢的藝術品，很難從它的一個片斷去理解藝術家的苦心，因此呼籲相關的文化機構

出面印製「李榮春全集」，因為這樣的全集很難被商品化後加入文學書市場競銷的行列，不敢期待民營的出版社行此善舉。當我想起「國家文化藝術基金會」有補助出版的計畫時，立刻請李鏡明醫師思考這個出版途徑。

李醫師是李榮春文學的知音，也是他的文學護法。李榮春晚年還有安定的寫作環境，還能有個談文學的對象，能夠享有天倫樂趣，都是得自這個忘年知音的相知相惜。李榮春於 1994 年元月 31 日病逝後，李鏡明隨即成立「李榮春文學獎助會」於六月推出他的第一本著作《懷母》。我就是透過《懷母》的出版認識了李榮春文學和結識李鏡明醫師。李醫師也在李榮春身後獨力負起作品整理的重擔，請人謄稿、潤飾、打字，《懷母》出版前，已整理出「李榮春作品全集」七冊：《懷母》、《海角歸人》、《和平街》、《洋樓芳夢》、《李家老四》、《戰火浮生》、《烏石帆影》，準備逐一出版。除了《海角歸人》以外，所有的書名也是李鏡明代擬的。《懷母》出版後，獲得不少熱烈的迴響，其中，晨星出版社表達了出版李榮春作品的興趣，先後出版了《懷母》、《海角歸人》及《烏石帆影》三部作品。當我向李醫師提議申請國藝會補助出版「李榮春全集」時，他立刻想到由晨星出版社上其事，畢竟晨星也算是李榮春的文學知音，可以省掉不少解說的口舌。因而，他們後來邀請出任全集主編時，也只得恭敬不如從命了。在我們這個社會應該還給李榮春文學公道的時刻，我也有一份不可旁貸的責任吧！

四、編輯、出版說明

「李榮春全集」編定為十巨冊，分別為：

1. 《祖國與同胞》（上）。
2. 《祖國與同胞》（下）。計約八十九萬字，不含序文、目錄，一千三百四十餘頁。
3. 《海角歸人》。約二十一萬字，三百二十頁。
4. 《鄉愁》。約三十二萬字，四百八十頁。

5.   《洋樓芳夢》。約二十九萬字，四百三十二頁。

6.   《八十大壽》（上）。

7.   《八十大壽》（下）。計約五十七萬字，八百六十四頁。

8.   《懷母》（李榮春短篇小說集上）。約三十五萬字，五百二十八頁。

9.   《和平街》（李榮春短篇小說集下）。約二十七萬字，四百十六頁。

10.   《李榮春的文學世界》。收輯李榮春與友人來往書信、他人評論李榮春作品文章、評論引得及生平年表等。

「李榮春全集」資料的蒐集和整理，絕大部分都是李鏡明醫師的功勞，除了既有的篇名、書名之外，大部分的書名、篇名，也是李醫師代擬定的，沒有他，李榮春仍可能繼續淹沒草萊。在整個編輯過程中，我們發現李榮春的作品有不少重疊出現的情節，譬如：他旅居中國的經驗，《祖國與同胞》、《海角歸人》、《八十大壽》、《鄉愁》，甚至若干短篇都有相同的情節，原因當然是李榮春生前但求一作出版都不可得。《八十大壽》中，牛郎織女相愛的故事，一共出現六次。李榮春的姪兒們也都很關心他們伯、叔父遺作的出版，紛紛提供編輯意見，其中讓我思慮良久的是，要不要讓李榮春的作品「頭毛散散」的出現在讀者前面？有些書中人物仍健在人世，在李榮春真誠無偽的文筆下，會不會為他們的生活造成困擾？之前，李榮春出版過四本作品，除了《海角歸人》都是請人潤過筆的。我在閱讀過一大部分的李榮春原稿之後，認為他筆下的人物、事件，固然由於十分逼真容易對號入座，但無一不真誠，並不至構成毀謗的地步，更不至被誤解為惡意。的確在文字、情節上沒有一般人習慣閱讀的順適流暢，卻有李榮春式的獨特個性。我反對像批改作文一般、按照我們的閱讀或書寫習慣去更動原作的情節和文字，主張保存李榮春文字作品的「真貌」為最高編輯原則。因此包括《懷母》在內，都以他的「原作」重新打字。這一點幸獲李氏兄弟及出版社都接受我的意見。

我以為作家全集的出版，保存原貌有十分重要的意義，尤其是已經過世的作家，我們已經不能和原作者商討的情況下，原作就是與閱讀者直接對話的對象。尤其像李榮春這樣作齡超過半個世紀的作家，原作的語言文字、思想意識，無不具有濃厚的時代、環境的色彩，乃至整個社會的縮影在裡面，作品呈現在那裡，就已經準備好作者一邊的對話機制，剩下的是閱讀者這一邊，如何架設自己的對話機制，和作品完成對話。作品會說話，讓作品說話，不僅是對文學創作者的尊重，也是閱讀文學作品的應有態度。李榮春對文學抱有鴻鵠之志，意圖一飛千里時所使用的文字，和他退居頭城棲息烏石港海灘的文字，有著截然不同的趨向，細心的讀者都可以從中讀出作家心境的微妙變化。

因此，我們對於原作中的情節、語詞，雖察覺有異，也絕不更改，也不作註釋，因為這是創作。譬如：「疼愛」寫作「痛愛」，「寫意」作「洒意」，「遙遠」作「遼遠」，「時間」作「辰光」，「充沛」作「充湃」。又如：「也步也趨」、「笑得豪放而光朗」、「擠擁不堪」，等特創詞彙。雖與讀者閱讀習慣不合，但沒有「錯誤」可言，不難從上下文理解者，便一律以存真的理由不予更動。唯一直接更改的是錯字，譬如；原作「年青」改為「年輕」，「茅盾」改為「矛盾」，「差」改「羞」，「遺」改「遣」……這方面的「修改」，同樣也無法徵得原作者同意而擅自更動，我的理由是，我們出版的是小說創作，由於社會對原作者的虧欠，使他有生之年無法將心血結晶有發表或出版的機會，如果有機會發表，這些用字的錯誤、筆誤，經過審稿、編輯、校對的層層節制，這方面的錯誤一定也在「未經原作者的同意」下被更正過來，他們同樣也不作任何註解，這些錯字修改不過是依照編輯慣例行之而已。

「李榮春全集」的出版，是集合了許多人的智慧和奉獻，所有參與其事者都是抱著「痛愛」李榮春文學心情的知音，能見到李榮春文學公道得償，內心的喜悅一定得以撫慰付出的辛勞。個人有幸參與其事，使得 2002 年的暑假過得格外充實，獲益遠比我付出的多，除了感謝緣慳一面的文學

先賢李榮春為我們創造了這麼豐富的文學資產之外，我也要感謝所有促成
「李榮春全集」出版的有功有勞人士。是為序。

——選自《文學臺灣》第 45 期，2003 年 1 月

前世文字債，今生償還來

為老作家李榮春的最後寫真

◎李潼*

一

多數的老人，常因體能衰退、行動遲緩及歲月的風霜滿布，而顯慈
祥。事實上，的確有些老人，在閱歷過人生種種命定和意外的離合悲歡之
後；在奮鬥過人生種種追求和無奈的得失糾葛之後，心思有了寬容，神態
有了這樣的和藹。不過，也並非任何老人都能到達這樣的境界。

1994 年初春，我陪同兩位攝影師，到宜蘭頭城為從事文學創作六十年
的「不知名作家」李榮春寫真留念。

從清晨直到黃昏，三部照相機的快門按個沒停，廂型車載著老作家，
從家居、街頭、海濱到山巔，場景一處換過一處；服飾一套換過一套，這
位創作生涯比若干人的生命還長的老作家，竟可以不發一言，不說一詞，
只那樣慈祥的含笑。即使春寒海風吹襲，問他冷不冷；在開蘭第一街的和
平街口曝曬，問他熱不熱、渴不渴、餓不餓、累不累，老作家仍是那樣耳
清目明的聽看、微笑，輕聲若無的示意。

黃昏收工，我們這幾位合計年歲還不如老作家的臺灣後輩子弟都累
了，我們扶持老作家回到他獨居的樓層，為他準備了他最愛嘗的臺灣香蕉
和平生最感適口的頭城清水，安頓他在窗臺前的躺椅休息。

老作家知道我們要離去，又起身穿披沉黑短大衣，拄拐杖，不動聲

---

*李潼（1953～2004），本名賴西安，臺中人，長居宜蘭。小說家、散文家、兒童文學作家。

色，卻堅持要下樓送行。

我在廂型車內揮手致意，老作家拄杖回禮。

他穿著一身黑衣，站在黃昏暗處的門板前，光滑的額頭更加明亮；只有壽斑不見皺紋的臉龐，更加清新。他的神色和好禮的堅持，完全合於慈祥老人的形象；但我確實明白，眼前這位文學前輩，可不完全是個慈祥老人，他是個我晚識的固執文學人；是個文學激情仍洶湧的文學老人，若歲月有情，還他一副健朗身體，他還有許多題材要訴諸文字；有一串勃發的文學靈思要分享。

他是個不同的人；不同的作家；不同的慈祥老人。

二

安排專業攝影師來為李榮春拍照，全然沒想到為老人拍照的可能忌諱，多半只是驚愧：以我這樣一個文學人，怎可以不知這麼一位定居鄰鄉、專事寫作六十年的文學前輩？而他的創作主體也在小說，我竟然不曾在文學起步時讀過他的作品！

在那兩個月前，老作家的姪兒找到我。他轉述的李榮春生平和那一綑十五公斤的小說原稿，讓我讀到一位幾乎橫跨二十世紀的臺灣子弟命運；見到一位固執且落魄的作家心志，和他小說情節「丰采多姿」呈現個人與時代的波瀾。

老作家的作品富涵自傳色彩，何不趁早春時節，讓他回到若干小說場景留影，或許能讓這樣的一位「不知名老作家」欣慰，而趁著物是人在，老作家在這再熟悉不過的場景時，身心都感自在，雙方交談的話題可有另一種不假思索。身為文學同好，我以為這方式是好的，也是文學晚輩對前輩的禮敬。

沒有一位著作等身的作家，是寡情冷漠的，他總懷有不服、不甘、不情，即使他甘於一部部長篇小說無發表機會；甘於挑砂石零工、為貴命的人擦洗腳踏車賺取寫作的最微薄開銷；甘於婉拒婚姻而為寫作效勞；甘於

時代的撥弄而顛簸流離；甘於鄰里鄉親的譏諷輕視，他對於生命，對於文學志業，總還有自己設定的命題和形式，去表達不服和不情。這裡的火熱多情，一位堅持的（固執的）作家，往往以他源源推出的作品為代言、為見證，是這樣不耗唇舌也「打死不退」。

三

　　早春的頭城海濱，弄潮人還不感興趣，清冷沙灘只有一排清瘦的蓮蓬頭淋水架；一艘擱淺得只露半個船頭的木船和四層樓高觀海亭。

　　李榮春再度輕聲要求去解尿。

　　我扶他到海蟑螂盤據的盥洗室，等他解完久久的，無力的一泡尿。這泡尿，解得足夠我想到久候他而無結果的童養媳；想到他在 1938 年的日治末期，加入「臺灣農業義勇團」赴中國大陸，在上海結識的紹興女子。他一生最健美有力的身軀，不敢接受這兩女子託付終生的懦弱，和他對文學創作心志的堅強。

　　在這海灘上，曾有幾十年時間，是他每日拂曉赤身奔跑、洗浴健身的所在，是趕早上學的孩童呼喊：「狂人來了！」的追逐跑道。李榮春在這裡揮拳起腿，打一套他自研的拳術，據他在文字中的自我評價，打得是渾身解數、虎虎生風，自我感覺好極了。這一天開始的激烈鍛鍊，為的是寫作的充沛體能，是他每天夜夢的期待。孩子們的戲謔，反過來讓他更肯定自己的與眾不同，執著自己悲情意味的壯舉，讓他想到心儀的屠格涅夫、杜斯妥也夫斯基，那些坎坷一生的北地作家。

　　攝影師為他準備的便椅，在鬆軟沙灘擺放好久才置穩。攝影師取景，我蹲地扶椅，在他背後詢問：「想不想上觀海亭？我們陪著扶去。」

　　老作家搖頭，回頭看我，笑著。

　　他通曉多種語文：日語、漢文、英文、德文、閩南話、上海話、紹興話和北京話，在他兩百多萬字作品的文字運用和語法，可見這種殊異的語文風格。可惜，和他相識的時間不巧，他兩度中風後的舌頭已不便給，若

再早個三、五年，以我的文學晚輩身分，以我不忌老少的交談本事，我有七分把握讓他侃侃而談，聽看他一根舌頭攪和出多種語文的趣味。

四

六十年寫作生涯，在時間的長河可看短、看長；但六十寒暑對不滿百年的人生，肯定是漫漫長路。是什麼樣態的意念，讓李榮春甘做凡常人生的獨孤俠；敢做文學祭壇的殉道者。

我陪李榮春跟著攝影師們在和平街頭或站或坐，在那附近的土地廟、禪房、教堂和山巔的寺廟廣場走動，這裡是他身軀健朗時，常來散心的所在。這一天的走動，居然不見一個鄉人和他招呼，當然也沒人喊他「狂人」——這麼一位眉目清朗，儘管行動不俐落，卻難得打點得稱頭的和藹老人，常人諒也喊不出口。

在這之前，聽過有人戲稱他矢志寫作的由來：「前世文字債，今生來償還」。這宿命色彩的說法，我寧願相信是不知者的寬諒，知者的疼惜；而非看他對文學創作的一往情深，有半絲半毫的輕蔑。

攝影的最後一景，選在李榮春老家的和平街口。

這條百年老街，在攝影師為李榮春打光、取鏡直到一系列拍攝完成，居然不必清場，也無人車來干擾。

老街清出，狹窄而深長，長得不見街尾，彷如可以走到一處神祕境地，可以讓任何路人走去他預想的地方。

我蹲在土地廟的門檻前，看老作家若無其事的讓攝影師取鏡。我想到當下的臺灣子弟崇尚的創業捷徑、人生短線操作、「五分鐘成功術」，或「五萬賺五百萬錦囊妙計」。再看端坐在長街街口的李榮春，以一生歲月操作文學生涯；以幫人擦洗一部腳踏車賺得一刀稿紙；以肩擔砂石換取一日兩餐；以六十年換得兩百萬字文學作品。

以我這樣一個文學晚輩，該怎麼看他，可以怎麼談他。

海濱的那些孩童，見他日日激烈練身，而喊他「狂人」，若再知曉他的

練身只為展卷讀書、伏案寫作，肯定可以想出讓自己驚嚇逗樂的新詞。至於等待他們長大後，有機會聽到老作家的生平事略；讀到老作家對文學創作的心語：「這種無影無蹤瞬息變動的靈魂的狀態，這種生命的無形的根本的活動，要透過文字把它形象化，確實也不是很容易。但他對這種工作的興趣，卻愈強烈，叫他停止這種工作，那無異是叫他不要再活下去一樣。」（按：見李榮春，《八十大壽》）在他們可能也是「人生短線操作」的態度下，憑他們造詞取名的聰明，除了驚嚇，還有什麼？

任性。頑固。歡喜就好。

可能有一種類似反省的東西出現。

攝影師的技術精湛，將黃昏的長巷老街拍出一片亮好；將老作家的臉頰拍出無關歲月的光澤，若能讓有識者發現他眉目間的清輝，讀出那是一生的堅持，這就好了。

那天，李榮春沒發隻言片語，半個月後，我們永遠失去了他的音訊。

本文原載於《聯合報・副刊》1997 年 6 月 17 日

——選自彭瑞金主編《李榮春全集・李榮春的文學世界》

臺中：晨星出版社，2002 年 12 月

——祝建太女士於 2018 年 7 月 25 日修訂

給錢鴻鈞先生的信（1997 年 6 月至 1997 年 9 月）
淺談李榮春作品

◎李鏡明

錢鴻鈞先生大鑑：

認識你是多麼愉快和驚奇的事啊！愉快的是你對李榮春的熱情，驚奇的是你的才華和行事效率。今後我將多一個知心交談的朋友，生活將更為充實，我想我該如何稱呼你較好，「老弟」嗎？「好友」嗎？我看還是用「好友」順口吧。

昨天有仁回家了，看到有仁就像看到榮春，說真的我是不願意他離開的，可是礁溪的小套房有些時候會有親戚好友前來借住，使用較不方便，上週我在羅東替他謀得大樓管理一職，想讓有仁一方面寫作一方面做點工作而不用蝕到退休金，又可享受鄉下的田園風光，不過他的兒女們不答應，因此此意就作罷了。

1997 年 6 月 17 日

好友：

真想天天和你談話，聽聽你對文學的看法，尤其對榮春作品的讀後感，可是生活總是被瑣事羈絆著，不能如願，想想自上回以後，一晃就是快過半月了，時間的消失是多麼的可怕，而我又一直不能適應五十歲這個年齡，它剛好是夾在三代中間的年歲，養育兒女，照顧父母，責任大，看到你，我又想起了年輕的歲月，青年的我，沒有你的才華及雄心，又匆匆

的將歲月蹉跎掉，現在才覺得可惜，可是又有何用呢？

1997 年 6 月 29 日

前些時日，重讀了兩章節錄出來的小說，內容描述民國 52 年的一件故事，真誠感人，35 年前的往事一幕又一幕的回到眼前，那天我們全家到頭城郊外頂埔里吃完了拜拜，四伯父回了家倒頭便睡，他不知道那夜三伯父的腳踏車店結帳時發現短少了一千多元，而伯父一家全都認定是他偷的，當時包括祖母在內的舉家大小都替他抱不平，而今重讀了這段往事，看到了榮春透過文藝的手法將豐富的內心感情表現得那麼親切、實在、感人，他的風格內容總是十分樸素、不誇張，所敘述的人物又是日常身邊的人物，可是經過作家一點：人性的特性、共象，卻栩栩如生的顯現出來，藝術感人的力量由此可見。

現在寫這封信的時候，正是三伯父從博愛醫院內科病房彌留還家之際，他一生十分的勤勞節儉，為了家族他年輕的時候做過許多艱苦的工作，尤其在臺灣光復初期，他對腳踏車修理的興趣和專業經營精神，讓他賺了許多錢，給家庭困難的經濟帶來了喘息的機會，並且在鎮上蓋了第一棟大樓，他的生活信念就是勞動、賺錢、養家，伯父非常反對榮春終日寫作沒有職業；他們兩個相差三歲，性向卻不相同，從小都在一起玩，彼此之間有很深的感情，可是一見面即不能相容，榮春的小說以極大的篇幅描述這位三哥，而今兩位老人家相繼離開，真令人唏噓痛惜不已。

1997 年 6 月 30 日

好友：

我真的是「無事忙」，每天像是有忙不完的事似的，你看！這八天我又為了榮春四伯做了什麼？一點也沒進展，而不知怎的？心裡總是焦躁、慌亂，難道是年齡的關係？可是五十是知天命之年呢！我試著回憶起幼年的種種讓自己安靜下來，小時候的日子是多麼寧靜祥和啊！早晨八、九點，

舊街和平街靜得像時間停止似的，故居前廳四伯父在窗前的籐椅上全神貫注的寫作，中風的祖母悠閒的用健全的右手在泡茶，房間內傳來了細脆的瓷器碰觸聲，一束陽光從天窗射入，微塵浮飄在光線中輕輕的隨著時間挪移著，現在想起來，這遙遠意象似乎給我一種永無止息的寧靜幸福感。

《祖國與同胞》、《八十大壽》兩本著作的整理覺得相當的不容易，對你的熱心，我充滿著期待，好友！

1997 年 7 月 8 日

有朋自遠方來，為了了解宜蘭經驗，彭瑞金和吳旻輝上星期六連袂來訪，吳意在爭取民進黨高雄市市長提名，那晚我侃侃而談，說出了宜蘭人的尊嚴和內心的驕傲，我說：陳定南和游錫堃縣長的建設充滿了「老宜中的回憶」，怎麼說呢？也就是說兩位縣長的施政理念和所建立的公園、舉辦的活動，處處表現了蘭陽人潛意識裡的夢幻和希望，因為他們是生於斯、長於斯，道道地地和這兒土地結合在一塊的，命運、土地、人民、故鄉、親情全都攪和在一起，這就是宜蘭經驗的根本精神和原因。

「我沒有出國的經驗」，那晚我這樣說著，「當然，我是家中唯一的男人，需要照顧年老的雙親是原因，可是最根本的，是我認為在這世上沒有一個地方能取代這兒過的日子」，我繼續說著：「或許，你認為我誇張了些，不過想想生活在這般美麗的山水裡，又有父母、妻子、兒女的愛，這等享受哪兒找？每當我聽到野臺戲的鑼鼓聲，一種莫名的感情在心中回憶起來」，吳市議員會意了我的話，說要錄下來給吳敦義市長聽。我笑出聲來，好友！你認為我多嘴了吧！

第二天，開著車載著他們，在夏日的陽光下縱橫在蘭陽平原的原野裡，青翠茂密的山林，汪洋千頃的金黃色稻穗，四通八達的田埂點綴著中西合併的現代農舍，如詩如畫，美極了！

1997 年 7 月 9 日

　　談談文學吧！我發現每當讀完了榮春的作品，內心總是有一種非常平靜安詳的感覺，急躁、忿懥、不安被撫平了。這到底是什麼力量使然呢？我想了又想，如何來形容它？說是作品內含有真善美的精神嗎！這免不了有誇張之嫌，我能講的是每一次讀完了，就像被一個「乾淨」的靈魂洗禮一般，更清楚地說：是在作品裡處處發現了人類的「良心」，他的著作，文字上或有時代轉換的困境，但內容上卻令我百讀不厭，誠然，是這個緣故吧！

　　彭瑞金先生在〈我的文學生活──無詩也無歌〉一文裡說了這樣一句話：「文學最重要的功能在於保存人群的良心」，我曾將這句話深深的印在腦海裡，這次在車上，又向彭先生說了一遍，你以為然否？

1997 年 7 月 10 日

　　「寫」、「寫」、「寫」我的內心常常有這一股衝動，確實，寫作是一件很有趣的事。寫的時候，內心就安靜下來，面對著自己，像是一位自在的國王擁有了一切，寫的時候，也是唯一讓我找到了生存暫時的定位。啊！生命有時真讓我感到多麼無奈，甚至虛無。（請不要認為我無病呻吟）

　　當然，「寫作」兩字，對我來說，有點誇張，我能寫些什麼呢？不過至少它加深了我對周遭的觀察、想像、批判，它使得我數十年來，被僵化的腦子，轉得靈活一點。

　　對了，我又想起了榮春生前一再說的話：「『謙卑』、『謙卑』，絕不能自滿、驕傲」，隨著歲月的增長，我愈體會這句話的意思，我同意絕然的謙卑，是一切力量的源頭，朋友！你說呢？

1997 年 7 月 14 日

　　12 號週六，鄭炯明醫師夫婦偕李敏勇先生來訪，當晚參觀了冬山河童玩藝術節後，在礁溪住宅大家談了許多，從臺灣的前途到臺灣文學的過去和未來、新詩鑑賞及創作。他們侃侃而談，我仔細的聆聽。呀！這是一件

多麼令人快慰的事，兩位為臺灣文學無私奉獻數十年的工作者、詩人、菁英分子，遠道而來親身的說出他們的經驗，使我受益良多，尤其在現代詩方面，提升了我對它的了解。可惜的是我欣賞詩的能力顯然的不足，曾經有多次買了許多相關書籍學習，卻毫無進展，那夜的深談，對我來說就像一位功課趕不上的學生，連提出疑問的能力都沒有，想來實在尷尬。

「臺灣未來的教育」那晚大家一致這麼認為，敏勇又說：「教育制度的改革、書本內容的更新、教師人格的養成，這一切都有了成效，慢慢的，一般的學生和國民才具備有吸收藝術及文學的能力，而後，心靈普遍地獲得改善，如此，政治改革才能收立竿見影之效」，聽後大夥兒無不為臺灣的教育制度唏噓不已！烔明也指出日本現代化謂為強國的原因在於明治維新後國民啟蒙教育的成功，大量的閱讀人口和高素質、現代化的公民，厚植了長遠的國力。反觀自己，每期一千本的《文學臺灣》行銷都有問題，一般大眾思想薄弱迷信於功利的宗教，無法自拔，真是可悲！

烔明對榮春在沒有人閱讀其作品的情境下，還能夠堅持不懈的寫下去，認為不可思議。他講到東方白的《浪淘沙》及《真與美》，直認為臺灣長篇小說的難得佳作，《浪淘沙》的成功，《文學界》及《文學臺灣》的相續連載，功不可滅。

對了，我真擔心，你對榮春的熱情退怯了，好幾週都沒有接到你的音訊，我想你正為博士學位忙吧，預祝你順利成功！

1997 年 7 月 15 日

許多第一代作家遭到語言文字轉換上的困境，榮春在這方面吃虧很大，四年來整理遺稿時這個問題始終困惑著我，多次談到「文字流暢」的事，父親總是嚴肅且鄭重的說出他的看法，他說：「阿明！你一定要知道，要清楚，在光復前後裡四伯父寫的白話文，全宜蘭縣沒有一個人比得上，甚至在我更年輕的時代，幾乎無人會白話。背景不一樣，不能用現代的眼

光和立場來看它。」是的，父親說的話不無道理，我想榮春用他自己時代的語言表現他的文學，有其時代特殊的意義和價值。

「文采和内容相互輝映」是好，可是語言有其歷史性、地域性、時代文化性，如果延續老式想法純用北京話的角度去批判，那是患了天朝霸王大沙文主義。幸運地，近來我已能慢慢地突破、了解、欣賞榮春的語言，而進入了實質内容裡，享受無比的樂趣。

好友！年來因某些緣由，我對「語言」發生了興趣，語言是符號、是概念，吾人之所思、所識、行為情緒、書寫表達都受它控制，抽去了這個符號，是否還有非人類所可以了解的意境存在？抑或是猶如電腦一般，拿掉了軟體則一無所有。以前大家都誤認為能夠自由自在的運用、駕馭、書寫語言，但是現在發覺完全不是這麼一回事，事實上我們自由操縱語言的能力極其有限，當作者在寫書時，其語言受當時的情緒、環境、身體狀況、社會條件、時代背景和名利、經濟的影響，他可能掌握住的不是很多。因此，完成的作品一方面表達了作家的創作，他方面也暴露了許多作者無法控制的訊息，這給予我們無限閱讀的空間和對作品再創造的可能。

禪宗和尚百般掙扎欲突破言語藩籬以達絕對的自由，被現代精神分析學所重視，引以為治療焦慮不安的現代人；新基督教徒閱讀聖經，用獨立絕然的自我面對上帝、解釋經文，獲得啟迪，就是說明前述的最好例證。

夜深了，就此打住！願你有個好夢，明兒見。

1997 年 7 月 18 日

修憲、凍省案通過了，今天家人心情特別好，早上去了銀行，行員說：「你怎麼沒移民呢？」我禁不住正襟的大聲說：「臺灣的前途是光明的！」銀行員一副不信的樣子，我又說：「華人的世界除了這一塊土地，最自由、最有前途，去了美國，你是無法融入盎格魯薩克遜民族的文化裡的，到了大陸就得受共產黨統治，除了在這兒奮鬥，哪還有前途！你們知道嗎？今天是多麼值得慶幸的一天。」說真的我對未來充滿了憧憬。

　　午後小睡片刻，牽著鐵馬，到羅東運動公園「望天丘」去爬小山坡，來回十多趟，面對這五十甲的現代化公園，起伏連綿的綠地，空曠的原野，神情多麼舒暢呀！不禁內心興奮的叫出：「美麗的大地，我將永遠愛你，我將生於斯、長於斯、葬於斯，你的天空是我祖父母看過天空，你的大地是我伯叔、兄弟、父母走過的大地，是血汗苦難凝注成的。」我不會作詩，也無力填詞，僅能用粗簡的言語在心中喊著。

1997 年 7 月 18 日

　　好友！

　　昨夜我又興奮得睡不著了，我真想對榮春說：「四伯！我對你講，你是天才，你的努力完全沒有白費，每一次讀你的作品，每一次有不同的感受和情趣，這誠如你生前所講的，一點也沒錯。昨晚入睡前，隨意翻閱《洋樓芳夢》，一下子就被動人的內容再感動著。你寫羅慶，這一位純真、乾淨的靈魂，他就是你，全身瀰漫著一股為文學藝術，堅苦卓絕，奮鬥不懈的精神，非常的傳神感人，這種的精神，是人類在苦難的人生中，唯一生存下去的支撐力量，難怪我每次讀他，好像，會有一股力量，在我的周身活動，令我熱血澎湃。《洋樓芳夢》的最後一章節（25 章）寫得太好了，詩樣般的感覺，像《亂世佳人》的女主角郝思嘉握著雙手在夕陽下面對著人生的未來：而《洋》書的結局，羅慶、貞嬌、顯坤，當得到真摯友愛的洗禮後，在夕陽和鐘聲裡對未來獲得了盼望、平靜與滿足，真是美麗極了。」

　　《洋樓芳夢》必然地，在臺灣文學史上給榮春留下應得的尊敬。

1997 年 7 月 19 日

　　好友！

　　我剛剛在烈日下打完了一場網球賽，碰上了一位極有耐心但技術並非

頂好的高手，本來以為可以輕易擊敗他，但卻輸得很慘，我發覺比賽時，如果對手越有耐性越冷靜，我就更浮躁更亂了步伐。球賽隱含了人生的道理，那就是：成敗在耐力不在技術。回家途中，我想起了女兒高中英文課本上那課海明威寫的〈真正的高貴〉的話：「在人情世事中所憑恃的不是才智而是人格，不是腦力而是熱誠，不是天分而是由理智所衡量的自制、容忍、紀律……，真正的高貴不在於超越他人，而在凌駕先前的自我。」

再談談榮春的作品吧！妻子和妹婿多次向我反映說：《海角歸人》內容寫得很美，感人肺腑。我認為它除了有一種田園牧歌式的美感外，主題始終環繞在：「命運，就像飄蕩的煙，到處流竄無法把握」這個象徵上。

戰前，作者離鄉背井遠赴大陸，希冀立功異域衣錦還鄉，但終究事與願違，靦腆而回；此運命之無法掌握者一也。還鄉之後無論婚姻或是事業皆不如人意，此其二。而熱愛文藝，悲憤滿腔無處宣洩，此其三也。凡此種種，透過文藝創作，處處表現在《海》書裡，至第 25 章，北勢溪燒山一段，引入高潮，創作之動機至此湧現，如交響曲之主旋律然！

引書為證：

他忽覺眼前一團黑漆漆似的，彷彿迸出了一陣火星，同時腦海跟著也在天旋地轉，一切都像在連根動搖著起來，都變成混亂、模糊、渺渺茫而無感覺……他好像覺悟到回家來所做的掙扎，期望，至此即將結束。是這樣突然，這麼意外，竟毫無時間讓他預作一點準備。現在連這僅有的一點生存的寄託都完了，他不知道自己明天要到哪裡去？更不知道明天要怎麼生活？但他必得離開這裡，逃開這裡，而等著他的，是永無歸宿的漂泊……，忽然看到那些正從烈焰中冒出的濃煙，都像在爭著上昇，掙扎著想飛騰上去。然而一陣風吹過，隨即搖不定，風吹向哪裡，便跟到哪裡，毫無目標地在那裡，隨風飄來飄去，做著無意義的迴旋蕩漾，全無一點自我作主的意志……

牧野默默不動地站在那裡凝視著，漸漸覺得自己就是煙，被風飄著的

煙，一點不能自我作主地，像那些正在飄蕩著的煙，不知將被飄向哪裡
而去……

　　難怪榮春寫給理和的信說要將這本書命名為《飄》，其含義在此。可恨
的是，這書連載的剪報，放在家中三十年，無人問津，真是罪過！

1997 年 7 月 19 日

　　看到清華大學的來信，迫不及待剪開封口，一遍又一遍的讀，全身不
覺又熱了起來，這幾日的委靡不振一掃而光，精神重新抖擻起來，由於今
夏兒子和大女兒雙雙在大學聯考中不盡如意，使得大家的情緒陷入了低
潮，兒女與我是無所不談的，雖心痛如絞，也只能以含淚的微笑來安慰鼓
舞他們。

　　榮春的「運動、吃飯、睡覺」斷簡殘篇，白紙鉛字印得整齊美奐，讀
之，宛如見其人，聞其聲，令我萬分感慨。而奇怪的是，你總是恰如其
分，提綱挈領地掌握，描述出榮春的創作精神和風貌，你說：「李榮春這一
斷簡殘篇與其實踐，似乎對我的思考有催化的作用與感情的共鳴，死亡是
占生命中思考的重要部分，甚至是中心部分，這激勵我們行動，也矯正我
們，在良心的指導下，追求在實踐願望過程中得到最高貴的享受。故此人
生就是將個人的天才予以努力養成，直到完全發揮，也就可能在死亡那天
而不會遺憾的。」這是篇充滿了「學術」風格的中肯之論。

　　其實，就其一生的行誼來看，榮春對文學和生活的虔誠，本身就「藝術」。

1997 年 7 月 24 日

　　四年來榮春天天鮮活的活在我的腦子裡，透過小說的閱讀，對他的內
心、形象風貌，較之生前已有非常完整且極度的認識，或許血脈相連的關
係，任何他的著作，只要隨意亂翻，都能讓我輕易地進入它的情節內，享

受無比豐富和快樂的心靈之旅。

前天在車上隨意翻閱帶在身邊的《海角歸人》，欣賞了第五章——這是全書最短的章節，約莫一千字左右——很快地，我又被帶入了類似人文電影《大河戀》的情節裡，試想光復後第二年某一日的下午，童養媳素梅的娘家為了慶祝骨肉團圓，小姐夫賜福特地請了當地有名望的士紳作陪，辦了一桌盛宴為牧野洗塵，無奈他愧疚、自責、靦腆，整個人就只剩下空殼子，靈魂早在上海回程的船上，因無顏見江東父老而跳沒於太平洋了，在酒席上他自然是魂不守舍、低頭不語，心裡想到了八年前為了逃避婚姻的桎梏，毅然答應了無有實質的婚姻「只有儀式，沒有圓房」，且立即於次日清晨在眾親友的祝福下，在同一個車站離開了故鄉去萬里鵬程了。可是現在呢？除了兩箱隨著四處流浪的舊稿和書籍外，在這洗塵宴上我又剩下了什麼？

「溫暖的家」、「沒有共鳴的家」更加給他帶來的是惶惑不安，他流連不知所還，變憔悴了！哎！每每閱讀到此，總是非常感慨，在我們的社會還未進步到重視文藝工作者的階段，領先時代的創作家所遭受的歧視、痛苦是多麼巨大，何況戰後民生凋敝，百廢待舉，一般大眾的生活都成問題，怎會有人去關懷藝術呢？當時民間所謂的「文學」是《三國》、《封神榜》，是《三字經》、《西漢演義》，對西方現代文明極其陌生，這樣的環境下，榮春的命運注定是坎坷的。難怪他的作品中經常出現這樣的描述：「他像駱駝行走在無際的沙漠，前途或許無涯，還是只能繼續向前行⋯⋯」。

幸好，一個真誠熱血的文學工作者是永遠不會寂寞的，當外在形勢愈困頓時，其內在心靈就愈充實激盪，榮春隱然地聽到來自於內心底層的呼喚，那是大地、鄉情、父母、童年、良知的呼喚，自然的「這天吃過了晚飯，稍作片刻，等天黑了，他又溜出了外面，獨自在黑暗裡，踽踽地躑躅著，不一會，跑到媽祖宮」，頭城鎮和平街街中心的慶元宮媽祖廟是榮春內心的「寧靜海」，我們打開蘭陽平原的開發史，自吳沙公於西元 1798 年率眾越過三貂嶺到頭城拓墾，至榮春出生，已逾一百一十年，而這個時候的

和平街正以蘭陽第一條街的姿態躍登歷史舞臺，邊疆式小鎮的繁榮風華是可想像的，況且那時日本領臺也已二十年，社會治安已趨穩定，所以每逢節日盛會，那和平街一定熱鬧非常，媽祖宮為活動之中心，自然也是連日野臺戲鑼鼓喧天，這般快樂安詳滿溢親情的赤子童年深深影響榮春的一生。

　　好友！讓我繼續談談廟口的石獅吧！慶安宮大門前蹲著兩隻石獅，嘴裡各含著顆石珠，百多年來一代代的兒童凡上廟參拜的都有坐獅背掏石珠的經驗，加上對廟內千里眼、順風耳的迷思，和著繚繞的煙霧，等等一切皆已成為全鎮鎮民共同的夢幻。尤其對榮春這樣敏感的人，其深刻的印記是不可言語的，我常想像，即使榮春遠赴大陸八年，無論其得失之際，這兩隻石獅一定跟隨著深伏在心底，偶爾潛睡偶爾怒吼。你看，他這章這麼地寫著：

　　……大門口那兩隻石獅，依然一動不動的蹲在那兒。他對它大有感情，小時常騎在它背上。它張開的嘴裡，卻銜著一顆石珠，他常伸進小手滾動著，想把它攪出，石獅可不會將嘴巴更裂開些，他不知曾翻複過多少的失望。

　　再說媽祖廟廟內除了日常祭拜外，也曾經是默片時代的戲院，上海來的影片《火燒紅蓮寺》燒動了幻想的童心，而廟外廣場的子弟戲演唱著、傳承著祖先的歷史、文化價值和是非判斷。平常日子，鄉下人都幹活去了，整條和平街真正和平謐靜到了極點，當炎炎夏日，海風停了，除了幾隻伸舌喘氣的野狗慵懶的躺在路旁外，這街簡直是在浮動大氣中睡著了。秋天呢！一輪皓月高掛在海邊的天空，徐徐的秋風從遠方越過了太平洋吹拂著岸邊的木麻，吹拂著廟前的松樹和榕樹，涼爽了人們的心理。這時榮春

　　諦聽著：從那條僻巷裡，傳來的簫聲。這淒寂幽沉的聲音，對他也是熟

悉過的，有如重逢著久別的知音。那個按摩的盲人。拄著枴杖慢慢的踱過來，頭髮已成灰白，背更加向前傴，牧野從小就喜歡看這背影，跟著簫聲，沉入幽邈的遐思。他靜靜地聽一會……像一個孤寂的心靈的低訴；又似流浪者底淒涼的悲歌；或一個落寞者的哀鳴……

　　在這短短不到一千字的第五章節，李榮春用極樸質的文字描述了牧野悲愴的遭遇，令人產生無比的同情，全篇具有抒情的美感和詩歌般的風味。

1997 年 8 月 8 日　鴻鈞赴美前夕

　　我自己也得好好放個暑假，想想，幹嘛對自個兒這般過不去，天天做這做那個，好像永遠忙不完似的，我要暫把煩人的事拋開，即使兒女們的。男人三十而立，四十而不惑；至於到了這個年紀——五十，諸事皆已成定局，凡事都得學習看開，連續幾個早上我真的不練英文聽力，不看電視，只等看完病人，就把腳抬得高高的半躺著，靜靜地看看這「時光」是怎麼從眼前慢慢溜走。

　　「水性柔也」今天一位游泳池畔的朋友這樣告訴我，學了幾日的自由式，終因這句話而克服了；水性柔，這「柔」字相對於人說的，意思是人們在水中活動要順著水性，要盡量將身體放鬆，好讓肺內的空氣像救生圈般完完全全發揮出它的浮力，可是困難的是在水裡會有一種孤獨和被人世遺棄的恐懼感，這導致了肌肉僵硬、換氣凌亂、手腳失衡，終於上下亂划，原地掙扎至力竭而沉。開車回家途中一路上想著，日常生活中我常常遭遇同樣的環境，而忘了寧靜致遠的等待哲學。

1997 年 8 月 8 日

　　我喜愛《海角歸人》的原因之一是：它表現了光復初期臺灣鄉村的社會縮影，由於真實剪裁得宜加上作者熱切的情感處處瀰漫書中，讀來愛不忍釋。回想大學時代第一次讀到張俊宏、許信良合著的《臺灣社會力分

析》後印象極為深刻，可是那是地方派系勢力的分析，而在榮春則展現了當時當地的社會雛形，具有相當的研究價值。

讓我們將望遠鏡拉長至五十至一百年來看看小說的背景——頭城鎮：

> 蘭陽平野的發祥地——頭城鎮，是個背山面海的小鎮，自然環境堪稱優美。這裡並有一個天然的良港——烏石港；當時草嶺隧道尚未貫通之前，一直是蘭陽一帶與外交流的唯一門戶，曾使這小鎮盛極一時；素有小蘇州之稱譽，每逢端午節，烏石港中的龍船賽，曾經轟動遐邇。當你走下唐老太太牆門口的急斜坡，便看到一片汪洋深湛的水彩波光倒映著輻集的船影。二十多年前的一個夏天，驟然一陣山洪激沖著滾滾黃泥流失了多少人畜和房屋，在那一夕之間，烏石港便再沒留著痕跡地，被壅沒著變成一片平野！現在一到這裡，看到的是那些忙於耕耘，胼手胝腳的農夫。荒涼田野，習習微風，稻禾沙沙搖曳，像在做著無言的悲弔。
>
> ——《海角歸人》第 23 章

四伯父生前和父親及我每每談到六、七十年前的頭城，眼神總是充滿著回憶、愛慕、興奮的樣子，這小鎮自 1798 年至 1945 年光復止，已經開墾一百五十年，當春天來臨，靠山的拔雅里桃花漫爛、綠意盎然，處處洋溢著春的氣息。更由於濱臨太平洋綿長的岩岸和沙岸相連，有驚濤裂岸的壯麗，亦有漫步沙灘撿拾貝殼的閒趣。而西帽山下的北宜公路一到午後，無不雲霧繚繞彷若仙鄉。「桃花源」、「小蘇州」是最好的稱讚。

換個角度來看，這樣停滯不進的社會好嗎？這不就像女詩人杜潘芳格筆下的〈平安戲〉：

> 年年都是太平年　年年都演平安戲
> 只曉得順從的平安人　只曉得忍耐的平安人

> 圍繞著戲臺　捧場著看戲　那是你容許他演出的
> 很多很多的平安人　寧願在戲臺下　啃甘蔗含李仔鹹
> 保持僅有的一條生命　看　平安戲

　　世界急速在變化，可是表面上對這小鎮起不了小小漣漪，雖然日本統治五十年粗略地奠定了臺灣初步的現代化文明，加以大戰期間大批的臺灣青年徵調海外，這對整個社會產生巨大的衝擊，所以光復初期深層社會結構理應激烈震盪，讓我們有一種文明解放的感覺。不幸地，是半世紀前沒有這樣的感覺，半世紀後也沒有這種感覺。此何故也？我想了又想，起初以為，戰後物資缺乏民生凋敝等經濟因素引致，不過事實並非如此，即使今天走過了五十年，我們有發展的經濟和隱然成形的兩黨政治，可是整個社會依然還是缺乏反省批判舊社會文化及吸收創造新文明的能力。在《海角歸人》的閱讀時，從狂妄聰明的學佛青年尤塵和圓通寺的女尼們，我們看到了時下臺灣宗教活動的功利、狂熱、無知源遠流長的一面。從地主士紳羅站騰身上也依稀嗅到往後數十年，國民黨是如何的玩弄手法，籠絡地方勢力。而舉家大小克勤克儉變賣薄產供他上早稻田大學的吳騰遂，他和日本女子結了婚後，戰後又離婚，最後鬱鬱失志還鄉，被當時自視進步的鎮上青年奉為鄉內反對勢力的領袖，書中處處可感到時代的無奈和嘲弄。

　　李榮春在《祖國與同胞》的作者後記裡這樣寫著；

> ……也許由於我的半生東飄西蕩創巨痛深，我的腦子早就消失了的幻想，所以我一向反對無中生有的構想，因此，拙著的內容，不管是非善惡，我都取自真實故事之中，也曾放進了我的熱情與良心，把它們寫了出來。

且讓我們慢慢討論欣賞吧！

1997 年 8 月 13 日

好友！

今天我參加了冬山鄉知性讀書會的討論會，主題是《懷母》讀後感，解嚴後讀書會如雨後春筍般地到處成立，這象徵著社會除了物質功利取向外尚有一股強大的求知欲望在流竄，我想只要政府善能結合民間力量並落實社區示範領導的功能，促使這道善良的社會良心發揮扎根穩固基石的實效，如此，臺灣的民主改革運動才有水到渠成的一天。

超出我的想像，討論會十分的熱絡，約莫十七、八位男女成員，大部分是老師和家庭主婦，他們都將《懷母》預讀了並寫下心得，互相提出問題交換讀後感，其中一位女會員說：

「當我讀到一半的時候，忍不住打電話給在臺北的母親，這確實讓母親嚇了一跳！她老人家說：『你怎麼會突然想到打電話給我呢？』。」

另一位會員則說：「李榮春的觀察入微，他在 87 頁寫到『母親生前三樣東西寸步不離，現在母親病了，力氣沒了，三樣東西一樣一樣的離去。』這表示作者日常生活觀察體會的深刻。」

接著鍾會長問我有關榮春日常生活違反傳統的問題，我引用英國哲學家羅素的話指出那些從事藝術的創作家，他們的一生就是如何的衝決羅網打破一切偶像的奮鬥歷程。並說明這種人的行為舉止是很少附和一般大眾的那套規矩，他們總是有一股特立獨行的氣質，而我們從歷史看得出來這些人經常就是社會進步的推動力。會長又問我《懷母》創作的動機和其終究的內涵在哪裡？我一面想一面回答：「非常的抱歉，我也無法說出它的內涵，榮春六歲喪父，年輕時代矢志獻身文學，盧溝橋事變爆發後，懷著壯志遠赴神州大陸，想努力地做一個中國人，替祖國抗戰貢獻力量，無奈投效無門，最後事與願違地僅帶了隨身漂泊的兩箱稿子失神落魄的回到臺灣。往後數十年的歲月，雖然無人賞識，缺乏共鳴，他始終不懈地保持旺盛的鬥志和創作慾望。而母親是他現實世界唯一的依靠，失去母親就像無根的浮萍，將何以獨自漂泊於天地之間？因此母親去世後墓園成了榮春心

底的聖地。十年的懷念，世人的嘲諷，文學路途的困頓孤寂，滿腔創作的熱血，這幾股力量相互激盪擦擊，自然筆端一洩千里地將豐厚的真情熔鑄於作品中了。我們讀了《懷母》，書裡沒有虛構的故事，沒有教條、主義、說理等等……只感覺到一股真誠的愛和美在裡頭，你全身的俗氣被抖落了，就像剛聽完了聖歌步出教堂的平靜脫俗……」我說完了，暗暗想著，四伯父如果知道大家這般熱切討論著他，該是多麼高興！

經過一番的心得交換，徐惠隆老師做了他的看法和總結：

「一個終生以搖筆桿為樂的老作家，在他生活經歷滄桑，智慧圓融，看透人情世故的發抒下，寫下了《懷母》這樣的自傳小說，真可以是我們的嚮往對象。本書的敘述如下：

第一、二、三章都在鋪設主題的情境。譬如說他在矛盾、徘徊、期許和欣喜間，竟然成為教會會友；並且訴說年幼年長時對墓地迥然不同的感覺；在他母親臨終病危時的心境，孤苦無依的感覺襲上心頭。第四章至十三章之間則一方面追憶他對母親的懺悔，一方面也在為平凡而偉大的母親做最後的努力，透過傳統人生的遭遇表達孝思。

第十四章以打掃墓園、吸菸、唱聖詩為結論，很平實地說出人子的心聲，是自然的反應。我們存著欣賞文學的觀點來看《懷母》，只感覺到字裡行間充滿了孺慕之情，顯示了最感人的文字就該如此；從民俗的眼光來看，則讓我們瞭解到臺灣地區對生死的對待哲學；若從地理和人文的角度來看本書，那就是最好的基本教材。李榮春只是以最平常的語詞卻敘述了最偉大的故事，更是我們學習的典範。父母依舊與我們同在乃是最幸幅的喜事，古書上說：『樹欲靜而風不止，子欲養而親不待。』期盼各位書友好好把握孝親的機會！」

好友！《懷母》雖然只有六萬字，但作者傾注了生命和熱誠在裡面，是一難得的傑作，臺灣的文學史將因它而增添了光彩。

1997 年 8 月 25 日

鴻鈞：

我知道有兩件事是你最感興趣的，你曾多次提到《海角歸人》的槍聲，而你在整理榮春年譜時說：

「……只能說很想認同中國人，……無論如何皆以臺灣人眼光在觀察問題，在承受著臺灣人命運及孤兒命運，殖民地的奴隸。」又說：

「此書（按：《祖國與同胞》）是以其慣有的真誠，為生命、為時代與為祖國的精神，為思想貫穿全書的，不過因身為臺灣人，如實的記載臺灣人的尷尬地位，不過其仍以慣有的真誠，為報效祖國而實踐自我。努力想成為一個真正的中國人。」

所以我以為你很想知道的是「統獨的立場上，榮春的意識型態如何？」及「二二八事件發生時，榮春的內心怎麼想？」

我看就以父親、有仁、我、榮春四個人為中心環繞這個問題來談談吧！首先以父親為例：他民國八年出生，小榮春六歲，日據時代國民小學畢業，青少年時常和榮春談及祖國大陸的事，對中華文化充滿了孺慕之情，他們常常幻想著有朝一日偷渡到大陸，甚至能投考入黃埔軍校參加救國救民的壯烈行列，他們的想法受到鄉前輩——林樹的影響，此君東渡日本陸軍士校，後到大陸發展，曾任廣東中山縣長，在國民黨蔣、汪內鬥時慘遭暗殺，每年清明路過墳墓時，父親總會指著它述說一遍往事，父親也常說：「年輕時，第一次讀到三民主義，總是熱血澎湃不能自已。」他指出蔣渭水、林獻堂領導的文化協會在全島演講，啟迪很大。當時整個臺灣民眾的內心，無不嚮往祖國，痛恨異族統治，而這種情緒在中、日戰爭爆發時到達最高潮。「終於幹上了，要給小日本好好教訓」，這普遍的暗中期待撫慰鬱積已久的民氣。1945 年日本戰敗，臺灣人的民族情感頃刻瘋狂地爆發開來，那時全島百姓無不自動自發放鞭炮、祭祖，大家大吃大喝如醉如痴快樂了半年，一直到聽說那能夠打敗世界上一流陸軍的中國軍隊像叫化子樣的——有的麻臉，有的背雨傘、挑鍋子、挑棉被，有的一腿紮綁腿一

邊沒有……才開始產生一點懷疑。

　　茶餘飯後父親不知說過多少回這樣的話:「起初我們還是自己安慰自己,不忍心看輕祖國部隊,總是將它的缺點盡力合理化,臃腫鬆散的綁腿,認為裡頭包著鉛塊作為平常操練之用,一遇戰爭脫下鉛塊即刻身輕如燕轉戰沙場。而背後的雨傘呢?聽說中國人多有練輕功者,那一定是緊急跳傘逃生之用了。不過不久之後,部隊駐紮到地方上,看到阿兵哥強占民房,拿著大陸時代舊鈔票到肉攤耍賴,尤其甚者,要求鎮上西樂團到部隊演奏,事後將全部樂器扣留。還有絕大多數機關的重要位置全被內地來的接收去,許多公事辦理要紅包、講關係,行政效率低落,完全沒有法制觀念,鬧出了稅務官向地方士紳預借、強索田賦的笑話。」

　　這始而對祖國愛慕、幻想,次而懷疑,進而對立、看不起,終於爆發了二二八事件。經過了二二八之後,父親將他的不平和憤怒隱藏在內心裡,往後四十多年公務員生涯,他發覺,和日本人比較,中國人無知、自大、髒亂、不守法、充滿了統治者的心態。數十年來父母親無不日日讚揚、懷念日本人奉公守法、單純、衛生、高效率、好相處。雖然如此,父親對五千年的中國文化向來不敢看輕,咸認為中國人之所以會如此,皆因為不幸的近代歷史悲劇造成,而我漢唐威威盛世的文化乃世界一流文明,假以時日,必有發揚光大、耀武揚威的一天。

　　二十多年來黨外民主運動的前仆後繼,而後兩蔣去逝,臺灣人恍如隔世地從白色恐怖、高壓威權中驚醒過來,從而能抬起頭來看看廣闊的外在世界。進而從生意人和探親者口中及媒體的報導逐漸地揭開大陸的面紗,天安門大屠殺及去歲彼岸以飛彈演習威脅臺灣,父親斷然覺悟告誡我們:

　　「中國文化乃是落伍的文化,中國尚未走進世界文明的規範,他要邁向現代化,避免歷史傳統的貧窮和動亂,還有一條很長很長充滿變數的道路要走,為了子孫幸福,臺灣必須獨立。」

　　至於有仁的意識型態演變,就其言談之中,大約可循出脈絡,二二八的時候他的年齡大概十四、五歲。戒嚴屠殺那夜,正好躲在頭城媽祖廟前

大樹崁下的老屋內，當晚六位原本意欲載到大坑沽外海布袋沉屍的受難者，因橋斷路阻，臨時改在廟口自己挖坑槍決，有仁從門縫目睹了整個慘劇，可是以當年的年紀，對事件的前因後果，除了驚懼外是無從了解事實真相的。認識榮春之後，開始對文學發生興趣，受了啟發，思考有了討論對象，我想這時候他對中國文化一定是非常羨慕崇拜。不久到臺北入《臺灣新生報》服務，接觸較廣，為了榮春作品尋求發表的機會，也常和文壇先進聯繫，視野必然大開，只要閱讀他早期短篇作品〈冬夜〉就知道他已相當深度的了解文藝，他對基層困苦的勞動階級極度同情，我猜想那時他的思想已有輕微而進步、人道的左傾現象。

　　不幸報社發生「常」總編輯匪諜案，有仁因「人事保證」受牽連，從此被警總長期迫害，雖然如此，他對中華文化依然有所期待，未曾心死。他以後轉到中央通訊社上班，能接近海內外第一手資料，比較別人對海峽兩岸政治的專制、齷齪、腐敗自然了解多多，我大膽推測他懷疑「祖國」這個概念一定是在美麗島事件之後，而解嚴後，隨著如火如荼的黨外運動，他幾乎關懷到無役不與，已毅然以行動走向臺獨。不過有仁是將「政治」和「文化」分開的，對文化祖國是他批評中有肯定，這可從喜愛平劇的興趣得到印證。

　　談談我吧！我民國 37 年次的，懂事的年齡偶爾聽母親用低聲驚懼的眼神談到二二八：「那天半夜到處戒嚴，路過的軍車內傳出哀嚎冤哭的聲音，真可憐……令人毛骨悚然……省立宜蘭醫院院長半夜被叫醒，僅穿短褲就被逮捕了……在媽祖廟前槍斃，埋在那裡兩三天沒人敢去收屍……」

　　說完了母親總特別交代在外面不可亂講，父親也鼓勵我好好努力，將來當醫生，千萬不要學政治。

　　開始會思索的時候是高中在成功中學，我喜歡聽歷史課和背誦國文，那時學校的校訓：「做一個現代化的中國人」。這句話讓我無比的感動，想到了我國悠久五千年的文化，想到了被列強壓迫下的中國近代史，內心激

動萬千，及至念了孫文三民主義更加熱血澎湃，幻想有一天找機會參加救國團或其他什麼救國行列。

上了大學，受榮春影響，開始涉及一些課外讀物，等到學習基礎醫學時，始驚嘆西洋醫學的科學和精細，相照之下，中醫是多麼武斷、落伍、荒謬。又讀了《胡適文存》，方知中國不止船堅砲利的科技落後，即人文宗教也遠遠不如他人。這段日子滿腦都是中國，尚未迫切知覺到我之所思、所想皆受制於黨國機器的愚民政策。同學間傳說彭明敏教授從清泉崗基地偷渡到瑞士，但是臺獨的概念離我還是很遠的。

當兵時臺灣出版第一本黨外雜誌《臺灣政論》，迫不及待的買來看，發現了新視野，興奮得不得了，隨後黨外運動風起雲湧前仆後繼，使得我能夠重新思考自己的處境和想法。同時放錄影機也正上市，提供大量日本連續劇，方知日本人的文化及生活品質已達西歐的水準，在中國文化裡所標榜的義理人情和其人文藝術精華卻深入他們生活的各個層面，而糟粕醬缸的全被丟棄，令我大感訝異和驚服。接著舊體制隨強人去逝逐步瓦解，臺灣本土化成了無可避免的趨勢。透過雜誌、媒體、電腦資訊我可以相互比較、了解。

終於我知道日本改革家——福澤渝吉，為什麼告誡國民一定要「脫亞入歐」。年來臺灣雖然經濟實力在進步，但心靈和社會秩序相對在腐化混亂中。我相信我們的前途繫於：「要獨立，要脫亞入歐」。

最後來探討榮春對這些問題的想法，他大約於民國 35 年 5 月從大陸返鄉，不久二二八事件爆發了，忍受異族統治五十年日日翹首期盼光復的臺灣同胞怎會和祖國發生衝突？祖國的部隊又為什麼大量屠殺臺灣同胞？雖然榮春一生沒有講過這方面的事，但據我所知他甫從大陸流浪回來，一切尚未擺脫潦倒惶恐的景況，我大膽推測他對這件事的前因後果只能用「迷惑」兩字來形容。

他在 1914 年出生，長我父親六歲，小時和父親一樣對祖國懷著萬分熱情和憧憬，不同的是他始終對異族統治極度敏感，短篇小說〈祖厝〉和其

他，描述了他上日本公學校的厭惡及痛苦。平常處於應對進退的情境下，他甚寡言，可是和我們相處倒無所不談，言詞中幾乎沒有聽過對日本人的讚許，一直都認為日人很殘酷、心器狹窄。反過來，對泱泱五千年的中國歷史文化卻十分欽羨，對在戰火蹂躪下困苦的祖國百姓萬分同情。縱然他非常輕視中國人腐敗的政治，和各自為己、如同散沙的性格，依然地還是懷抱濃郁敦厚的情感，至死不悔的看待他們。讀到《洋樓芳夢》他記述《真理和光明》（實為《祖國與同胞》）獲得當時教育部長張道藩的賞識，那如遇知音、百般興奮、謙虛、期許的光景模樣，像極了杜斯托也夫司基第一次碰到了名評論家勃林斯基。《祖國與同胞》這本六十萬字小說最後結尾的一句話：

> 沒有愛的生命是空虛的，我的愛是廣泛的，我永遠愛我的祖國與同胞。

就是榮春一生固執堅持的最佳寫照。

我和父親經常討論到：榮春的想法為何和我們有些不同？父親的看法大致是這樣的：第一是年齡和性格的關係，他和大伯父、二伯父等同時代的人一樣深受文化協會的影響，對祖國有深切留戀，性格上他又極自信和堅持己見。其次，流浪大陸期間受創甚鉅；《祖國與同胞》的〈作者後記〉這樣寫著：

> 我民國 27 年 4 月到大陸去，親眼看到抗戰期中，祖國的困苦命運，同胞的慘苦遭遇。也親自嚐飽日軍殘忍的暴行。因此，我流浪在大陸的八年期間，腦海裡不時起伏著「祖國」與「同胞」的字眼；同時，它們交織成為烙印，深印在我心中，永遠拂不掉。

書中還描述兩次差點命喪日軍刀下的情節。末了，還有的是他對寫作

狂熱般的使命感，為了這興趣，除了從事一些純用體力的粗重工作，從來
未曾在機關或私人機構服務過，讓他無機會有接人待物和進退應對的磨
練，更進一步了解日本人和中國人性格的差異。

　　雖然大家的想法有點不同，可是無損於我們對榮春的喜愛和尊敬。其
實，在這偌大的家族內，有獨的，有統的，也有先統後獨的，羨日的，親
美的，依個人的背景、時代、教育、遭遇而不同。就像我們的社會一樣。
但都不會影響我們對自己鄉土熱切的認同和愛戀。

1997 年 9 月 21 日

——選自彭瑞金主編《李榮春全集‧李榮春的文學世界》
臺中：晨星出版社，2002 年 12 月

尋找李榮春
一個臺灣作家的困境

◎陳顏[*]

一

田野筆記之一：1997 年初冬

　　我站在巨岩旁低矮的坡地，凝視那打上黑色皺摺的頁岩正安靜地佇立在東北角的海岸棱線上；天色灰濛濛，細雨綿綿飄落，大地霧氣氤氳，彷似瀰漫著莫測的迷離神祕氣氛。從這兒綿延下去的是蘭陽平原頭城小鎮的海水浴場。

　　浴場的沙灘曾留下李榮春無數的腳印；他在那兒鍛鍊身體，拳打腳踢，快速旋轉雙臂，之後以鯨豚之姿躍入海面。海面波浪澎湃怒吼，激湧而來的雪花在我瞳眸綻開復淡逝，我如此偎近太平洋，思索著前來此地的因由。幾年前捨棄餬口職業與文憑，步上文學寫作之途卻不意遭逢生命的窘境，像隻老鼠溜過門縫不巧那扇門恰好闔上，結結實實就夾住了肉身，晃頭搖尾，四肢划水，拚命溜竄擺動。儘管嘴裡吱吱叫嚷也脫離不了這個尷尬態勢──存摺好幾本而餘額數千，摸摸外套底襯總不意拉出二條乾癟瘦長口袋。

　　如此尷尬的窘境，對李榮春來說卻是終生經歷的。

　　我記起初次在報紙媒體看見他的感覺：一領發黃白汗衫，健壯的體魄，氣質酷似長期的勞動者（或老兵），臉部浮突孤挺的輪廓，雙唇緊閉，流露出令人震懾亟欲反叛什麼的自由意志，炯炯有神的注視著觀看他的人。

　　出生於日本殖民時期宜蘭頭城小鎮的和平老街十三行遺址，這昔日繁

───────────────

[*]本名陳文玲。發表文章時為《臺灣日報‧副刊》編輯，現專事寫作。

華的貿易聚集地間雜著染坊、米行及代鄉下人輾穀的「土礱間」。在中段的一棟陰涼幽深的老厝裡頭的殷實人家不僅販賣蛤母鍋（一種有蓋的陶鍋），也為顧客箍木桶，老作家在此哇哇落地，並且在置滿陶鍋與木桶的商行裡度過他的童年。

這個木匠之子走過二次世界大戰、國民政府治臺及李登輝主政時代，以從事砂石搬運、植墾與擦洗腳踏車等體力勞動工作維生，寫了近四十年的小說，二百多萬字作品卻只發表約十分之一。他為何湮沒於文壇而幾乎無人知曉？他如何安貧安困數十年而創作不輟？

這麼思索時，彷彿從如鏡的海面望見他的生命的故事，那倒轉的時光之流浮浮盪盪愈是迢遠與清晰起來……。

二

喀搭喀搭跑帶聲中，臺北國家圖書館剪報室的膠卷停格在民國 36 年《臺灣新生報‧副刊》以「雨亭」筆名登出的〈遙弔烏石港〉版面。首段寫著：「……據說從前有個廣東來的客商，曾在這裡蓋了幾十座房屋。然而，到底不曉得為什麼原因，後來不曾在這裡經營貿易，就只留下這些房子，讓他家奴看管，至今統稱十三行……。」

1938 年太平洋戰爭前夕，李榮春 23 歲，以「農業義勇團」（鍬之勇士）身分遠赴中國。終戰後從中國提著兩只裝滿書籍與手稿的破皮箱，一身孑然歸返頭城故鄉，翌年即寫了這篇得罪地方權貴的文稿。

那時盧纘祥任宜蘭縣縣長，目睹祖先被寫成「廣東富商的家奴」，極度不悅，查出原係頭城人氏李榮春所為。當時能以流暢的白話文寫作的宜蘭人如鳳毛麟角，盧招來李榮春，以祕書或文膽職位籠絡他，條件是必須為文發表更正。

李榮春自是不肯，他身著舊衫褐褲，打赤腳，形容活像乞丐或流浪漢，氣呼呼朝盧丟下「巴角野鹿」，即大辣辣走出那棟至今仍矗立頭城小鎮的豪宅。

田野筆記之二：1997 年冬末

　　他要將一種意念、思維感想，一一把它描繪成為具體的現象，這種生命的無形的根本的活動，這種無影無蹤瞬息變動的靈魂的狀態，要透過文字把它形象化，確實也不很容易，但他對這種工作的興趣，卻越強烈，教他停止這種工作，那無異是教他不要再活下去一樣。（摘錄於李榮春《懷母》）

田野筆記之三：1998 年初春

　　《祖國與同胞》、《海角歸人》、《洋樓芳夢》、〈魏神父〉、《懷母》及《八十大壽》這幾部約四萬到六十萬字的作品巧好地串連成李榮春的「自傳」。

　　老作家是文學裡的林布蘭（Rembrandt Harmenszoon Van Rijn）。小說家逃不了「描述」。描述必須有所「對象」，建立對象對於小說家來說是第一個步驟，而且，也是最重要的一個步驟。李榮春的小說所描述的對象物幾乎都是自己的生命遭遇，是那種回頭觀望自己人生路途的過往，並且擷取這些過往所發生的事件為素材，編寫出一部作品。

　　在《祖國與同胞》第一集付梓的後記中，他自敘關於小說寫作的想法：「也許由於我的半生東飄西蕩創巨痛深，我的腦子早就消失了幻想，所以我一向反對無中生有的構想……」，恍然明白他將「虛構」混淆於「寫實」，以致窄化了構思時的想像空間與元素。

　　從這個原點思索，他只是將自己的「現實人生的情節」全盤「移植」或「複製」於書面，欠缺轉化的中間過程，致作品無法更往深厚處開鑿。又如李醫師所說，先作札記而後再全部組裝的書寫方式使作品變成「堆積木」般架構而出，形成重複與冗長的現象。

田野筆記之四：1998 年春

　　在租來的有著美麗庭院的老厝，燃燈研究他的文句：「……因為這樣他們不得不半夜裡就得整頓軍馬，繼續奮起作著前程的奔向了。」（《祖國與同胞》卷三下 701 頁首段）他想表達的應是：「……因為這樣他們不得不在

半夜整頓軍馬，振奮起來好繼續奔向他們的前程！」老作家為何會產出這樣的句構呢？

在《祖國與同胞》裡，男主角魯誠即李榮春的化身曾自述：「那時他大概只是六、七歲的小孩子吧。有一天聽見一個小朋友結結巴巴地學著人家的口吃，覺得很有趣似的，一邊唱著歌玩。他也跟著這小朋友學著玩起來，不及幾天便覺得自己的口舌有些不自在，從此患下了這可恥的惡習。因此他就怕和人家談起話來。這種羞恥的苦惱，一直纏攪著他，越發使他孤寂了，逐漸沉於自己的冥想裡。」

老作家患有口吃的毛病，並且在 24 歲前往東京梅田吃音矯正院矯正輕度口吃。我驀然想起李醫師先前提過：「文字轉型無法成功，可能與他的性情有關。他的個性不善與人交際，但語言還是需要透過『說話』來練習……。」

自述的「羞恥的苦惱，一直纏攪著他，越發使他孤寂了，逐漸沉於自己的冥想裡」事實上便是他性情寫照。也許是口吃的毛病使他更畏懼人與人之間的交談吧！然而「文學書寫的語言」和「日常生活的工具性語言」有關係嗎？有很多文學作者不也是不擅於日常言詞表達？

曾經我疑惑著老作家的命運為何從未出現轉機，似乎第一個關鍵點便在這兒，他一直生存於殖民時期，日常生活語言非常紛歧不統一。他的殖民地語言是日本語、母語是河洛語，等到臺灣落入國民政府統治後，又得重新學習使用北京語說話。日常生活語言的錯亂，加上幼年時種下的口吃毛病，與陷溺於孤寂冥想的心性，扭轉「書寫的語言」對他而言，的確極為吃力。

從李醫師手中接過李榮春生前使用的《日華辭典》與舊俄時期的幾本大部頭小說，從那些陳舊、破爛而充滿著歲月刻痕的外觀來看，想必他不知翻查過幾千幾萬遍了。原初慣用日文，要轉換為漢語書寫，只是文字的操演即已非常艱辛；而動輒數十萬言的小說，充滿歐化譯語的構句，想必也是長期浸染舊俄小說所產生的影響。

三

　　1950 年代國民政府以強大的政治力型塑藝文體制，企圖以酬庸式的職位與高額的獎金鼓勵文藝作家書寫「反共復國」作品，「中華文藝獎金委員會」也是諸多御用文藝體制的代表之一。1953 年夏天，老作家的六十萬鉅著《祖國與同胞》獲得中華文藝獎金委員會的稿費獎勵一萬六千元。當時這算是一筆天大的數目，老作家的第一部作品受到矚目和肯定，即使那時候他已經 40 歲了，仍是莫大的鼓舞。可是，為什麼這個獎勵沒有轉捩老作家的命運，反倒是變成一隻將他推入無底絕境的黑手？

　　歐美先進國家的文學作者往往單憑版稅即可安養終生，因為他們的社會和老百姓閱讀文學作品的風氣熾盛。李榮春為了能純靜從事文學創作，還曾住進當時中華文藝獎金委員會主事的高層官員張道藩和農業義勇團的同袍干萬春夫婦家中；進入中華文藝獎金委員會的評選之後，王萬春還特地安排他們一起賃屋居住，直至嘔心修妥這部鉅著。

　　就世俗而言如果他的作品沒有出路，人生可說「毫無指望」，命運「悽慘如喪家之犬」。偏偏王萬春夫婦卻不是這麼看他。在臺北拉三輪車「遇到熟人都要把帽子壓低怕人識得」的戰場袍澤對於老作家的寫作大業，懷抱著無限的憧憬和希望。那種憧憬和希望一點也不是基於「文學藝術的鑑賞和眷戀」所匯集的靈犀投契，而是將它視為某種「世俗事業的投資」，好比是作生意時的睹注，企盼自己也能跟著鹹魚翻身，從此終生榮華的心態。

　　而老作家的心情呢？從稿子通過評選，並且得到委員會對作品的意見和肯定之後，他一直以為自己的作品能在自由中國文壇呈現轟轟烈烈的一場空前盛況，而且「那些位居文化界要津，舉足輕重的重要人物，必定霹靂一聲，以一種壯大無比的氣勢，首先在各報上聯名發表一篇洋洋鉅文，願以他們的令譽和聲名，負責向全國、甚至全世界的廣大讀者群，力薦羅慶（即李榮春）的鉅著⋯⋯。」

　　由此看來，書寫二百萬多萬字而幾無發表的老作家並非沒有發表的慾

望，甚至他的這種發表慾實則是一種偉大的夢想，而那種亟欲將作品揭露於世人面前，與廣大讀者交流與分享的意願則與每個文學作者毫無二致。

第一部作品完成後，李榮春和王萬春曾跑遍出版社和電影公司，在沒有人願意出版或改編之餘，才終於下定決心將作品送交中華文藝獎金委員會。出乎他意料的《祖國與同胞》居然進入評審；他以為給獎單位將代為出版《祖國與同胞》，無奈因為小說篇幅過鉅，無法在隸屬於委員會的刊物《文藝創作》連載，加上文藝讀物讀者太少，出版可能乏人問津而產生虧損，所以該藝文單位僅能給予日後寫作的生活補貼。

但王萬春將心血和金錢挹注於老作家身上，在這個當口立即扮起「作家經紀人」的角色。他和自己的遠親找來遠東化工董事長李時崇，準備和老作家成立公司，出版《祖國與同胞》，並拍攝成電影謀求商業利益。

或許是某種宿命吧——藝術作者多半沒有「營求經濟事務」的本領，李榮春將這筆鉅額的獎金中的五千元給了王萬春夫婦，至於原本期盼發表並出版的單純願望落了空，他只得任憑王萬春和其遠親決定他的命運。

在《洋樓芳夢》這本書裡，他寫道資本家已承諾投資，並且決定簽約：李榮春、王萬春、王萬春的遠親和李時崇各占四分之一份權益。他們在腦海裡盤算的是《祖國與同胞》除了在臺灣、中國出版之外，並將改編成電影，翻譯成各國文字行銷海外。

老作家的質樸、單純完全無法置喙他的命運的走向，夾雜在愈漸複雜的利益糾葛裡，他所感受到的是「友誼的質變」和「人性幽暗」。簽妥契約書之後，他那家鄉的親人卻一致反對這份契約書，理由是：王萬春和他的遠親不過是介紹人，卻要與作者、出錢投資者平分利益，並且設若他們三個人聯合起來形成多數，李榮春豈不任憑他們擺布？

於是他的二哥和五弟立刻從家鄉趕到臺北，為手足無措的李榮春重新擬好一份契約書，言明「作者和介紹人、投資人為甲、乙兩方，出版利益雙方對分，翻譯稅和電影版權乙方享有一成半權利……」。（《洋》，頁413）

最後王萬春惱怒李榮春背信，無法接受這份新契約而導致合作流產。老作家的一干親人決定自行出版《祖國與同胞》。

這個「出版事件」稱得上是老作家文學寫作路途上最戲劇性的轉折。沒有人告訴他，如何在「商業利益」和「單純的文學寫作」求取一個「自主權」，他只不過像一顆任人擺布的棋子，遊走在好友、投資者與手足親人的主觀判斷裡悽悽惶惶，懊惱困惑。李榮春的年輕文友陳有仁也告訴我，邁入中年，被親人和鄉里看作「一事無成」的「潦倒羅漢腳」，但後來得到國家文藝體制鉅額的獎金，在那些輕視、鄙夷的鄉人的心目裡可以說是驚天動地的「發跡」。為慶祝這個喜訊，他的兄弟們也紛紛各掏腰包，設席款待李榮春和親人鄰里。的確，他們是用這個獎金來認定他的「功成」。更令人神迷的是，那個普遍窮困的時代，赫赫財團資本家居然願意掏出亮晶晶的銀子投資，可見作品好到深具「商業價值」，也毋怪乎他的弟兄們會出面替老作家爭取合理及公平的權益。

況且，是作品本身「有利可圖」，李時崇才會願意出錢投資；生意人「不會做賠本的生意」，他們以為生意人能做的，他們同樣能做，便拿出一部分的獎金自費印刷出版全書的三分之一（約二十二萬字）。

我從李醫師那兒拿到的《祖國與同胞》第一集是老作家和兄弟自費出版成書的影印本。64 開的黑白本子，封面上左邊以楷書題著「祖國與同胞」書名，其右手邊楞楞站著「李榮春著」四個小字，最右邊則有「中華文藝獎金委員會獎助出版」字樣。前有施翠峰在 1955 年光復節（按：終戰）在萬華寫的序〈寫在《祖國與同胞》前面〉，書末則有老作家同年 12 月 20 日在臺北寫成的〈作者後記〉：最後一頁方格書明了「民國 45 年正月出版」、「總經銷大中國圖書有限公司」和「印書者：榮泰印書館」。

從《洋樓芳夢》清楚歷歷窺見了「出版事件」的始末，以及老作家的心路變化，做田野的同時，卻也對手邊這本薄薄的小書產生沉重異常的思索，儘管這些思索看似無謂或浪費，我仍覺得它的意義是非常重大的，至少對於老作家而言是如此。它是老作家生前唯一發表並流通於出版市場的

書籍。關於這本小小冊子是否藏著好多祕密？

田野筆記之五：1998 年 2 月

「書出版以後，他到臺北來，我陪他到重慶南路，他身上都帶著『訂貨單』，在書店門口探頭探腦，不敢進去。我那時候年輕，不知世事，直覺進去問問有什麼關係，就進去問了。每一家都沒賣出去幾本，根本賺不到錢。」

陳有仁這麼說時，我腦海裡總是浮現那一老一少在重慶南路書店門口打轉的情景。那時他們經過明星咖啡屋前周夢蝶擺的舊書攤，遠遠地，陳有仁告訴李榮春，「你看那個擺書攤的，是個詩人！」

「寫詩？寫小說已經沒有辦法餬口了，那麼幾行詩要填飽肚子不是更悲慘？」這是老作家的幽默，也是他的同情共感。

李醫師也說，自費印刷一千本，成本不低，賣得不好，只好對折銷售。全部才賣出四百多本，每賣一本就賠一塊，還是大大虧本了。在小鎮四個多月，我未曾目睹老作家生前唯一流通出版市場的《祖國與同胞》（第一集），李醫師雙手一攤，莫可奈何的表示他曾地毯式搜尋老作家寫作的書房和藏書的閣樓，卻遍尋不著任何一本《祖國與同胞》（第一集）。剩餘沒有賣出去的可能全給燒光了。但，是誰將那些書化為灰燼？是作者李榮春。燒書的動作隱含了他的失望、挫敗與憾恨。原本他料想市場反應熱烈，很快地賣掉第一刷，那麼所得盈餘便可以用來繼續自費印刷出版第二集《祖國與同胞》。他是如此在心裡構造著那個令人亢奮和神往的畫面：讀者們經過書架，餘光一瞥，不意發現《祖國與同胞》簡單而毫不起眼的封面，順手抽出，不讀則已，一讀便深深被它所吸引。他們愛不釋手，掏出口袋裡僅存的零用錢買下它，回家細細品味。然後，一顆心怦怦然引頸等待那架子上出現《祖國與同胞》續集。

事實與他的想像恰恰相反，《祖國與同胞》（第一集）隨著銷售情況的低落而愈發擠在書店冷門的角落。沒有幾個讀者會走過那個角落，即使有一個不小心抽出那本書，也都隨意翻翻就輕率擺了回去。

1957 年李榮春寫給鍾肇政這封令人悵惘的信箋：「為了出版那本書（《祖國與同胞》）我負了一筆債。書印成後，我被迫以低於成本達一元多的價錢請書商經銷，沒料書竟只賣了全數的五分之一左右。如今，他們堆置在工具房角，聽任蟲蛀霉蝕……。債主是家堂兄（實為李榮春的三兄），腳踏車店老闆，於是我開始替他擦拭腳踏車，一則以餬口；兼則以償債……。」

至於 1994 年李醫師自費出版《懷母》，他說，蘭陽沒幾家書店，幾乎都鋪貨上架了，還是沒有幾個人掏錢購買。

四

1958 年 9 月 9 日，鍾肇政給鍾理和的信中提及：「幾經考慮，本人在此鄭重宣布：《文友通訊》今日壽終正寢，享年 1 年另 4 個月。……我不必為『通訊』作歌功頌德式的墓銘，但可得而言者：一、咱們這幾個『時代的點綴者』（借榮春兄語）得以互相認識，成為知己，互為關照，大體上來說還不失為『功』，所可惜的是在創作技巧的磨練上，未能生多大作用，令人惋惜；是屬於我個人的……。……通訊雖沒有人，但他在天之靈將永久為各位祝福，也將為未來的『臺灣文學』祝福，但願各位文友埋頭努力……。」

《文友通訊》結束了，儘管短暫，卻是李榮春生命歷程裡文學心靈最溫暖與飽足的一段時期。如果說他的文學寫作和生命狀態是朵含苞的蓓蕾，那麼加入《文友通訊》、在《公論報》任職及《海角歸人》在《公論報・日月潭副刊》連載的四、五年（1957～1961），該是那蓓蕾綻放為燦爛花朵的美好時節。

鍾肇政〈也算足跡──《文友通訊》正式發表贅言〉自述：「根據理和兄給我的第一信，我把自己的構想告訴我所能查到的省籍寫作者的第一信，是民國 46 年 4 月 23 日發出的。已想不起發出了多少封，不過不會超過十封左右。」那發出的信函其中一封就是發給李榮春的。

　　彼時，鍾肇政與李榮春未曾謀面，他在《文友通訊》上表示：「4 月 30 日，我含淚讀完了一位文友李榮春兄的復信，然後又淌著熱淚給回了一信。他在信中說：『我的一生為了寫作什麼都廢了。至今還沒有一個自立的基礎，生活一直依賴他人……。為了三餐，將寶貴的時間幾乎都費在微賤的工作上……。』」因深受李榮春感動，辦理《文友通訊》之心更為堅定。就這樣，類似私函，每月一期以刻鋼板方式與文友輪閱作品，互換心得的小刊物於焉誕生。

　　李榮春作品皆長篇大部，絕少提供給文友。在十幾次的通訊中，多半只擔任一個評論者的角色，唯獨第 15 次（1958 年 7 月 10 日）他成為「受評者」。

　　「六月中旬榮春兄忽有信來，寄下大作〈歉疚〉兩份。他雖未明言要輪閱，但我認為這篇作品頗值得大家一讀，乃擅作主張，臨時作為輪閱作品……。」鍾肇政大力推薦李榮春的短作，文友輪番閱讀後，他們皆清一色提出懇切的讚美：

　　「一句話，這才是純藝術品，作者對動物愛憐之心，扣人心弦。當然，主題、結構、文字都很好。希望作者，今後在短篇上再下一番工夫，自會有更好的佳作流世的。」（陳火泉）

　　「此篇作為短篇小說或散文，均可稱為佳作。作者的哀感溢滿字裡行間，動人肺腑。從頭到底沒有贅述，布局好。此作如與《祖國與同胞》比，顯然作者『更上了一層樓』。在此，我奉勸作者：作品之真價不在長短，長篇不一定就比短篇有價值，此後希望多多嘗試短篇寫作。」（施翠峰）

　　「從這一篇作品裡，我可以領略榮春兄有一顆天真純摯的赤子之心。原來，他一生坎坷，都是這顆心所自然而然帶來的。想到榮春兄那副陶醉似的音容笑貌，我禁不住要感動得流淚了。我敢說，他的作家氣質在文友中是最濃厚的……。」（鍾肇政）

　　這篇名為〈歉疚〉短作應已軼失。1958 年 6 月 2 日，李榮春寫給鍾肇

政的信上說：「這次翠峰兄已把它登上《良友》了，他還鼓勵我提供文友潤
（疑為「輪」字筆誤）閱，因我還沒有提出過任何作品，不過，我以為只
這樣一篇隨便寫就的短文，根本談不到有任何意義，更值不得大家的寶貴
時間……。」

　　不約而同，文友們都鼓勵老作家「棄長就短」，但李榮春卻菲薄自己的
短作。而陳火泉慷慨稱它為「純藝術作品」；施翠峰則說它「哀感溢滿在字
裡行間，動人肺腑」；鍾肇政更「禁不住要感動得流淚」，到底它有何魔力
令人深深為之動容？

田野筆記之六：1998 年 3 月下旬

　　我徬徨著不知如何尋找李榮春時，李醫師口中一再提起的關鍵人物——　老
作家的摯友陳有仁卻意外地出現在我的尋訪旅程裡，最後，他成為我從事
田野訪查的夥伴。

　　他六十多歲了，年紀雖比李榮春小二十歲，卻是他在世間唯一的「知
音」。其實說知音還太浮淺，他們的關係反倒更像情人、父子。第一次我到
他三重家中進行訪談，這位文壇老前輩被我的熱誠而感動，竭力的敘述他
與老作家的前塵往事。他說老作家在去世的前二年，與他曾有過這樣的對
話——

　　陳：你到這樣的歲數（按：李榮春時已八十高齡），都沒有人知道你，
應該將你的身世讓人知道……。

　　李：沒有信心你就不要寫，多讀我作品就好了。反正，我這樣過一生
又沒餓死！

　　陳有仁數年來期盼有人記錄李榮春——幫他寫個傳記，而李榮春卻義
正嚴詞的以「寧缺勿濫」表態。他莫不因此而憾恨，只能眼睜睜看著李榮
春被湮沒，卻無法為他做些什麼。我的出現確是帶給他一線希望——「將
李榮春揭露於世人面前」。

　　他彷彿是另一個李榮春復活。足足一個多月，頭髮白雪點描，五官清
雅，一臉斯文氣質，身材削瘦的老者，憑著他的熱情和意志力、對文學的

熱愛與質地的相近，以及內心存著一份無法對好友知己略盡棉薄的愧憾，因而即刻整束行囊回到故鄉頭城，偕我在小鎮上東奔西跑。

因此，我知道了那段隱藏許久，關於〈歉疚〉的內情。

陳有仁說李榮春曾寫過一篇名為〈瑪莉！瑪莉！〉的短文。內容是描寫被人豢養的家犬「瑪莉」，牠身強體健，毛色亮麗，為主子效力而備受寵愛與疼惜；不久，當牠染上疾病，成為皮膚潰爛、散發惡臭的「癩皮狗」，大家立即投以輕鄙和排斥的目光，甚至將之逐出家門。

〈歉疚〉與〈瑪莉！瑪莉！〉情節相仿，寫作與發表的時間同為 1958 年左右，都刊登於《良友》雜誌，據此推斷，陳有仁口中的這篇短文應該就是《文友通訊》裡參加輪閱的作品。

陳有仁語帶悲意說那條「喪家之犬」即李榮春的化身。又說：「有次我到他家，剛好看見一條小狗，便問李母牠喚什麼名字。『瑪莉！』，她回答我。我心裡一驚，覺得有趣，原來真是有一條狗叫瑪莉。」

這篇文章所以能打動人心，該是筆下所反映的正是李榮春心靈深處被粗糙的現實與世俗衝撞後的悽苦蒼涼。瑪莉受寵，不外乎影射他獲得中華文藝獎金委員會的肯定和實質的稿費。那時手足鄰里鄉人將他視為「明日之星、瑰麗之寶」，捧在手掌心讚嘆、愛憐，掏腰包大擺宴席，飲酒啖肉以資狂賀，準備與他共打江山、展鴻圖；其後在出版市場鎩羽而歸，賠盡獎金，重新淪為仰人鼻息、看人臉色的「被豢養者」，熱烈的讚嘆和愛憐的初心頓時化為烏有，取而代之的是奚落、嘲諷與鄙夷。這便是人人視為負擔與包袱，亟想驅走的喪家之犬瑪莉！

五

在李榮春的作品裡，他總這麼寫著他們對男主角的嘲諷：「懶惰不過，我沒看到過一個人像他這樣，光想吃，不想做。」母親也勸說：「怎麼你們弟兄會出一個像他這樣不中用的東西！」

肉眼所見不到的社會網絡形同閃亮著細絲的蜘蛛網，將李榮春沾黏在

上頭，即使他默默以勞動力餬口——「那礁溪燒的板車輪胎，比鐵還硬，人家都吃不消，全找到這裡來，指頭鍊得像鐵，比做苦力的還粗，一分力氣使不到都不行，剝光著全身，大汗還直流，苦力也沒有我這樣苦。」（取自李榮春無題作品），也難以斬斷社會集體巨大的注視，將他視為「不務正業的殘缺人。」於是，在陳有仁上門時，李母對他私語：「老是吃兄弟的，書又賣不出去，你回臺北就帶他出去，不要再留在這兒，什麼工作都好，有飯吃就行了！」

不久，與李榮春形同文學知己，又像戀人、父子的陳有仁夥同幾個好友密商，決定請託宜蘭縣選出的省議員郭雨新代李榮春覓職。

陳有仁記得四十幾年前，他和好友在郭雨新寓所碰面，他們與郭雨新素昧平生，更沾不上一點關係。出乎意料地，郭雨新翻一翻他們帶來的《祖國與同胞》之後，語重心長地說：「在日本從事文藝工作，多半有很不錯的收入，再差的也不至於過不下去……。」並隨即寫了一封推薦信給《公論報》社長李萬居。

「初二日榮春又見過李萬居先生，李先生並給一份英文時報要榮春翻譯，次日（3 日）我上班去了，回來時榮春已返鄉留條子給我說：『譯稿自送李萬居先生，看後如何再通知我』只簡單數句。」從陳有仁於 1958 年 4 月 7 日寫給鍾肇政的信看來，李萬居要測試李榮春的外文程度；陳有仁又說：「李氏有意要榮春出來臺北住，並且給予安插位置，他（李萬居）說：『在鄉下做苦（工），時間白白溜過去，讀、寫還是這裡方便，就來我報社暫試譯電文』……今午我接到李萬居代以電話回我消息，他說『李先生（榮春）請他日內就來，一份履歷表，我帶他去見我的總編輯』，當我對他略表敬意，他卻說：『這種人，我們應該栽培的，做個文學家也要豐富的學問、閱歷、體驗，更要多讀書，李先生給他好環境，他是有希望，將來也會成就的。』」

李萬居愛才惜才，李榮春很快地進入了《公論報》任職。他來到臺北這個首善之區，並非擔任譯電文的工作，陳有仁給鍾肇政信裡提及：「榮春

已在《公論報》資料室工作半月了⋯⋯，就工作負擔又是輕鬆不過，榮春因而說：『主要是研讀各大、小報，實際貢獻於報社並沒有什麼，難道這樣拿薪水有其代價嗎？他時時這麼為難自己』，其實李社長原意也要他譯電文的，然而李社長說：『國際電文（英文）可先約經一段時間訓練（國際新名詞：重要新人物、科學等新名詞），尤其是榮春返臺後潛心寫作之外，處在鄉下，中文報紙閱讀機會已受限制，而英文讀物已無從觸目機會了。』所以李社長有鑑於他與近些年來如新聞讀物（尤以英文）有甚距離，所以重新待訓練起來⋯⋯。」

　　資料室閒差，李萬居意在提供他寫作的環境與資源，而李榮春卻耿耿於懷對報社的「實際的貢獻」；然而，也如李萬居所料，在封閉與缺乏資訊的窮鄉僻壤，以及長時間體力勞動，的確無法補足現實的資源與創作的養分；而這個現象，李榮春自己也對鍾肇政這麼表示：「我自臺北來，有如奇餓豺狼，感覺自己對精神食糧的渴求，恨不得將身邊一堆書一下子吞進肚子裡。」（《文友通訊》第 15 次）

　　進入《公論報》約莫一年多，報館便發生罷工事件。1959 年 9 月 16 日陳有仁給鍾肇政的信中提及《公論報》的頹狀：「《公論報》最近給員工罷工，停了將近半月之久，因此該報已有人投資積極整頓，月底可復刊⋯⋯」。

　　陳有仁說：「國民黨一黨立法，限制紙量、不准刊登廣告，不讓書報攤販賣，規定中興紙廠這個黨營獨占事業必須向《公論報》收取現金，方供給白報紙。報社失去主要的廣告收入，也幾乎沒有零售利潤，現金當然短缺，每天需要使用的白報紙無法以支票支付，如何出報？」

　　不僅如此，情治人員更常駐報社檢查、監視記者和編輯，上至總編輯，下至記者、編輯和地方的業務人員，被捕的被捕，被迫害的被迫害，幾乎無一倖免。最後，國民黨使出絕招，利用當時臺北市議員張祥傳（李萬居老友），借貸一筆鉅款給李萬居，要其限期還款，等到李還不出錢，便循法律途徑逼迫他交出發行權。當然，《公論報》最終落入張祥傳手裡，而

張的投資只是個幌子，目的還是在鬥垮李萬居。不久被架空的《公論報》即關門大吉……。」

《公論報》財務狀況吃緊，好幾個月發不出薪水，或只發出部分薪水，很多記者、編輯非但沒有任何怨言，也沒有人離開工作崗位，反正有薪水就拿，沒薪水也罷，他們還是繼續跑新聞，上編輯檯。這些完全不計較有無薪餉的工作人員裡，李榮春也是其中之一。幸運地他並沒有被捕與遭遇迫害，1961 年李萬居敗訴，《公論報》改組重新經營，已能正常出報與發出薪資，此際他卻悄悄地自動辭了《公論報》職務，回到頭城家鄉。

李榮春不告而別，陳有仁找到他，迫不及待的詰問他：「多難得的機會能在報館上班，更何況現在員工薪資都可以按月領到，怎麼你倒悶不吭聲跑掉？」

只見老作家抬起頭，以平淡的口吻且若無其事的回答：「李社長不在，報格都變了，幹下去沒意思！」那時，他已經透過鄉人的介紹，在故物廢鐵壓擠廠做搬運工人。

田野筆記之七：1998 年 4 月

讀愈多的作品與書信，訪查愈密集，心頭的疑問愈是盤繞飛轉，數日來我愈是輾轉難眠。

「而他呢，恰恰相反，兩相對比都是走得過於極端了，他實在也未免過於自負，過於高估自己人生的意義，因而幻想迷誤了現實，把人生境界擴展得太大，憧憬也太過於崇高莊嚴，總以為一個人活在世間上，要不追求更廣大、更深刻的生存意義，那就太可惜、太不值……。」

李榮春無題的殘篇出現這樣的文字，我想，對於他所信奉的文學書寫，他是不是曾經感到遺憾與後悔？

「我在這裡工作□□（作者按：無從查考之缺字）習慣，但一天勞作回來深身（作者按：心身）疲勞，看一會書便打起瞌睡，無法支撐，一睡就到翌晨天亮才掙扎得起來，七時便待準備出門工作了。然而有什麼辦法呢？我開始發覺到自己的處境的險危，可想到了這麼年紀自己卻沒有一間

可聊蔽風雨茅廬，從前回家鄉還有五弟榮五家，讓我暫住一下，現在姪兒女們已漸長大，只有兩張床鋪，實在再沒有容我插腳的餘地。……為此我只能跑到此間，靠著體力一個月賺一千多塊，但這裡物價奇昂，一個月伙食費就得開銷五百塊，我想為自己將來的生存蓄下一點錢，不過這種生活我自覺很難支持長久，然而茫茫人海，哪兒還有我棲身的地方……。」

陳有仁帶著我到頭城拔雅林現今為金車飲料廠房的所在地溜了一圈，他凝視著那巨大的的廠房和對面發出惡臭的魚丸加工場，語重心長的說，以前這兒是一片梅花林，每當春天季節來臨，他便要和李榮春來這兒看梅花。紅霧茫茫的梅花充滿著淒豔哀絕的美感，他和老作家總是帶著書，在這兒漫步或坐在樹下讀書，談學論道……。

每當陳有仁談起他和老作家的往事，不知怎麼的我總是格外動容，因此在夜深時分翻閱四十多年前的信札時，一點也不會覺得這相隔將近半個世紀的時空對我來說陌生和遙遠，在這個我已熟悉不過的小鎮，彷彿我已成為他們的一員……。

人與人之間的相遇真是奇妙，來陌生的小鎮一趟，交會了已經離世的李榮春，然而，我卻一直持續感受著他生命的熱度和深刻度；同時，才新識陳有仁，嘴裡敬稱「老前輩」的長者，他總將我當女兒般看待，我們性命的文質和心靈也極為相類。

四十多年前，鍾肇政與李榮春通信頻繁，卻未曾謀面。他們只用文學來了解與共感，而這些讓他們一點也不感陌生。

1958 年 3 月 14 日陳有仁寫給鍾肇政的信說：「今晚七時左右，榮春可到臺北來。並在明天下午要會姚、馮（即姚朋和馮放民）兩先生。……並約妥 15 日下午五點，在報館見晤他。」

陳有仁極為了解李榮春，不僅熱切地為他的作品找出路，又按捺著性子為他張羅與文友的會面。他不僅安排李榮春會見姚朋、馮放民，到三月底，還先後到鍾肇政、施翠峰和陳火泉家中作客。

李、鍾見面之前，鍾肇政感於李榮春的特立獨行，將李當作模特兒，

寫成了一篇名為〈大巖鎮〉的小說。鍾肇政寫〈大巖鎮〉時，約莫三十三歲，創造力正要逐漸往上攀升的時期，在《文友通訊》裡他自述：「又三月下旬初，四萬中篇〈大巖鎮〉脫稿，請幾位文友評閱，咸認為失敗之作。（1958年5月5日）」可能因為這個原因而沒有發表，如今亦散失無法復尋。

　　要描摹李榮春的確不是易事，陳有仁得知鍾肇政打算循通信為李塑像，便說：「您前信曾提及要（從）春（李榮春）的信中揣摩個性典型，這是一件茫無頭緒的辦法。因為榮春他自身的處境情形，總處之泰然，最不願意讓外界清楚（以前鳳兮一度要我寫出榮春的事情，當我見到榮春提及，他以為不必，『人家會以為在宣傳和教人同情！』他堅決的說）我就只好不去寫它了。所以他給的信我們很難接受更深切的事跡，何況要體會他個性典型？」

六

　　《洋樓芳夢》一書正是描寫李榮春寫作和出版《祖國與同胞》一書的過程。

　　李榮春化身為男主角羅慶，借宿於好友康顯坤家中埋首寫作。職三輪車夫的康與妻子貞嬌百般侍奉作家羅慶，並寄望羅慶在大紅大紫之後，也能隨之鹹魚翻身。

　　其後羅慶的長篇鉅著果然得到國家文藝體制稿費的獎勵，同時引起大財團的注目。奈何羅慶在鄉下的兄弟反對康顯坤與大財團經紀的合約，而取消合作。羅慶和兄弟最終自費出版，慘遭賠售的命運。原本羅慶和康顯坤情誼深長，卻因近水樓臺，日久生情而與貞嬌發生曖昧關係，他在友情、情慾間掙扎，面臨這樣的衝突而深感痛苦，並在炎涼世態裡黯然追逐財富與聲名……。

　　漸漸的我似乎可以嗅見老作家在創作上的瓶頸。無可否認創作者無非不是以自我為中心，投射出生命經驗的種種關照或覺知，而後再透過某種介質（media）呈現出來。不論關照、覺知，或說意念、意識型態，那些需

要我們加以捕捉，游移於時間流並且極其抽象的理性或非理性之物，當它們落實在符號之前，歷程是什麼？曾經產生過的變化又是什麼？

視覺的、音符的和文字的這些藝術介質在完成之前，最粗淺可見的是「不斷的覺思、塗抹以及修改」，而在這個過程裡真正「運作」的又是什麼？

有人說是「藝術創作的才情」，或者「無可替代的靈思」。

也許這過程是一座黑色的森林，凡是意念、意識或突然湧現的抽象感覺，當它們通過那座黑森林，在森林裡經歷了我們尚且未知的碰撞，之後，又從黑森林跳了出來，變成有形的符碼，包括一連串長長的有趣的詩句，一幅構圖奇特、充滿想像力的油畫，或是一段動人心坎的優美旋律。經驗過任何廣義創作的人都知道，無中生有的樂趣往往是在「符碼已先於意念或感覺」，也就是說最奇妙而無法忘懷的興味，就是我們未能逆料那些落實出來的竟能比我們所關照、思慮及感覺的還來得豐潤、獨特和怪異。就如在現代詩創作上「自動語言」的發生，被喻為一種出自於潛意識的作用。

這些也是讓創作者備感無力或無奈的「才情」吧！之於老作家，《懷母》、〈魏神父〉和《洋樓芳夢》三部中長篇作品，若採用此「黑森林」觀點，似乎可以察覺他在寫作上的某種「才情的乏力」。然而這種「才情的乏力」體現在一個生命個體上，很有可能他擁有那善感多思，敏銳有如一頭獵豹張大感官和感覺神經去擷取外界印象的質地，可是那些無形的意念、意識或突然湧現的抽象感覺通過黑森林時，必要發生的路途卻顯得窒礙難行，以致在通過黑森林之後所產生的符碼遠遠落於那些意念、意識或突然湧現的抽象感覺之後，也就是說他不只無法「符碼同時於意念或感覺」，甚至「符碼後於意念或感覺」，於是便很有可能產生這樣的現象。

──當他極力想表達些什麼，可是那些表達出來的不但貧瘠，在過程上同時也艱困異常。可作為憑證的是他使用非常多重複或大量的文學語言，結果那些語言變成某種不必要的浪費，因為他所表達出來的僅是「無形的意念、意識或突然湧現的抽象感覺」的一小部分。

──或許，美學或風格的成因也正在此。

田野筆記之八：1998 年 4 月上旬

《洋樓芳夢》裡描繪鄉村知識分子談學論道的徹夜促膝情景，似乎只存在於老作家那個時代。這個小鎮原本可能成為「鄉村知識分子」的年輕人多半已「離鎮出走」，除了我的房東我幾乎沒有得以清談的對象。而我也知道在那本書裡的人物和地點應該確切的存在，即使物換星移，人事皆非，當我讀倦老作家的作品後，我總要漫步於小鎮幾條主要的市街尋找書中曾描繪過的場景。

但我並沒有找到這些場景，因而失去感受「清談」的風情。喜歡冥想和讀書的人多半喜歡談話，有很多人變得更加沉默，那是因為他們體悟「語言」的歧異太厲害，常常變成可笑的謬誤或者容易流於溝通上的無效；有些人則學會了自我對談，沉醉於清談之風的李榮春便是後者，他酗於自我對談。

頭城雖已荒涼殘破，卻像個年過半百的女人，時時予人「風韻猶存」的感覺。李榮春曾寫過一萬五千字左右的短篇〈頭城仙公廟廟公呂炎嶽〉，描述他和廟公一起墾山種植的經過。我喜歡閱讀老作家的短篇故事，尤其是這篇書寫自己的傻氣和廟公諸多痀狂的行徑，筆帶機鋒，逗趣幽默。正面寫主角呂廟公，卻以側面投射自己的理想和心志。裡頭曾提及仙公廟「朝下遠眺，碧波萬頃，太平洋無限際地展現在眼前。炎紅豔麗的朝陽，剛露出滾圓的一端，浮現在龜山在近海天相際的水平面上。一片五彩繽紛的朝霞籠罩著龜山，龜山隱約在其中，縹緲有如幻境，恍惚間疑似蓬萊仙島。」諸多令人心蕩神馳的美景。

他的寫作心靈開放與容納大自然萬物亦如同汪洋大海，對於映入視覺感官的美景，總是要細緻深刻描摹一番，他眷戀土地、陶醉於大自然的情懷猶似一條小河蜿蜒的流淌於作品之中。我想，他是不折不扣的自然主義者。

順著作品的引導，我和朋友多次拜訪他筆下的仙公廟。

當然，在他離世四年後仙公廟更加宏偉和潔淨了，尤其站在平臺上眺望太平洋時，那種遠距離的弧狀的海岸線清晰可辨，又因為此廟蓋在山

尖，如果遇著沒有夕陽的陰天，黃昏時遠觀海平面，出奇地大海竟變得無風無浪，凝固的波濤彷彿一大塊一大塊的果凍呢。平臺的設計則頗富趣味，退後幾步看，又會令人誤以為平臺外即是大海。山與海如此接近，實則又是迢遙的。我愈來愈以為自己將變成宜蘭人了，與老作家一樣，住在此地一段時間便可領略他喜愛這片土地的心情。

七

　　李榮春性情孤傲耿介、不善也不願與人交遊。幾乎，他只想在文學創作「勇往直前，只盼擁有『溫飽之餘的寫作生活』」。然而，作品完成之後，誰為它們尋找出路？

　　獲得中華文藝獎金委員會的《祖國與同胞》是同赴中國戰場的袍澤王萬春代為奔波，陳有仁則為他覓得《公論報》職務，使他得以在此媒體機構的文學副刊就近發表《海角歸人》。至於 43 歲時所著的《洋樓芳夢》，仍是陳有仁代為投石問路，他始終扮演著李榮春作品的「熱情的讀者、評論者與義務推銷員」角色。

　　1964 年（6 月 27 日），陳有仁寫信給李榮春：「26 日我意外地接到一位王鼎鈞先生的來信，一時我覺得唐突，信封、信箋都是『中國廣播公司』使用的。細讀之下方知是約兩個月前之久我寫信給專欄作者（《徵副》的）方以直的真實姓名……。」

　　想見是陳有仁將《洋》稿寄給王鼎鈞。而王鼎鈞回覆陳有仁一封信：「感謝你寄來李榮春先生的長稿子，弟拜讀後曾請編輯部審閱，看能否採用。弟早就不在編輯辦事了，恕我不能為該稿做較有把握的設法。今再奉手示，使知退還……先生來信異常熱誠，弟深受感動，備見你對榮春先生友誼之誠摯。李先生下工夫甚深，藝術品都是下如此工夫始能創造出來的。早年我就發現李先生的造詣著實不凡。唯文辭才情似稍弱……。」

　　那時候在《徵信新聞報》（即《中國時報》前身）副刊寫專欄的王鼎鈞已看出老作家「文辭才情似稍弱」，而陳有仁並沒有因此放棄，他鼓勵這個

堅持不退轉的好友「即使才情稍弱，仍可以藉後天鍛鍊的苦工彌足」，同年 10 月 28 日他又寫了封信給李榮春：「從由《徵副》退卻後，這麼長的時間，我們沒有再多試投另其他的報刊、雜誌，我深覺不對……，近日我偶爾再捧讀《洋》稿中的幾章，還覺得有些修辭仍須加以修飾為佳，如能從頭再修它一次，我覺得它必定會更搏得每個編者的歡迎的……。」

不久，陳有仁又將《洋樓芳夢》送去《聯合報‧副刊》那兒。彼時林海音是國民政府一手塑造的文藝體制裡唯一的本省籍副刊主編，她膽敢採用諸如鍾肇政、鍾理和等臺灣文學作者的短稿，自然，陳有仁對於她寄望頗深！

令人洩氣的是《洋樓芳夢》仍因「文字不佳」而遭到林海音退稿。李榮春年過半百仍在深澳火力發電廠打工餬口，接到這個噩耗，他給陳有仁回信：「去年清文兄（即鄭清文）帶回《洋樓芳夢》的稿子，帶回頭城來的時候，我那幾年來所做的努力，一下子便覺得完全成為泡影了。我怕給□□的人家知道了這事情，尤其是親近的人們，我精神上實在再受不了□□冷酷無情的輕蔑的打擊……。」

即使，作品不被採納，無法問世，李榮春嘴裡口口聲聲「精神上實在再受不了□□冷酷無情的輕蔑的打擊」，他還是一如以往，孜孜不倦的伏案勤寫。而陳有仁亦一本初衷，對他提出建言，為他謀求世俗的生存資源與作品問世的管道。直至 1960 年代政治的白色恐怖發生為止。

白色恐怖時期，李榮春算是幸運的，他的作品多半是與政治意識型態無涉的人倫、親情和挖掘自我心靈內在的自傳性故事，反動嫌疑較少，警總約談二天後即被釋回。反倒是他的年輕知交陳有仁情節重大，因在《臺灣新生報》副刊室任職，又因「匪諜案」主謀副總編輯單建周賞識薦保他轉入中央社，而成為被約談的「獅子林分子」。

「他們在地下室審問我，後面那間房好像正在抽打拷問其他的政治犯。他問什麼我就據實回答，其間忽然有人抬著擔架出來。我不知道這是故意安排給我看的，還是真的。他們對我很客氣，請我抽菸，問我：『陳有

仁，你是讀書人，交代清楚就沒事。你穿針引線，不要去搞東搞西的，我們好好合作你就沒事！』」

他隨即被釋放，並如常到中央社上班，卻總是被跟蹤與監視。這樣的政治氣候使島上的文友們不再明目張膽組織任何文會及發行刊物，同時，也因為自己成為「活餌」，陳有仁幾乎主動斬斷與昔日文友的聯繫，自然，與李榮春的往來也愈趨冷寂。

他回憶，情勢緊張之際，李榮春告訴他：「我們不要通信！」，而聯絡的方式則是，「我還是回頭城，到募善堂找他。他很小心的，那時總事先安排讀高中正要考大學的姪子啟明到火車站來領我。我還記得有一次，他不敢明目張膽的推薦我一本書，便將書偷偷塞到棉被下，用眼神暗示我。」

1985 年 12 月 7 日，陳有仁寫信給李榮春，開頭就說：「這回給您信，距離上次，給您信約有十六、七年之久吧！這種種原因只有心照不宣來形容了。」

在長達十六、七年的時間裡，他和李榮春不但沒有通信，甚至，最敏感的幾年，根本沒有見過面。

田野筆記之九：1998 年 4 月中旬

很多次陳有仁陪我做田野時，總是不意地提起他受害的經過。他那削瘦嶙峋的骨子看似硬朗，而每每訴說「白色恐怖事件」時，便要掏出手帕，危危顫顫擦拭臉頰和身頸盜出的冷汗。初初我是納悶的，在陰天沒有炎陽的暮春時節，怎麼也想不通他會如此躁熱。那躁熱、緊繃及焦慮，彷彿某種令他驚懼之物即將到臨。

「我這是自律神經失調，年輕時沒有的，大概是白色恐怖以後就有這個毛病了！」他向我解釋。見他已是滿頭白雪飄染的老者，我擔心他能否禁得起做田野的疲累。他卻義無反顧的嘆氣道：「我是『撞倒一瞬間，猛爬三十年』，因為白色恐怖，我自顧不暇，不然我一定接他住在一塊兒，享受家庭溫暖⋯⋯。」

他又說，自己的父親一生病，就會這麼埋怨他：「你都沒有照顧我，就

只照顧李榮春！有次鄭清文到頭城海水浴場，拜訪李榮春（即攜回《洋》稿時間），那天我剛好回來頭城找他，他請鄭吃麵，身上一毛錢也沒有，就喚我，拉我到一旁低聲問：『身上有沒有錢？』」

　　請鄭清文吃個麵的錢都沒有，昔時到桃園龍潭探望鍾肇政沒有旅費，也是靠陳有仁典當手錶籌款才成行的；在點綴著殘壁斷垣、樑柱崩塌的紅瓦厝巷裡蹓轉，每每見到陳有仁對辭世已四年的李榮春猶耿耿牽繫於心，心想這趟田野儘管勞苦，他卻甘之如飴，也許這能彌補他對故友自覺的虧欠吧。

　　而兩人的溫馨故事亦不止於此，陳有仁還常提及，李榮春初初離開家鄉到臺北，工作了一個多月，仍沒有找到住處，便臨時和陳有仁住在雅江街《臺灣新生報》單身宿舍。陳有仁說，這宿舍住了三個單身漢，卻有四張竹床，一張便暫時給李榮春棲身，不多久管理人員卻向社方報告他違反舍規。李榮春擔心給他惹麻煩，就想出了在淡水河堤岸露宿的點子。陳有仁給鍾肇政的信中（1959 年 9 月 16 日）如此形容：

　　「『今年夏天人家都蓋不（不蓋）棉被，我要一夜沒有被，真要把我冷死了』（陳有仁引李榮春語）。我初（？）為詫異，原來他自入夏以來，通宵都睡在淡水河邊的堤岸的草地上。淡水邊，連夜風急，更深自然無被不能禦寒了。『在繁星和月光下可以給我冥想，又可以使我酣眠。但是每天都要半小時的曬被子，有點麻煩』（陳有仁引李榮春語）。因為被給更深露水（染？）浸的緣故。『但是曬棉被並不花我的時間，當我跑步完了，被也乾了』（陳有仁引李榮春語）。他每晨跑步約一小時，這時是曬被的時候，總之他這樣的生活，不免又要使鄰居目為非神經就是怪人了。」《文友通訊》中的九人小組聚餐後[1]，鍾肇政稱李榮春是最富「作家氣質」的，原來，不是沒有原因的。

　　沒有舒爽的床鋪安眠，夜宿堤岸邊的草地，一般人可能叫苦不迭，而

---

[1] 編按：1957 年 8 月 31 日《文友通訊》成員首度聚會，參加者包括李榮春、施翠峰、廖清秀、陳火泉、文心、鍾肇政，應為六人。

老作家不但甘之如飴，反倒以「蒼天為穹廬，大地為藉枕」，並且因此感受自然之美，這是他心靈超越粗糙現實生活的浪漫化生命情懷。他生長於大自然的懷抱，親土性極強烈，當然視遮風蔽雨的空殼為無物。

八

　　李榮春與鍾肇政的通信，編碼的日期從 1960 年 8 月 13 日忽而跳躍至 1980 年 5 月 2 日，開頭李榮春這麼寫著：「時間過得真快，當時文友聚會（係指 1962 年 2 月 4 日警總偵察陳火泉家）一晃已是過了二十多年了，昨天拜讀來函，有如久別重逢。很久沒有見面了，經常在報上一見大作，必先拜讀為快，一字一句地細細咀嚼著……。無疑偶爾你也會想起我來的，雖然我是這樣隱晦而微不足道，不過，你是看不見，聽不見我的一點什麼聲息的。我們這幾位文友，已經個個有卓然的成就了，然而我呢，我只是對自己愈自愧無地了，因此我便自行跟你們斷絕一切的聯繫，我深深躲在自己的暗角裡，我只希望這樣悄悄地，沉默地過去……。」

　　李榮春給鍾肇政回信時已經 65 歲，而鍾肇政約莫 56、7 歲，可謂在臺灣文學領域奠定了重要的地位，彼時《文友通訊》裡的老作家，像鍾理和、鍾肇政贏得文學聲名，諸如施翠峰、廖清秀及許山木等人，雖然比較疏離於文學的寫作，但就現實生活而言，皆有所安頓。唯獨李榮春仍身無長物，寄居於兄長腳踏車店樓上的小房間裡。

　　從 1967 年李母病逝，到 1983 年完成《八十大壽》，李榮春依舊寫作不輟，先後完成〈魏神父〉、《懷母》、《八十大壽》與數十篇短文。

　　「可是我依舊這樣差勁，經過這麼久的時間，依然沒有什麼足以表現的成績，只不過臺北市宜蘭縣同鄉會發行的季刊，《蘭陽》雜誌同仁要我幫點忙，湊一份熱鬧，因而曾在該季刊登過幾篇小作而已……。」

　　他與鍾肇政睽違已久，第一封的回函仍是如此深切而懇摯的向已經成名的重量級作家細細說明自己的文學寫作，語帶落寞，卻不失赤子的真誠。1983 年他在給鍾肇政的信裡也這麼說：「我也有點自知之明，我也覺

悟了，從此我決定以《蘭陽》雜誌為我唯一的出路。但經過這次改組之議以後，我可能不得不放棄我這個唯一出路的希望了……。」

　　他給鍾肇政的信仍流露出企圖做文學「發表」的想法，只不過幾乎是主動同時也被動的徹底棄絕任何在大眾媒體發聲的意念。可能《洋樓芳夢》被文友批評，及為主流媒體《徵信新聞報》、《聯合報》副刊退稿，令他裹足不前，寧願不再理會文稿是否被採用，但求「能夠書寫」即可。綜觀他晚年時期的作品，似乎已採納包括陳有仁等文友給他的建言——嘗試寫中、短篇的作品，然而，還是無法脫離以寫實主義的「處理」手法，儘管那時他的文字已然全部「漢語化」（從晚期通信即可見一斑），也顯得通達、流暢，不過，他那完全複製「生命過程及生活經驗」而欠缺「中間過程」（即醞釀、沉澱和轉化等等作用）的文學書寫，依舊使得作品無法躍進當代的文學格局。

　　至於現實的安頓，因白色恐怖而無法得到摯友陳有仁扶持，李榮春依然持續沉默寫作。中年，他曾動了念，想娶妻成家，無奈不善經營，經濟狀況依然拮据貧困而作罷。其間，還被親人懷疑是個打開收銀機抽屜的「偷兒」；1983 年七十高齡，如春蠶吐絲般耗盡最後一口心力，仍以母親度八十大壽為背景，完成此四十五萬字的鉅著。

　　他照例拿給文友閱讀，結果被評為「過於瑣碎與囉唆」。翌年他寫了封信給鍾肇政陳述了對這部作品的努力：「去年我曾經整理出一部舊稿，在一種不自量力的狂想的發作下，應徵《自立晚報》舉辦的（百萬）小說徵文獎。……一位國中老師的親戚，請到幾位他的學生協助幫忙抄寫，我自己都沒時間重讀一次。結果，連初審都沒有通過，稿件寄回來了，我覺得自己都沒勇氣再看一番。謝謝你的鼓勵，希望我能寫出更好的作品，實際我根本就說不上有什麼作品。然而既然走上這一條路，蹉跎了自己這一生，無論如何總希望能寫一點像樣的東西……。」

　　想當然垂暮之年的老作家還是不甘心的，彷彿是個老戰士下定決心要衝上沙場做最後的搏鬥。李醫師說，收到退稿那天，李榮春正在他的診所

裡，當他從郵差手中接過一只包裹，雙手顫抖個不停，一打開，發覺是報社退回來的《八十大壽》，整個人跌坐下來猶似洩了氣的皮球癱在沙發椅上……。

田野筆記之十：1998 年 4 月下旬

　　早從李醫師口中得知李榮春作品裡的廟公還活著，並且偶爾會居住在通往仙公廟半路上山坳裡加蓋的小鐵皮屋裡打掃環境和清理落葉。田調的晚期前往此廟果然在轉彎處撞見呂老爺爺的小鐵皮屋。他蓄留一把山羊鬍子，白冉冉隨風飄拂，一副仙風道骨模樣，年近九十仍精神矍鑠。

　　他見到我們並不排斥，手拿著掃把與畚箕掃著落葉。他向我們讚美李榮春墾山辛勤，卻否認這老作家曾將老本投資予他，最後甚至大力指證墾山不成自己還發給李榮春工錢。這是我們始料未及的，因為李榮春已不在人世，誰是誰非，究竟變成一個謎？

　　其實李榮春到中、晚年也漸次放棄自己所謂的人生的「偏激」，謀求「理想和現實的中庸之道」，他著實體認到「世俗化」也有可喜可貴的一面，甚至，理想的實踐往往還是必得仰賴「現實的基礎」。五十幾歲時，他向省府租借的林地回收五萬元，加上深澳火力發電廠所攢下的工資，的確拿去與此公合夥，在廟地附近墾植「何首烏」。李醫師說，他勸過四伯，呂炎嶽行徑怪異，精神不正常，這個事業成功機率非常小。然而，老作家還是執意投資，他想「種一大片何首烏，這邊採收了，那邊還有，如此循環輪替，收入穩定，就不需到處打零工，可以安心寫作。」

　　同樣地，在他的另一篇未命名的作品裡，也記錄了他繼何首烏投資失敗後，與聖芳濟教會的教友合夥開麵店的故事。

　　在小說裡李榮春是出資的老闆，教友萬金夫婦及女兒身兼廚師及經營人，而老闆往往是「伏案讀書、寫作，偶爾才散步到店裡小坐，看看生意好不好」，不知怎麼可能是賣的麵不符口大眾口味，到戲院看戲散場出來的客人總是往斜對面的那家麵店去，才一個多月就關門大吉。老作家果然一如其姪子李醫師所言，終歸是個「不善理財、理想化又過於天真的藝術

家」，他已極力渴望如常人般謀求世俗化的小生意，然而這天性還是讓他只能繼續走向「拚命寫、往前看而幾乎沒有發表的管道」的路途。七十多歲後老作家寫得愈來愈少，變成一個頭城小鎮那銀樓上頭小房間的獨居老人。即將結束田野調查時，我與陳有仁坐在頭城圖書館前花圃聊天，他突然告訴我：「旁邊那家小叮噹好像是李榮春搭伙的自助餐廳，我曾陪他吃過一回！」

那天黃昏，青雲路上車水馬龍，許多大卡車、砂石車呼嘯而過，我們索性走進小叮噹進晚餐。夾菜時與老闆娘聊起李榮春，在場的當地人紛紛說：「那個老人確是跟他們搭伙的，身體還勇健時自己過來吃，中風以後他們送過去。至於伙食費，由幾個姪子李鏡明（李醫師）、李哲夫輪流給付……。」

這家自助餐廳是許多枵腹的卡車、聯結車司機的糧食補給站，對李榮春而言雖是一成不變的飯菜，陳有仁卻提及，李榮春反倒非常達觀與滿足。他在世時曾拉扯陳有仁的衣袖笑著說：「不用擔心我沒飯吃，姪兒們都為我設想周到。」有小房間住，三餐無虞，這樣的晚年對於李榮春來說總是自覺福氣非常。不過這一頓飯卻是我在陌生又熟悉的小鎮生活最難挨的一頓飯。坐在餐廳裡頭一隻巨碩的黑狗頻頻在我腳下打轉不肯離去。玻璃窗外頃刻間又跑來一條看似無家的流浪狗，毛茸茸的捲曲黃髮，眼神盡是落寞與孤獨。簡直是食難下嚥──蒼涼的一頓晚餐。

田野筆記之十一：1998 年暮春

離開小鎮前夕，就像要去探望一個老友般，陳有仁與我沿著一條種滿大樹的坡路上行，是個安靜的早晨，天氣出奇的明亮，黃澄澄而薄透的陽光搖晃在樹梢與葉片之間，投射而下迷迷濛濛的白色光束。大樹枝葉茂密，庇蔭底下的草地一片綠毯般生意盎然，紅的、白的與紫色的細碎花朵開了滿地，靈氣逼人，煞是美麗。

我們去看李榮春吧。陳有仁說話的語調好像他還活在世間一般，並且，就在那廟裡等著我們。經寺方總務先生指示，我們來到了靈光寺右後

方的靈骨塔。

　　李榮春的黑白相片連同出版社為他出版的《懷母》一書就擺在骨灰罈口上方。他生前最遺憾的莫過於自己的作品無法出版。我想，這定是李醫師拿來告慰他的。

　　陳有仁燒了幾炷香，跪下來祭拜他的老友。初始，我只是愣愣瞪著他的照片。驀然，卻感應到他也正凝視著我們。

　　「我不致今日（的）窮困，而且有夠偌大的基金，定要羅集現今窮困的文藝作家，凡有把握創作者，給他們好的環境，與生活保障，讓他們好好的寫⋯⋯。」想起李榮春生前常說的這一段話，不禁我的鼻頭為之酸楚，也跟著陳有仁持香跪了下來。

　　而靜靜地貼伏在我的眼前在此寂靜的曠野的，是那張永遠不屈與剛毅的神色，線條有稜有角的臉⋯⋯。

——選自《文學臺灣》第 59 期，2006 年 7 月

李榮春文學七十年
李榮春學術研討會講稿

◎彭瑞金

　　李榮春出生於 1914 年，不到三十歲便立志終身文學，他沒有結婚，而且是為了專志工作。這樣的終身文學人，直到 80 歲去世前，始終堅定地在他文學家的位置上。今年是他的一百歲冥誕，也是他去世 20 週年。回顧這過去一百年來的臺灣文學史裡，恐怕很難找到第二個像李榮春這樣純粹的臺灣文學人。從青年時代矢志文學以來，他排除一切所有可能有礙於文學創作的現實生活因素，就是為了圓他一生的文學夢想。雖然在 1950 年代，他 44、45 歲時，曾短暫參與《文友通訊》和少數文友互通訊息取暖，以及短暫出任過《公論報》編輯，他的一生都奉獻給文學。

　　然而，這樣的以全生命奉獻於文學的文學殉道者，不但生前罕為人知，即使在他去世後的 20 年來、臺灣社會也沒有還給這樣具有奉獻精神的文學家公道。李榮春去世之後，他的姪兒李鏡明醫師才把他的遺稿「清」理出來，後來在全集出版時，我概略地估算出李榮春留下的作品超過三百萬字。這三百多萬字，除了任職《公論報》時，為了報答李萬居的知遇之恩，無償提供《海角歸人》供《公論報》連載之外，只有以獲中華文藝獎金委員會的獎勵稿費出版《祖國與同胞》的三分之一，以及〈頭城仙公廟廟公呂炎嶽〉、〈教子〉、〈分家〉等發表於宜蘭旅北同鄉會出版的《蘭陽》會刊的少數短篇之作，其他的作品都沒有見過陽光、曬過太陽。

　　這樣說絕非戲言。李榮春有一篇沒有留下題目的「自述」，李鏡明醫師替他取名〈狂人來了〉就是描述他對寫作狂熱的自述傳。李醫師推測可能是他在李萬居被迫放棄、離開《公論報》、李榮春基於義憤相挺也自《公論

報》離職返鄉的 1961 年，他「為培養創作的活力，黎明即起，著內褲、握毛巾，在海灘慢跑，時而衝入浪濤中，時而在岸上揮拳，眼見太平洋巨浪澎湃，一望無際，而那地平線上的龜山島，朝日正冉冉上昇，霞光四射，不禁感嘆宇宙的浩瀚無窮，悲傷生命的短暫堪憐，竟然伏地而跪的一幕。可是不幸的，鎮上的人都以為李榮春不事生產，五穀不分、終日伏案寫作而蔑視他，視之為狂人。」李榮春的「自述」中說：「他只穿件汗衫和內褲，……沿著海岸沙灘跑起步來……直跑到阻隔打馬煙，一條橫流入海的河畔來，這才轉頭跑回來，……他跑得快極了，……呼吸急喘著……汗衫早已脫掉，折掛在內褲腰上，……渾身汗水像瀑布一樣往下直瀉。內褲早已溼透……一跑完了步……。便開始揮起拳來，飛起腿來……以前他都是經過大坑里再跑到海濱的，那兒有群孩子總是衝著他好奇而興奮地吶喊著：『狂人來了，狂人來了！』」他總在天大亮、太陽升起之前，回到他的斗室書桌、準備他的文學戰鬥，他的作品不見天日，既是寫實也是比喻。

　　李榮春不為鄉人、世人了解，或許是文人皆寂寞使然，如果不是李鏡明醫師在他去世之後，為他整理了《懷母》、《烏石帆影》、《海角歸人》出版，恐怕李榮春文學不知要被湮沒到何時？李鏡明醫師是李榮春文學的知音，也是李榮春文學的護法。李榮春在世的時候，就以這個姪兒為談論文學的對象，也是他傾訴文學抱負的唯一知音。李榮春一生為文學痴狂，嚴格說來，除了對不起苦等他八年的童養媳妹妹及領養的女兒之外，並沒有「危害」到其他家人，但家人並不諒解他對文學創作的固執和堅持。當然，像李榮春這樣單純的文學人自然也無法算計到這個社會對文學的「無情」，他晚年、無法靠打零工生活的時候，都是他的姪兒李鏡明出面照顧他的生活所需，讓他的一生能夠一以貫之在他的文學志業。

　　1957 年 4 月，《文友通訊》開始時，李榮春的自我介紹中說，他在這前一年出版了《祖國與同胞》的第一部，印了一千冊，花了八千元，每冊成本八元。定價每本 14 元，大中國圖書公司經銷，以五折計算，每賣一本虧一元。一部分送朋友之外，還剩四百多冊，全書四部，無法繼續出版。

不久，他給友人的信上又說，剩下的書已有白蟻毀蝕的情形。可見，1994
年 1 月 31 日，李榮春 80 歲過世時，世人見過《祖國與同胞》的可說寥寥
無幾。連閱歷豐富、著名的臺灣文學史家葉石濤，在 1965 年寫〈臺灣的鄉
土文學〉一文時，也表示只聞其名未見其書。李榮春參加《文友通訊》
時，可確定的是《祖國與同胞》尚餘四百多本，卻看不到他有分送文友的
記事，也沒有文友回應讀過該作的記述，的確有些令人費解。那個年代有
此鉅著出版，又是其他文友所無的榮耀，何以沒有和這些少數的共同取暖
的文友分享？在那臺灣文學極為寒冷的年代，這事真是令人匪夷所思。《文
友通訊》的文友施翠峰，曾經為《祖國與同胞》作序——〈寫在《祖國與
同胞》前面〉。雖然他們後來成了文友，但從序文的內容看，施翠峰作序
時，顯然二人尚無私交，很可能是透過中華文藝獎金委員會的牽線、促成
其事。以序文的內容言，施翠峰是有「先讀為快」，從頭到尾看過該書才寫
的序，但也僅限於要出版的「四分之一」。施說：「此作尤為寶貴的地方是
將八年抗戰期間，日軍的醜惡面目以及對同胞的殘虐暴行，活生生地記錄
下來，成為祖國慘痛歷史的一頁。」也簡述了作品的梗要。對李榮春一輩
的臺灣作家彼時的困境，有相當同情的了解，很可能是「感同身受」。他
說，戰後理應是臺胞光明的時刻，實際卻再度陷於苦悶之中，許多過去有
過成就的作家，由於（文字的）積習難移，頗多放棄崗位而改行了，其餘
的不是徘徊踟躕，便是望「文」興嘆。施翠峰除了借李榮春的舞臺一吐戰
後臺灣作家的苦水之外，也藉機強調了日治時代臺灣新文學作家的豐功偉
業。他說，過去的臺灣新文學運動，曾經有過輝煌的成就，大家勇敢地採
用閩南白話在本省各報刊上發表了很多作品，頗使強迫推行日本語文的日
人膽戰心驚。所以，可以說臺灣的文學運動，是從日本帝國主義統治下的
惡劣環境裡掙扎出來的。現在雖然已無法確知施翠峰是否知道《祖國與同
胞》出版的曲折過程，但這篇序文卻扎扎實實為李榮春所受的委屈出了一
口氣，也不卑不亢地宣示了臺灣文學正面的歷史。

　　《祖國與同胞》真正的起草年代，恐怕也已不可考，但從 1948 年至

1952 年的四年左右的時間，李榮春把《祖國與同胞》及《海角歸人》，合計超過一百萬字寫定。1952 年秋完成後，隔年就把《祖國與同胞》送到中華文藝獎金委員會參獎，都足以證明臺灣作家一再被詬病的「詞藻」問題，是某些人惡意的偏見。中華文藝獎金會接到李榮春送來參加長篇小說獎的作品後，不願正面面對臺灣作家的中文書寫能力已遙遙凌駕於來臺的中國「作家」的事實，卻以史無前例、無法與其他作品評審的理由，給與一萬六千元寫作補助將他敷衍了事，又不肯遵照獎助辦法中的得獎作品出版的規定予以出版。鍾理和的《笠山農場》1956 年得獎後，也不予出版，原因是文獎會結束了，卻不肯將原稿發還，直到動用關係請願，大費周章才要回原稿。我依此推測，《祖國與同胞》出版的事始終得不到確切的消息後，李榮春也請求將原稿歸還，文獎會卻不肯給予出版的承諾又不肯歸還原稿，竟然推託說不是不出版，是要等到反攻大陸之後再出版，因為《祖國與同胞》適合給四萬萬五千萬同胞看。這使我不得不大膽懷疑，文獎會裡面的人和日本人一樣，害怕臺灣作家已有超越他們不止以千里、百里計的優越中文書寫能力，企圖以文獎會的獎金「收購」這些作品、湮沒臺灣優秀作家的傑作。李榮春的作品若是因為要給祖國同胞讀才印，那麼鍾理和的作品又是為什麼不印呢？不印也就罷了，為什麼扣著原稿不還呢？沒有一項「藉口」是經得起質問的。特別是李榮春的《祖國與同胞》，只是端上檯面就讓這些戰後來臺、自比師尊，不是開文藝函授班，就是掌控支配國家文藝資源的文藝官，「膽戰心驚」。《祖國與同胞》的參獎、僅獲稿費獎勵而不予出版的過程，對李榮春文學的日後發展影響很大，就像《笠山農場》的得獎而不出版對鍾理和文學的影響一樣，李榮春日後還寫了一部三十萬字的《洋樓芳夢》交待這件事。

我所以提起這件事，是在強調李榮春在 1960 年代回到頭城閉門寫作，是出於自己的選擇，其實是被環境逼迫使然。《洋樓芳夢》主要是描述對《祖國與同胞》的文學成就抱持高度肯定，認為值得全神以赴達成其出版的「羅慶」、「康顯坤」二人，為《祖國與同胞》（在小說裡是《真理與光

明》）出版的奮鬥過程。臺灣文學有史以來，恐怕還沒有第二本文學作品是透過團隊合作去完成的。儘管這裡面的細節可能是虛構的，但康顯坤可是真有其人。他是李榮春（小說中的羅慶）1938 年參加臺灣農業義勇團到中國去的團友。1939 年秋，任務期滿後，李榮春返臺短期逗留後赴日矯正口吃，隨後又由東京轉往上海，尋求到中國的大後方參加抗日戰爭的機會。小說中的「康」任務結束後，繼續留在中國，轉往安徽壽縣做洋行生意，批發洋（東洋）貨到這裡販售，兼又經營壽縣到大城市的客貨運輸。李榮春在上海等了半年，苦無到中國大後方的途徑，乃與另名團友投奔「康」，協助康的事業。不久，日本軍方嫉妒這項獨門生意收回自營。康的洋行生意因為掌握到商機，為時雖暫，卻賺了不少錢。康是極講義氣的豪爽漢子，事業被迫結束後，把所有賺來的錢平均分給這些團友，也不問他們參與時間的久暫。李榮春就是靠這筆錢再留在上海沒有返臺，這些錢如果不是遇人不淑被騙了，李榮春也不至在戰後落魄返鄉。康在戰後在臺北賃屋居住、靠踩三輪車為生。「羅慶」完成《祖國與同胞》、獲得稿費補助後，是以分享美夢的善意邀請康參加的，康為他改租更大的房子供他安心修改原稿，出資僱人謄寫、照顧他的生活、替他奔走索還原稿、尋求出版的機會。根據《洋樓芳夢》的描述，文獎會並沒有在退回李榮春稿的第一時間就把補助稿費給他，而是在修改完成後才給他錢。所以才需要康的護持，甚至根本也沒有想到文獎會早就打定不為它出版的主意，所謂稿費補助只是打發他的意思。康夫妻所以會和羅慶一起築夢，固然是出自對羅慶的信任，但恐怕也是驚訝友人能寫出這麼一大寶物吧！他們都深信這部作品只要印出來出版了，一定洛陽紙貴，一定是諾貝爾獎的熱門競爭對象。如果得了諾貝爾獎有四萬美金的獎金，加上電影版權費，他們不但買得起洋樓，甚至還可以成立一個「真理與光明公司」。他們認為這部鉅作的價值，不能只局限在臺灣，它是不受時空限制的，將來跳出國際文壇的希望極大，內容比《亂世佳人》更壯大，場面都極其熱鬧，人物個性都很特殊。康認為像他這樣參與其中的這些人都可以留名青史，可以是「虎死留皮、

人死留名」的人間盛事。或許從結果論，會覺得這些人的想法太天真、很可笑！但誰也沒有辦法否認他們對文學有宗教信仰般的真誠，只是他們沒有想到，他們遇上的是對文學毫無信仰的文化騙徒。

　　康顯坤不是一個懵懂無知的狂人、盲目支持羅慶，他是打從心裡對羅慶的創作抱負產生共鳴。康不但是條鐵錚錚有擔當的漢子，也經歷過人生的大風大浪。他說：「我們曾經赤手空拳去打過天下的。不是吹牛皮，即使是一個百萬富翁，也不會像我們那樣痛快地在戰亂中闖遍了整個大陸。」、「我是利用日本帝國主義侵略的暴力，打下自己的事業基礎的。」、「當時在湖口、武穴、景德，以至沿著黃河上游兩岸一帶，一提起康顯坤的名字，幾乎連孩子也曉得，真是叫得響，吃得開。有許多游擊同志、地下工作人員，都是我設法掩護他們安全脫險。更不知道有多少的難民，他們都要來找我，我都慷慨解囊，周濟他們。因此我在戰爭結束後，再跑到從前走過的地方，到處都大受歡迎。我自覺對於祖國毫無愧疚了。結果卻依然空手歸來，我們原來也是空手去的，回想起來我等於免費旅行祖國一周。」他還說，剛從中國回來的時候，找不到工作，總統府正在興工修建，他去應徵小工挑磚頭。後來在板橋、樹林一帶，代理工礦公司配銷煤油，不到幾個月便又發了一筆大財。可惜，賺到的錢統統放到地下錢莊，吃了倒帳，命運便又逆轉了。後來又買了兩部牛車，再僱了一個牛車伕，卻敵不過卡車的競爭，「終於踏起腳踏車當奴隸了。」康顯坤可說是經歷過人間狂風巨浪的人物了，他對羅慶信心滿滿，他說：「過去也不知道讀過多少小說，可是從來也沒有感到過像這樣有興趣。」他願意踩三輪車為支持羅慶的寫作，並非全無文學「常識」的盲目投資。康顯坤和貞嬌夫妻，甚至四處借貸來共築他們的文學芳夢。想起來，在那個年代似乎是不可理喻的事。不過，如果對文學真的抱持信仰般的真誠，真實的文學信徒，不是需要這樣的痴狂嗎？從某個角度看，羅慶文學曾經擁有這樣的支持者，擁有這樣的文學信徒，應是文學史上空前也是絕後的。難怪李榮春要以專門的一本著作《洋樓芳夢》來記述其事。顯坤被這件事拖累得很慘，欠了親

人很多錢，太太因為出面借錢，鬧得要自殺。最後為了出版傷了友誼，認為羅慶只是失敗了。經過這次事件，為了一個已經屬於自己的家，他願意俛首就軛，放棄奔放的幻想，認命了，做個顧家的男人、父親。他雖然曾經氣憤羅慶的親人奪回稿件，最後並未能順利出版，即使困頓已極，仍然以有這位朋友當作一生中最光榮的事。顯坤認為從旅居中國時的人生高峰掉下來，戰後落魄到踩三輪車為生，遇到羅慶，「於是生命的烈焰死灰復燃，幻想的希望，爆發著更熾烈的火花──結果這一次的打擊更沉重，幾乎使他陷於一蹶不振。」但他也很快地冷靜下來，走到苦幹實幹、不再沉溺於汪洋無涯的幻想。不再怪罪羅慶，甚至想到有一天生活安頓了，還要邀請他來分享家庭生活的美好。《洋樓芳夢》除了記一段人間經得起現實錘鍊的、因文學發生的珍稀友誼，其實也在突顯李榮春文學的真實純粹。

　　羅慶在《洋樓芳夢》事件中，無疑是受到打擊最大，嘗到痛苦最深的當事人，他那曾經有過、對文學崇高的理想，幾乎受到毀滅性的打擊。周圍的環境加諸於他的，只是輕蔑和譏笑。經過許多年慘澹努力、流了多少辛酸血淚的結果，只落得一場奚落、一陣冷笑。他已覺悟要放棄這一生的目標，一生的奮鬥，覺得生命空虛、失掉了一切生存的意趣。然而，他對關陶範（文獎會的主事者張道藩），仍記得他熱情的微笑，充滿智慧的一雙眼睛。想起他崇高的影像，讓自己自愧無顏，抬不起頭來，但覺惶恐。文獎會的人說：「我們自己沒有錢，要給你這筆錢，關先生就得親自出馬去捐募……」這番話讓真實世界的李榮春自責，把不能出版的原因歸咎於自己，自責對「張」不忠實，「背叛著最寶貴的鼓勵，盜竊了一種神聖的美意。」想跪在那崇高的影像之前求恕。他對自己不斷地自我鞭笞，卻無一語對文獎會或「關」不滿。雖然李榮春高昂而堅定的文學鬥志並沒有被文獎會的陰謀打敗。回到頭城之後，他以加倍堅定的信念去築自己的文學城堡，完全不再理會外面文學世界的黑暗，不去思考投稿、參獎的問題，只專心寫作。不過，從李榮春文學發展的過程而言，《祖國與同胞》事件，絕對是他寫作生命的重要轉捩點。寫作《祖國與同胞》，甚至寫《海角歸人》

時，李榮春是一個以天下為己任的、心繫家國的知識分子，回到頭城之後，明顯地往自己的內心世界退縮。也許無從比較《祖國與同胞》和《八十大壽》、《懷母》這些小說何者的文學價值高些，卻可以肯定五十歲之後的李榮春文學已從意氣昂揚的文學戰士退縮到不斷內省的文學哲士，以至讓人誤解李榮春文學是自閉的文學。《祖國與同胞》是一部未經面世就被束之高閣的文學鉅著。封建社會的科舉，曾留下這麼一句話，自古沒有場外的舉人。舉人一定得先進入試場，文學家的作品未能訴諸文學市場，怎能成為文學家？所以，自古也不會有沒有作品發表、出版的文學家。李榮春和鍾理和一樣，以全生命投入文學，卻求一作之問世而不可得，讓他們抱憾終身。文獎會的人說沒有錢，根本是敷衍李榮春，只是他們把錢給了為他們的政權幫腔造勢、圓謊欺世的反共文學，不肯給「純」、「實」的文學。「我們要鼓勵你的，因為你這種寫作精神，太感動人……」根本是虛言偽語。當李榮春以四整年的時間寫了《祖國與同胞》這樣的鉅著，文獎會不幫他送到讀者的面前，還試圖把它藏起來到反攻大陸之後才出版，算是哪門子的鼓勵？根本就是藉機埋葬、而且是活埋一個比這些文藝官僚中任何一個都有創作才華和文學成就的本土作家。我們在感佩李榮春被逼退、潛居頭城的三十多年間，在極為封閉的環境中，仍能孤獨的堅守他的文學家位置，在那麼無助的處境中仍然為這塊土地留下了那麼大量的優秀作品。但我們也不宜忽略李榮春、鍾理和如果活在正常社會、公平時代，他們的文學一定和他們生存的社會以及同時代生活的人們，有著更多的互動和對話，他們的文學一定不是長成現在大家所看到的樣子，他們的文學成就，也一定不只是大家現在所看到的樣子。我認為這個社會一直還沒有還給這些作家應有的公道。每當有人提到李榮春是選擇性地封閉自己的世界去專心從事創作，固然有敬佩他對文學的專力專情，但也似乎忽略了他的文學周邊為他做的許多不公不義。李榮春文學是一個被擠壓變了形的文學。

1994 年 6 月，李鏡明醫師為他出版了《懷母》，讓許多人有了一扇看見李榮春文學的窗口。我常常想到，如果李榮春沒有這個文學知音護持，

李榮春文學要被湮沒到何時？其後就是 1996 年，李鏡明整理出〈魏神父〉交給《文學臺灣》連載。再後就是晨星出版社陸續再版了《懷母》，以及出版了短篇小說集《烏石帆影》和長篇《海角歸人》。2002 年 12 月，我主編的《李榮春全集》八種、十巨冊，獲得國藝會的補助，由晨星出版社出版，至此世人才有機會一窺李榮春文學全貌。李榮春從 1940 年代矢志文學創作以來，至今已經超過七十年，從他去世至今也過了二十多年。之間，雖因全集的出版已有幾位研究生以李榮春文學為題完成學位論文。李榮春出生、終老的頭城鎮公所，獲得文建會補助，利用閒置的校長宿舍改建為「李榮春文學館」，並在去年舉辦了一場李榮春文學座談會。我個人認為我們這個社會仍然嚴重錯失了李榮春文學的饗宴。我回頭數了一下，從讀《懷母》開始，我已陸續寫了十篇有關李榮春文學的文章，雖然文章有長篇有短篇，無非都想和世人分享李榮春文學的美好。這些年來，我也一直耿耿於懷的、就是想為李榮春文學舉辦一場學術研討會，可惜一直找不到資源。這一次能獲得文學臺灣基金會的奧援及靜宜大學的學術研討會補助，以相當克難的方式辦理這場研討會，固然了卻我個人的心願，但仍然期待有更多的人知道李榮春文學、分享李榮春文學。

　　近二、三十年來，全國各地的文學工作者，漸漸從外來的殖民文化下覺醒，形成自己家鄉的文學自己顧的風潮。各地方政府的文化主管當局也都能因勢利導，樂得順水推舟。1970 年代末，一群徒有理念、兩手空空的文學人要為鍾理和建立文學紀念館時，其有難如登天之慨，但過了這一關，再到笠山文學營、成立基金會、建置全國第一座「臺灣文學步道」、出版《鍾理和全集》……也就得道多助了。近年來，各縣市設立文學館、作家紀念館；出版縣市文學史、文學小百科、舉辦作家作品學術研討會、出版作家全集的例子、設立文學步道、文學公園，可謂相爭效仿的現象。比起花錢如流水的花博、夢想家、放煙火……九牛一毛都不及的小錢，卻大大改變政府之形象。這些年來，也常看見世界各地的城市，都以該城市曾經擁有的文學家、藝術家為榮，利用他們的故居、舊宅、作品、詩句、雕

像來為都市增加光彩。當年高雄縣長余政憲就是接受詩人曾貴海的建議，在美濃設立全國第一座臺灣文學步道。曾貴海的靈感則來自在日本盛岡市看見他們把 27 歲去世的詩人石川啄木作為城市的瑰寶。我後來才知道石川啄木由於生計艱困，到過日本許多地方工作謀生。十多年前的資料，日本全國各地已有將近三百座的詩碑、雕像紀念這位英年早逝的詩人，每一個他所到過的地方都想分享詩人的光環、榮耀。行吟詩人芭蕉的詩碑也是遍布日本。我在主編《蘇澳鎮志》時發現，整個宜蘭縣在日治時代的臺灣新文學史幾乎是空白的，戰後亦然，好像黃春明之前宜蘭沒有作家。李榮春好歹也活到 1994 年、那個已完全沒有禁忌的年代，卻都無人聞問。李榮春過世 20 年了，也只有《宜蘭文獻》虛應故事、出版過一期「李榮春特輯」，令人不禁納悶，宜蘭人怎麼了？難道宜蘭徒有好山好水卻聽任自己的內在一片空白嗎？

——選自《文學臺灣》第 92 期，2014 年 10 月

「祖國」幻滅之後
論《祖國與同胞》與《亞細亞的孤兒》

◎陳瀅州[*]

一、前言

　　日治時期臺灣知識分子具有中國經驗者其實不少，但著而為文的卻寥寥可數。究其因，實有著特殊而複雜的歷史背景，例如被迫徵召或自願前往汪精衛政權、滿洲國等日本占領區，以及自二二八事件以來臺籍知識分子的犧牲、噤聲與語言轉換等問題。日前臺灣小說作品中少數處理日治時期知識分子西渡經驗者，如吳濁流《亞細亞的孤兒》、李榮春《祖國與同胞》、鍾理和《原鄉人》等，這些作品帶有濃厚的自傳性色彩，有助於我們一窺彼時臺灣人到中國的處境。其中，《亞細亞的孤兒》、《祖國與同胞》均為長篇小說，在豐富的情節架構下，陳述著臺灣人到中國生活的種種經歷以及接踵而來的認同問題與挑戰。然而，小說中兩位主角有著相似的遭遇，卻選擇走向兩極的認同道路，箇中原委頗值得深入探究。

　　歷來探討《祖國與同胞》，不可避免地都會提及小說中的身分認同。例如江靜怡在碩士論文〈李榮春小說研究〉中，分就「呈現民族意識」與「認同臺灣意識」來談《祖國與同胞》中的中國與臺灣主題；然而，主角魯誠受到臺灣人與中國人兩種身分衝擊時，認同雖然變得模糊，仍然擁抱「祖國」與「同胞」，而不是轉向認同臺灣意識。論者復以臺灣由國民政府

───────────────
[*]發表文章時為嘉南藥理大學通識教育中心兼任助理教授，現為雲林科技大學漢學應用所兼任助理教授。

接管，從而解決了臺灣人身分認同的問題：

> 　　1945 年日本戰敗，臺灣又重回祖國的懷抱，經過長時間的陣痛之
> 後，臺灣人的身分似乎也暫時塵埃落地得到了認同，他們就如同是一片
> 浮萍，在水面飄浮了一段時間後，幾經尋覓，找到了最後的歸宿，他是
> 臺灣人，也是中國人，李榮春傾吐了他的認同，也呈現了他意識的凝結
> 之因。[1]

孰不知這也是有待商榷的說法。事實上，當我們看到臺灣被接收後的種種
殘暴行徑，臺灣人身分是否就得到認同？仔細比對李榮春《洋樓芳夢》、
《和平街》等作品之後，上述說法徒然顯得一廂情願。陳凱筑〈論李榮春
及其小說〉則是指出：「他們務求的認同與接納，在不斷遭受拒絕之後，只
有結束最初的想望。」[2]可是我們看到的魯誠卻是對「祖國」寄以厚望。丁
世傑〈回歸母土：論李榮春小說的母親主題〉則是從「殖民流亡與祖國創
傷」出發，試圖以日本、中國與臺灣的三重關係來剖析《祖國與同胞》。他
指出：「李榮春對於中國的亂象，感觸可謂非常深刻，因為無法拋棄的『身
分的曖昧』、『語言的隔閡』，再加上『思想的差異』，他在中國從沒找到真
正的認同歸屬，殖民統治造成他與臺灣社會的異化，也連帶造成與中國社
會的疏離。」[3]然而，當魯誠在中國沒有找到真正的認同歸屬時，卻還是努
力維繫起自己的「祖國」認同。事實上，《祖國與同胞》中魯誠的身分認同
很難以「轉向」一詞輕易帶過。身為一位被日本殖民的臺灣人，由於厭惡
殖民主義的殘暴，嚮往回歸文化與血緣「祖國」的懷抱，詎料殖民主義已
將他與中國作了區隔，即便有著濃厚的熱愛中國之心，但屢遭日本人與中

---

[1]江靜怡，〈李榮春小說研究〉（東吳大學中國文學系碩士論文，2005 年），頁 62。
[2]陳凱筑，〈論李榮春及其小說〉（臺北教育大學臺灣文學研究所碩士論文，2007 年），頁 63。
[3]丁世傑，〈回歸母土：論李榮春小說的母親主題〉，《臺灣風物》第 59 卷第 3 期（2009 年 9 月），
　頁 136。

國人猛潑冷水，夾在中間的臺灣人只能以各種身分游離。雖然對中國的想像與現實上容或有所落差，卻在返臺前夕一如既往表達熱愛之情。身分認同錯亂如他，正是殖民地人民共同的悲哀命運。

　　相較之下，吳濁流《亞細亞的孤兒》則是累積了相當豐碩的研究成果。然而，由於小說結局胡太明的瘋狂疑雲，卻導致「孤兒意識」兩種截然不同的詮釋觀點。爭論可上溯自《臺灣文藝》53 期的兩篇文章。鍾肇政在〈以殖民地文學眼光看吳濁流文學〉指出，由於被「祖國」（文化母國）拋棄、殖民主奴役的歷史境遇所生成的殖民地人民精神狀態「孤兒意識」，再加上胡太明的人格特性，導致他最後走向毀滅的道路：

> 　　胡太明在每一個時期的分歧點上都躊躇逡巡拿不定主意，常使讀者批讀之際禁不住感到著急不耐。一個人豈可如此畏縮不前呢？但是，吳氏以深刻的手法，給胡太明賦予了臺灣某些客家人特有的哈姆雷特型個性，**不由分說地把這位主角趨向破滅之路途**。[4]

不同於鍾肇政客觀地闡述「孤兒意識」，艾鄧（陳映真）則是發表〈孤兒的歷史和歷史的孤兒——讀吳濁流《亞細亞的孤兒》〉，認為胡太明在小說結尾的佯狂代表著終於克服「孤兒意識」，從而與曾、藍、詹等人一樣「爭取中國的自由和獨立」：

> 　　胡太明在日本、中國大陸所體驗的「孤兒」感，是這種不介入的態度的重要原因之一吧。但是，這種近於歇斯底里的拒絕，也在說明他正與懦弱、優柔、中庸、因循的自我做著最激烈的鬥爭，**預告著胡太明最終的勝利**。（略）作者終於暗示太明佯狂，避過日人耳目，又偷渡中國大

---

[4] 鍾肇政，〈以殖民地文學眼光看吳濁流文學〉，《臺灣文藝》第 53 期（1976 年 10 月），頁 23。粗體為本文所加。

陸，在抗戰中國的大後方，積極為抗日民族戰爭，貢獻他的力量。胡太明勝利了。因循優柔的胡太明終於變了毅然實踐的胡太明。[5]

如此說法顯然套上了濃厚的「中國意識」與民族主義，而沒有認識到當時臺灣人知識分子「裡外不是人」的掙扎與苦楚。這種處境的原因就在於，日本政府有意透過「殖民地性格」的養成與離間分化中國人與臺灣人的政策，而使得臺灣人無力抵抗或只有接受現狀。在這一點上，彭瑞金〈吳濁流的殖民地文學〉有著相當詳盡的論述：

> 胡太明的一生代表的是由日本政權按照計畫塑造成功具有殖民地性格的一代，無能逃生殖民地政權的魔掌，這證明已經浸入骨髓的殖民地意識已註定是臺灣同胞不能翻身的劫難，但孤立無援又從那裡尋找依歸呢？

彭瑞金並且回應諸如陳映真等中國民族主義者的批判。他指出中國意識論者從未就特殊性來體會臺灣人的悲慘遭遇，反而一味指責日治時期臺灣人的奴性：

> 嚴格說來，胡太明的一生並不是太明自己能負責的一生，歷史的悲劇加予他太重的負荷，勉強在歷史夾縫中誕生的一代，即使向歷史交了白卷並不可恥，何況用生命做了歷史的見證？但躲在孤兒的背面，應該為歷史負責的人不但不伸一根指頭的援手，眼看孤兒在逆流中掙扎哀泣，卻反過來用另一根指頭指著孤兒罵奴性卑弱。吳濁流未把胡太明寫成可以頌揚的英雄，也未把太明寫成要人垂憫的可憐角色，而只是寫實寫真要人拿出公正的立場，沒有色彩的眼光來看胡太明，來看孤兒的世

---

[5]艾鄧，〈孤兒的歷史和歷史的孤兒——讀吳濁流《亞細亞的孤兒》〉，《臺灣文藝》第 53 期，頁 9。粗體為本文所加。

界，庶幾不要再把殖民地世界看成只是只供幾個英雄踐踏的舞臺，殖民
地大眾，也不是一群只等待布施憐憫的無助怯懦角色，存的就是這番苦
心。[6]

職是之故，觀看《亞細亞的孤兒》的不同角度，取決於站立在臺灣立場或
中國意識。從歷史脈絡出發，鍾肇政、彭瑞金等的論述方向較為合乎《亞
細亞的孤兒》所要闡述的內在涵義：吳濁流透過寫實筆法據實呈現的胡太
明，正是殖民地臺灣人身陷兩難處境的縮影。

　　處於認同困境的臺灣知識分子，中國經驗帶來的卻都是「祖國」想像
的幻滅；然而，魯誠與胡太明在小說尾聲程度不一的呼喚，卻有著多重而
異質的詮釋空間。因此，本文試圖針對同樣描寫中國經驗的《祖國與同
胞》與《亞細亞的孤兒》來重新予以檢視，並參酌作者生平經歷與時空背
景，藉以觀察兩部小說中認同建構的發展歷程。

二、認同挫敗與疑惑

　　李榮春是臺灣文學史上頗具傳奇性的人物。在性格方面，將近一年半
的《文友通訊》交流過程裡，李榮春的存在無疑有著諸多曖昧，例如他既
喜於與文友交流，卻又因個性乖僻而疏於通信。在理念方面，他一輩子都
在為文學而奮戰，卻鮮為人知；由於專事寫作而不事生產，也遭受家人與
鄉親的不諒解。在著作方面，他以長篇鉅著《祖國與同胞》獲得中華文藝
獎金委員會（文獎會）獎助，乃當時臺籍作家中絕無僅有，因緣際會之下
在《公論報》以筆名「覺黎」發表《海角歸人》，此後即告消失文壇；然而
辭世之後，其姪李鏡明醫師於櫥櫃尋獲其遺留的大量文稿，這些作品同樣
有著相當濃厚的自傳性色彩，從中可窺見作者畢生的心酸血淚，以及對文

---

[6]彭瑞金，〈吳濁流的殖民地文學〉，《臺灣文藝》第 58 期（1978 年 3 月）。後收錄於：氏著，《泥土
　的香味》（臺北：東大圖書公司，1980 年），頁 9。

學理念的熱烈追求與想望。回到李榮春文學創作的起點,《祖國與同胞》承載了作者在日治時期遠赴中國的親身經歷,描寫了臺灣人到中國的兩難處境,因此重新探究《祖國與同胞》如何描寫殖民地人民的身分認同,就成為值得研究的課題。

《祖國與同胞》的寫作構想是在 1946 年作者返臺時就已經出現,正式寫作期間是在 1948 至 1952 年[7],1953 年獲得文獎會獎助,並於 1956 年出版第一冊。〈作者後記〉曾說明何以會書寫《祖國與同胞》的動機,單純只是想把在中國的見聞記錄下來:

> 我民國 27 年 4 月到大陸去,親眼看到在抗戰期間中,祖國的困苦命運,同胞的慘苦遭遇。也親自嘗飽日軍殘忍的暴行。因此,我流浪在大陸的八年期間,腦海裡不時起伏著「祖國」與「同胞」的字眼,同時,它們交織成為烙印,深印在我心中,永遠拂不掉。民國 35 年 5 月我從大陸返臺,立下了一個大決定,我要把這一切身歷其境的事實,親自見聞的故事,忠實地記錄下來,成為祖國與同胞所倍嘗的命運的痕跡之一部分。[8]

愛國書名與反日內容符合了文獎會徵選標準,不同之處在於這是一部描寫臺灣人到中國的奮鬥史與見聞錄。作者具有在中國生活的經歷,親眼目睹日軍侵略所造成的殘酷景象,也因深入民間而看到種種黑暗面,因此遭受強力衝擊與深刻印象的他打算執筆記錄下來。後記同時也交代何以採用寫實主義的創作手法:「也許由於我的半生東飄西蕩創巨痛深,我的腦子早就消失了幻想,所以我一向反對無中生有的構想,因此,拙作的內容,不管是非善惡,我都取自真實故事之中,也曾放進了我的熱情與良心,把它們

---

[7]李鏡明,〈李榮春年表〉,《李榮春的文學世界》(臺中:晨星出版社,2002 年),頁 244。
[8]李榮春,〈作者後記〉,《祖國與同胞》(臺中:晨星出版社,2002 年),頁 1291。

寫了出來。」[9]「創巨痛深」道盡了李氏在中國八年流浪經歷所遭遇的苦
楚，時常面對我們所無法體會的理想幻滅，與向現實低頭而拋卻尊嚴，終
於導致小說手法走向紀實性道路，因此《祖國與同胞》可以說是李榮春旅
居中國的真實故事改編。不只如此，李榮春所有作品中都具有其濃厚的自
傳性質，也與「真實故事」這個文學理念有關。

　　《祖國與同胞》描述一位來自殖民地的青年魯誠，滿懷熱愛「祖國」
之心，亟欲逃離被日本統治的臺灣，「為欲擺脫被壓制的命運，逃出無處伸
展底奴隸境界。」[10]遂參加農業義勇團來到中國，希望能藉此機會留在中國
盡一己之力。從主角內心獨白中，可以看出其強烈的「祖國」意識與反日
情緒：

> 　　對於農作物卻是未曾有過經驗，只因不滿異族的壓迫，從小就憧憬
> 祖國，眷懷祖國，整日歡喜獨自沉浸於冥想裡。跟著年紀的長大，智力
> 的啟發，這種天性便越發強烈起來。尤其自盧溝橋事變發生以來，在寢
> 夢裡都想要奔回祖國，希望能為苦難的祖國，參與著一份的奮鬥。[11]

一方面，魯誠不吝於表達對「祖國」的孺慕之情，談及未來方向時也強調
與「同胞」站在一起：「我們都是中國人，尤其臺灣同胞，更嚐盡被壓迫的
痛苦和恥辱！無論怎麼樣，我們青年都要振奮起來，和侵略者搏鬥到底！
除此大家再沒希望解脫的可能。」[12]另一方面，農業義勇團卻又恥於以臺灣
人身分自居：「因大家既不願意把『臺灣』直接說出口，簡直這兩個字，已
自包含著無限可恥，有著被壓迫被奴役的屈辱，說起來會感到自餒而心

---

[9]李榮春，〈作者後記〉，頁 1291。
[10]李榮春，《祖國與同胞》，頁 20。
[11]李榮春，《祖國與同胞》，頁 24。
[12]李榮春，《祖國與同胞》，頁 58。

酸。」[13]這是身為殖民地人民的悲哀，在面對「祖國」時所造成的自卑心理。

　　然而，臺灣人身分所帶來的不只是自慚形穢。對於中國人而言，臺灣人是日本殖民地人民，因此對臺灣人總是多了一份戒心。當魯誠想要加入抗日地下工作、為「祖國」效力時，卻被丁同志告知：「上面認為臺灣人恐怕有些靠不住，也許會被日本人利用來當反間諜的。」[14]滿懷著愛國之心的魯誠，換來的卻是因為身分所帶來的不信任，他所承受的痛苦是難以言喻的：

> 唉！我的天，我這顆赤裸裸的心，想獻給祖國，竟然得不到信任。難道，每一個臺灣人都會當走狗嗎，雖然有一部分為了賺錢，利用日本勢力狐假虎威地穿起日本衣服。不過，他們有的是為著生活不得不這樣，也有的被迫那樣做。這也不能算是走狗呀。[15]

然而，雖然遭受到如此重大打擊，但魯誠卻也絲毫不減對「祖國」的熱情，打算繼續在中國生活下去，因此臺灣人身分勢必選擇隱藏。為了避免不必要的麻煩，只好改口籍貫福建、漳州人來避開質疑。當芝香的母親知道魯誠真實身分後，說出：「臺灣人現在也算是東洋人，這要當心一點才好！不要給人家曉得，那就不得了哩！這樣要到裡山恐怕就會很危險！那裡一路都是中國軍隊，要給他們曉得馬上就會給捉去當漢奸槍斃哩！」[16]在中國「同胞」的眼中，臺灣人已算是日本人，藉此說明了對於臺灣人的敵意。

　　在小說結尾，當林朝枝（林矣平）說外省人都到臺灣去，恐怕臺灣人「永遠是奴隸」的命運時，魯誠也不由得一愣：「祖國真的會對待我們這樣嗎？」隨即激昂地喊叫：「祖國一定不會對我們這樣的」、「祖國的懷抱一定

---

[13]李榮春，《祖國與同胞》，頁89。
[14]李榮春，《祖國與同胞》，頁206。
[15]李榮春，《祖國與同胞》，頁208。
[16]李榮春，《祖國與同胞》，頁408。

是對我們溫暖而寬大的」[17]。小說發展至此，魯誠的「祖國」之愛才開始動搖，看似歇斯底里地喊叫，掩飾了魯誠內心深處的恐懼。對於「祖國」的認同，不再是毫無疑義的。在開往臺灣的船上，魯誠回想在中國流浪數年、為生活而搏鬥，最後卻是一事無成，不免感到羞愧萬分；而返鄉卻又對人生、未來感到茫然，乃至痛苦與絕望，甚至想跳海結束生命。在百般掙扎過後，他突然領悟到：「沒有愛的生命是空虛的，我的愛是廣泛的，我永遠愛我的祖國與同胞。」[18]小說以此告終，魯誠的「祖國」認同看似穩固，但其自我身分認同之旅卻尚未結束。

三、認同幻滅與瘋狂

《亞細亞的孤兒》的寫作時間是 1943 至 1945 年，出版幾經波折，日文版是在 1956 年出版，最早的中譯版本則先後在 1959、1962 年出版。如同鍾肇政指出的，這篇小說是「以由書中主角胡太明所代表的被祖國丟棄，被統治者當做奴隸的臺灣人的孤兒意識為主題。」[19]書中描寫夾在「祖國」與統治者之間的臺灣人，無論是投奔中國、依附日本，或是明哲保身，都無法逃脫殖民地人民的孤兒命運，這部小說已被公認為「孤兒意識」的經典之作。在〈日本版自序〉中，吳濁流如此簡述了這部小說：

> 原來胡太明的一生，是這種被弄歪曲的歷史的犧牲者。他追求精神上的寄託，遠離故鄉，遊學日本，漂泊於大陸。但，畢竟都沒有找到他安息的樂園，因此，他一生悶悶不樂，感到沒有光明的憂鬱，不時憧憬理想，但卻反被理想踢了一腳，更又遭到戰爭殘酷的打擊，他脆弱的心靈破碎了。[20]

---

[17]李榮春，《祖國與同胞》，頁 1287。
[18]李榮春，《祖國與同胞》，頁 1290。
[19]鍾肇政，〈以殖民地文學眼光看吳濁流文學〉，《臺灣文藝》第 53 期，頁 65。
[20]吳濁流，〈日本版自序〉，《亞細亞的孤兒》（臺北：草根出版公司，1995 年），頁 IV。

「被弄歪曲的歷史」的始作俑者，就是日本殖民政府。胡太明是殖民統治之下臺灣知識分子的共同命運，為了尋求中國認同卻有百般阻攔，直到最後在瘋狂中找到了他遍尋已久的認同。

《亞細亞的孤兒》充滿著吳濁流若干真實人生經歷，尤其中國經驗部分並非憑空想像得來。吳濁流在 1941 年 1 月到 1942 年 3 月擔任《大陸新報》記者，「在京滬地方過了一年多的記者生活」[21]，他曾將這期間的所見所聞寫成雜文〈南京雜感〉，隨後開始轉為《亞細亞的孤兒》題材，日後撰寫的《無花果》、《臺灣連翹》則屬回憶錄，對於日治時期臺灣人的中國經驗有著相當重要的參考價值。

這篇小說描述胡太明從小面臨殖民地新與舊、和與漢之間的文化衝突。胡太明為了追求學問、遠離殖民地種種亂象與情傷，辭去公學校教師到日本留學，卻仍受到歧視。沒想到返臺後更是飽嘗失業的痛苦。在前同事曾的推薦之下，遠赴中國謀取教職。然而，無論是在東京或南京，他都充分感受到身為臺灣人身分的原罪：「臺灣人到任何地方去，依舊是臺灣人，到處受人歧視，尤其是中國大陸，因為排日風氣甚盛，對於臺灣人也極不歡迎。」[22]、「我們無論到什麼地方，別人都不會信任我們。」[23]起初毫不掩飾身分的胡太明，到最後迫於無奈只能選擇隱藏。在中國尋求認同的他，現實生活卻持續不斷地瓦解他的中國想像。正如吳濁流在《臺灣連翹》的自述，離開臺灣卻仍擺脫不掉臺灣人身分所帶來的歧視與不信任：

當我憧憬著那四百餘州廣闊無際的土地上，有著自由而遠涉大陸，沒有想到原來中國大陸上也是屬於日本人的天下，因為在這兒也聞不到些微的自由氣息。像上海、南京，戰爭早已過了四年的時間，可是街道上卻

---

[21] 吳濁流，〈南京雜感〉（1942），《南京雜感》（臺北：遠行出版社，1977 年），頁 49。
[22] 吳濁流，《亞細亞的孤兒》，頁 70。
[23] 吳濁流，《亞細亞的孤兒》，頁 145。

清晰地遺留著戰爭殘骸的陰暗影子。

　　像我這種身分特殊的人來到了這裡，為了憧憬自由，探求自尊而寂
寞、失望地徬徨著。我以為只要能夠走出臺灣，就和飛出籠中的鳥一樣
自由，可是現在的大陸，竟和臺灣一樣，背後有日本憲兵的眼睛在閃
爍。同時，在中國人這一邊，又把臺灣人視為日本間諜而不予信賴，處
在這種境遇之下的臺灣人，絕不願把自己的身分表露出來。[24]

因此，與曾約定好一致對外稱是「廣東梅縣人」。然而，西安事變（1936
年 12 月 12 日）後，胡太明無意間暴露臺灣人身分，卻被視為間諜嫌疑而
入獄。任由他百般澄清，也無法洗刷因為臺灣人身分所帶來的嫌疑：

　　太明坦率地承認自己是臺灣人，並且毫無虛飾地吐露自己對於中國建
設的真情，他那種誠摯的態度，使那科長似乎頗受感動；不過，他的同情
和當局的方針，卻是兩個不同的問題。「我相信你不會是間諜。」那科長
說：「但是我卻無權釋放你，這是政府的命令、我是不得不扣留你的。」[25]

然而，當他受學生幫助逃回臺灣時，卻又被殖民當局視為間諜而特務跟蹤。
不久之後，「聽說在大陸上的臺灣青年，陸續被遣返臺灣，並且一律送入監
獄，這個晴天霹靂，又使他感到異常憂慮。」[26]臺灣人到中國，被中國人視
為間諜嫌疑；去過中國的臺灣人，又被日本人當作間諜嫌疑，毋寧是臺灣人
的悲哀。這些遭遇在《無花果》、《臺灣連翹》都有同樣的敘述。[27]
　　其後，胡太明被強制徵召入伍，由於目睹戰爭殘酷導致精神錯亂而被

[24]吳濁流，《臺灣連翹》（臺北：前衛出版社，1989 年），頁 103～104。
[25]吳濁流，《亞細亞的孤兒》，頁 200。
[26]吳濁流，《亞細亞的孤兒》，頁 223。
[27]吳濁流，《無花果》（臺北：草根出版公司，1995 年），頁 113～116；《臺灣連翹》，頁 117～120。

遣返，緊接而來的是工作、辦雜誌的理想皆逐一破滅。面對大哥志剛醉心
於皇民化運動，弟弟志南被「勞動服務隊」徵召而病死，胡太明因過度悲
憤而百感交集，乃至所有思維瞬間崩潰，終於瘋狂。然而，胡太明在瘋狂
狀態中寫下的詩，顯得十分慷慨激昂：

> 志為天下士，豈甘作賤民？擊暴椎何在？英雄入夢頻。**漢魂終不
> 滅**，斷然捨此身。狸兮狸兮！意如何？奴隸生涯抱恨多，橫暴蠻威奈若
> 何？同心來復舊山河，**六百萬民齊蹶起**，誓將熱血為義死！[28]

呼籲臺灣人群起反抗殘暴的日本當局。隨後他又在神案上唱起山歌、大聲
罵道：

> 「依靠國家權勢貪圖一己榮華富貴的是無心漢！像食人肉的野獸，瘋
> 狂地鼓譟著，你的父親，你的丈夫，你的兄弟，你的孩子，都為了他，他
> 們為什麼高呼著國家、國家？藉國家的權力貪圖自己的慾望，是無恥之
> 徒，是白日土匪！殺人償命的，可是那傢伙殺了那麼多的人，為什麼反要
> 叫他英雄？混賬！那是老虎！是財狼！是野獸！你們知道嗎？」

> 「你嘴裡口口聲聲嚷著『同胞！同胞！』，其實你是個走狗！你是皇
> 民子孫！是模範青年！模範保正！應聲蟲！混賬！你是什麼東西？」[29]

胡太明指責殖民政府、御用紳士、聖戰、皇民，這些義正辭嚴的斥罵之
詞，實在難以想像是出自狂人之口。根據小說中所描述的胡太明性格特
質，悲恨交加所導致的瘋狂，而非佯狂作態；然而，這般言行舉止卻起著

---

[28]吳濁流，《亞細亞的孤兒》，頁 325～326。粗體為本文所加。
[29]吳濁流，《亞細亞的孤兒》，頁 328。

振聾發聵的作用，向民眾曉以大義。瘋言瘋語的胡太明道出內心感受，而眾人深受感動就是最好的回饋：「他的話句句刺痛眾人的心。」、「他的話句句使眾人十分感動。」[30]這些指控當局、批判協力人士的言行，當然是犯忌諱的，卻是深得人心；不過，由於「那是狂人的行為，誰也奈何他不得。」[31]因此胡太明可以全身而退。後來胡太明失蹤，在村裡留下種種傳說的疑雲：「過了幾個月，誰也不知道太明的下落。但據當時一個到村子裡來捕魚的漁夫說，曾經有一個像太明模樣的男子，乘他的漁船渡到對岸去了。」、「從昆明方面的廣播電臺收聽到太明對日本的廣播。」[32]結尾部分是整部作品中最富含小說元素的橋段，也是作者刻意安排的開放式結局；但作者所要表達的內容，早在胡太明失蹤前的狂詩瘋語中道盡。胡太明在中、日、臺三方面遍尋不著認同，最後放棄了既有的認同框架。最後在瘋狂狀態中看到的胡太明，其實有著兩種認同的混合物：漢族意識與臺灣認同。嚴格說來，漢族意識並不完全同於中國認同，而是一種文化上、精神上的認同概念。

四、到達不了的「祖國」

（一）中國淪陷區／日本佔領區

　　《亞細亞的孤兒》、《祖國與同胞》中對於上海、南京等地都有若干程度的描寫，小說情節中所帶來的衰敗頹靡與歌舞昇平，呈現出矛盾卻又寫實的時代氛圍。唯有對當時歷史背景有所瞭解，方能理解兩部小說中的細節安排與時代意義。

　　1937 年 7 月 7 日盧溝橋事變後，日本隨即占領中國華北地區；8 月 13 日爆發為時三個月的淞滬會戰，最後日方獲得勝利，勢力更推進到上海一

---

[30] 吳濁流，《亞細亞的孤兒》，頁 322～323。
[31] 吳濁流，《亞細亞的孤兒》，頁 329。
[32] 吳濁流，《亞細亞的孤兒》，頁 329。

帶。12 月 13 日，日本攻陷南京；22 日，日方委由德國駐華大使陶德曼轉
達和平條件：

一、中國政府放棄其抗日反滿政策，須與日本共同防共；

二、必要地區，劃不駐兵區，並成立特殊組織；

三、中國與日、滿成立經濟合作；

四、相當賠款。

蔣介石方面斷然拒絕上述和平條件。日本則是持續透過扶植親日的政府組
織來達到統治中國的手段，分別在 1937 年 10 月、12 月成立了傀儡政權
「蒙疆自治政府」（内蒙古德王）與北京的「臨時政府」（王克敏、湯爾
和、王揖唐等）。1938 年近衛內閣總共發表三次聲明，亦即「近衛三聲
明」。1 月發表「不以國民政府為對手」的聲明：「期望真能與日本提攜之
新政府成立與發展，而擬與此新政府調整兩國國交」；3 月，隨即又在南京
成立新的傀儡政權「維新政府」（梁鴻志、溫宗堯等）。12 月 22 日，發表
「中日兩國調整關係之基本政策」聲明：「徹底消滅抗日之國民政府，與新
生之政權相提攜，以建設東亞新秩序。」第二、三次聲明內容一致，新增
以東亞為名的侵略藉口；29 日，汪精衛（汪兆銘）在越南河內發表「豔
電」，響應近衛首相的聲明，力主停止抗戰、推行和平運動。1939 年 9 月
汪精衛召開「中國國民黨第六次全國代表大會」，自任黨主席；12 月，與
日本簽訂「日華新關係調整要綱」。1940 年 3 月，南京國民政府合併臨時
政府與維新政府，汪精衛任國民政府主席兼行政院長、中央政治委員會最
高國防會議主席[33]，汪政權也於焉成立。[34]

---

[33] 以上歷史發展整理自：劉心皇，《抗戰時期淪陷區文學史》（臺北：成文出版社，1980 年），頁 11～
15。

[34] 有關汪精衛政權組織架構，可參考：佚名，《汪偽政府所屬各機關部隊學校團體重要人員名錄》
（臺北：學海出版社，1998 年）。該書卷首刊有「本書根據 33 年 12 月之材料編印特此附注」等

　　1938 年，李榮春以臺灣農業義勇團（鍬之勇士）名義接受臺灣總督府徵召，派往上海的江灣、大場開闢軍農場，用意在於供應日本皇軍，9 月派往南京拓墾分農場。隔年遷徙至紫金山農業實驗部（南京），同年秋天除役後返臺，數日後赴東京矯正口吃，一直到 1940 年 5 月才從日本轉往上海。此時汪政權已然成立。無論是找到好友林朝枝的南京、與王萬春會合的安徽壽縣，遇到張芝香的上海、與她同居的紹興不遠處的王壇鄉下，約莫八年時間都在日本占領區。1941 年，當吳濁流踏上中國土地的那一刻起，就是身處在汪政權的勢力範圍之中，無論南京、上海還是北京。在這一年多的時間內，由於吳濁流的記者身分，使他能夠近距離接觸汪政權高層而有所評價（《臺灣連翹》），同時記錄中國經歷戰亂後的景象，如〈南京雜感〉：「我是把淪陷時期戰禍慘澹的情景，就所見聞依實寫下的」[35]。既然兩位作者抵達的中國都是日本占領區，也就是中國淪陷區，那麼他們所看到的「祖國」自然都是殘破不堪的、背後有日本操控的、與理想中大相逕庭的中國。在這種情況下，「祖國」認同從踏上中國土地開始便一直遭受挑戰，除了中國淪陷區的環境背景，臺灣人身分既不是中國人也不是日本人的雙重否定，造成小說中魯誠與胡太明對於「祖國」憧憬的幻滅。胡太明埋骨於中國的夢，被視為間諜而驚醒，乃至落荒而逃；魯誠為了「祖國」的新建設效力，卻遭誣陷而被工廠開除，無奈之下只好返鄉。

　　其中，當李榮春的中國經驗受到挫敗，作品中男主角開始轉變成堅持創作理念的小說家，可見諸《海角歸人》、《洋樓芳夢》等作品。但更值得我們注意的是，《海角歸人》中的男主角牧野絕口不提中國經驗。這裡牽涉到國民政府在終戰後對於「漢奸」的檢舉與處置辦法。1945 年 11 月 23 日頒布〈處理漢奸案件條例〉；隔月修訂〈懲治漢奸條例〉，最後在 1950 年 11 月 15 日總統令修正公布，專用於對漢奸的具體求刑。一旦臺灣知識分

字樣。
[35]吳濁流，〈南京雜感〉，頁 50。

子的中國經驗（為日、汪政權協力，或徵召志願兵等）被羅織為漢奸，對此大家都噤若寒蟬，唯恐身家性命不保。雖然魯誠在最後仍然不改對「祖國」之愛，即便如此，返臺後的歷史際遇可能差強人意。或許我們可以說，《海角歸人》返臺後的牧野在無言之中，回答了《祖國與同胞》林朝枝的不安：外省人都到臺灣去，恐怕臺灣人「永遠是奴隸」的悲慘命運。

（二）「祖國」幻滅後的兩種抉擇

日治時期的臺灣人，在政治上是日本人、在文化上是中國人，認同之路顯得崎嶇難行。在《祖國與同胞》中，由於殖民主義壓迫日深，魯誠對於「祖國」的認同感也愈重、從而心生嚮往。因此，最初「祖國」認同只是一種綺麗的想像。及至抵達中國後，臺灣人身分造成「同胞」的不信任，開始隱藏身分而改以中國人身分自居。一直到小說結尾，魯誠決定回到「光復」後的臺灣，林朝枝的慨嘆卻打破他牢不可破的「祖國」認同，最後在掙扎之中還是願意相信他所熱愛的「祖國」與「同胞」。在中國生活的經歷中，或是衝突或是挫敗，總體而言加強了魯誠的「祖國」認同。日本殖民者透過「排除」與「層級制」，製造出認同的差異。例如在火車站時，魯誠不願意走在日本人的檢查通道，感到可恥卻也無可奈何；但另外一邊的日本憲兵正嚴厲地對待中國人，先是兩巴掌，其後又是一陣亂踢。[36]即便魯誠不願意，臺灣人不同於中國人的位階還是出現了。中國人在面對這種層級制時，自然區分出我群與他者，為了避免被視為他者，於是魯誠隱藏身分直至臺灣「光復」。可他沒想到此時身分認同的隔閡，已經從中國人／臺灣人轉為外省人／本省人，直到林朝枝動搖了他一路看似穩固的「祖國」認同。魯誠面臨了衝擊又重新建構的歷程，在不斷重構過程當中，他仍一廂情願地相信「祖國」不會對他們這些臺灣人如此無情。

不同於魯誠不改對「祖國」的熱愛，《亞細亞的孤兒》中胡太明對於中國

---

[36] 李榮春，《祖國與同胞》，頁 100～101。

認同卻是隨著現實生活而幻滅。胡太明的中國想像是來自於小時候私塾教育以及傳統漢文學者的祖父，一種文化祖國的中國。在日本與臺灣均無法尋求認同之下決定出走中國，離鄉前曾在爺爺墳前祈求保佑成為埋骨於江南的第一人；然而，親眼目睹中國景象卻是令他失望的。由於沒有精神寄託之地，發現自己成了「不合時宜的人」。此時，雖有損於胡太明的中國認同，但對於中國文化的熱愛還在，加上想要逃離故鄉，仍堅持在中國生活下去，可惜卻因自己的臺灣人身分，被視為間諜嫌疑入獄。作為一個被排斥在外的他者，顯得無處遁逃。萬念俱灰之下，不得已只好返臺。回臺後的遭遇並不比在中國好過，同樣被視為間諜嫌疑，緊接而來的戰爭動員、皇民化，每一項都令他身心俱疲。最後弟弟志南的夭折，更成為壓倒駱駝的最後一根稻草，胡太明終於發瘋。但是，瘋狂狀態下所寫的「漢魂終不滅」、「同心來復舊山河，六百萬民齊蹶起」的漢詩，卻明顯地表露一種漢族意識與臺灣意識的認同綜合體；似乎也呼應了「弟弟的死，使太明決心要徹底解決某項問題。」、「太明覺得以前的生活方式，委實太不徹底」[37]，他決定坦然地面對自己、面對被壓迫的臺灣社會，他想要走出原先給自己設下的框架，但最後只有在瘋癲的狀態下才能表現出一種漢族意識與臺灣（主體、我群）意識結合的身分認同。

五、結語

　　本文試圖探討《祖國與同胞》與《亞細亞的孤兒》中「祖國」幻滅後的心路歷程。在小說背景方面，兩位主角都曾經從臺灣出走中國，尋求「祖國」認同。認同過程中都遭遇到一些阻攔：來自中國人我群的排他性以及日本層級制的操控，然而卻造就了兩位主角完全不同的認同過程。魯誠選擇隱藏臺灣人身分，只為留在中國繼續生活，八年努力轉眼一場空，

---

[37]吳濁流，《亞細亞的孤兒》，頁322～323。

返臺前夕其堅定的「祖國」認同卻有了一絲的動搖。魯誠面臨了衝擊又重新建構的歷程，在不斷重構過程當中，堅信「祖國」不會背叛、拋棄他，形成一種近乎盲目的「祖國」情懷。胡太明因臺灣人身分被視為間諜，無奈之下只好返臺，目睹戰爭期皇民化運動，導致身心俱疲。最後他的認同最終只能在瘋狂中得到救贖，並表現出一種漢族意識與臺灣（主體、我群）意識結合的身分認同。盲目或者瘋狂的結局，正是殖民地臺灣人試圖擺脫命運枷鎖而不可得，最終扭曲身分認同的極端表現。

──選自《文學臺灣》第 93 期，2015 年 1 月

情與禮的糾葛
李榮春小說所呈現的臺灣閩南喪葬文化

◎陳麗蓮[*]

一、前言

　　長久以來人們對於中華文化傳統喪葬禮儀，常有以陋習視之的先入為主觀念，對舊有的喪葬儀節充滿敵意，這樣的觀念也反映在文學創作上。辜顏碧霞《流》[1]描述王醫師死後，其子敬原為了順應時局主張以新式（日式）辦理父親喪事。王昶雄〈奔流〉敘述伊東春生在生父的喪禮上，不是穿傳統的麻衣，而是著黑色西裝，配戴黑色腕章，並且以「不要再學那種難看的做法啦！」[2]的語氣，怒斥女人們的號哭行為，甚至不耐煩的催促著法師趕快完成法事。呂赫若〈風水〉[3]描寫周家次子周長坤不顧孝道倫理，為了自身的利益，執意不為埋葬長達 15 年的父親洗骨，又堅持提前為僅埋葬五年的母親開棺洗骨；〈財子壽〉[4]的周海文對人生的態度以財子壽為基本準則，處處為難家人手足。臺灣現代小說，甘耀明《喪禮上的故事》[5]是鄉土的、另類有趣的喪禮詮釋，而劉梓潔所寫的現代散文〈父後七日〉[6]以詼

[*]發表文章時為臺灣海洋大學通識教育中心兼任助理教授，現為宜蘭大學人文暨科學教育中心兼任助理教授。

[1]辜顏碧霞著；邱振瑞譯，《流》（臺北：草根出版公司，1999 年），頁 173～174。
[2]王昶雄著；鍾肇政譯，〈奔流〉，收入施淑編《日據時代臺灣小說選》（臺北：麥田出版社，2007年），頁 373。
[3]呂赫若著；林至潔譯，〈風水〉，《呂赫若小說全集：臺灣第一才子》（臺北：聯合文學出版社，1995 年），頁 301～318。
[4]呂赫若著；林至潔譯，〈財子壽〉，《呂赫若小說全集：臺灣第一才子》，頁 226～265。
[5]甘耀明，《喪禮上的故事》（臺北：寶瓶文化公司，2010 年）。
[6]劉梓潔，《父後七日》（臺北：寶瓶文化公司，2010 年）。

諧的筆法反思喪禮的荒謬。相較之下，身為「跨越語言一代」[7]的文學孤獨俠李榮春（1914～1994），晚年隱居在家鄉頭城，以幾近寫實的家族、自傳小說，寫出異於上述諸篇文本的臺灣閩南喪葬文化詮釋。

綜覽「李榮春全集」[8]並未描寫到閩南喪葬的每個細節，它不是人類學式逐一程序的觀察、記錄與研究，而是親身踐履者的情感抒發。儀節與情感之間的自我思考為描述的重點，其相關的情節散見於 1967 年之後才動筆寫作的《懷母》、《八十大壽（上、下）》、《和平街》、《鄉愁》等書中的各長短篇小說。以下將依小說文本中有述及的喪葬流程，逐一討論李榮春小說中有關閩南喪葬儀節所呈現的多層次情感表達，進而探討其喪葬儀節描述所呈現的生死觀照。

二、文本中喪葬儀節的情與禮

李家祖先來自福建漳州的海澄，因此其生活習俗與閩南傳統文化息息相關，喪葬儀節的部分更是如此。從李榮春的小說中，我們讀到關於閩南傳統喪禮正反的思辨，而非單純的對與錯；新潮與落伍；變通與僵化的二元思維。孔子云：「繪事後素」（《論語・八佾》），儒家思想以情為質，以禮達情的文質彬彬禮意，已為人所遺忘，而李氏的小說正提醒我們關注儀節與情感之間的複雜關係。

---

[7]詩人林亨泰最先使用此詞指涉銀鈴會成員經歷日文、漢文語言轉換的處境。具體而言，此詞包含兩個世代作家群，一類是戰前作家，戰後因政治、語言轉換等現實因素而停筆。如張文環、楊逵等。另一類是日據時期完成日文教育，戰後才學習新語言創作，如《文友通訊》作家群。以上資料詳見李麗玲，〈五〇年代國家文藝體制下臺籍作家的處境及其創作初探〉（清華大學中國文學系碩士論文，1995 年），頁 58～59。李榮春是《文友通訊》一員，屬於「跨越語言一代」，但其使用中文創作小說的時間早在戰前到大陸遊歷時即開始，若由其 1952 年發表〈祖國與同胞〉的時間點來看，他是戰後崛起的第一代臺籍小說家。

[8]「李榮春全集」有八集，共計十冊，臺中晨星出版社於 2002 年出版，除最後一集《李榮春的文學世界》為書信、評論、年表等相關資料，其餘各集皆為李榮春姪子李鏡明整理其遺稿而得之小說創作，本文此處所言之全集，指一至七集的小說文本而言。為簡潔行文，本文有關李榮春小說文本皆取自此版本，以下將不再詳註出版社，僅標出作者、書名、篇名及頁碼。

（一）病危至臨終

　　死亡是人生必經之路，無人能夠倖免，但是何以有的人死得坦然，有
的人卻死得萬分痛苦呢？精神科醫師庫伯勒・蘿絲（Kuebler Ross）在研究
臨終病人瀕死前心理狀況時指出：當臨死者知道自己將要死亡時通常會經
歷——否認與孤立、忿怒、磋商、憂鬱及接受五個階段。[9]事實上不僅死者
需面對死亡，生者同樣面臨親人瀕死的不安。

　　當李母因腦溢血而多次陷入昏迷時，子孫們不是「屬纊以俟氣絕」
（《儀禮・既夕禮記》）的等待，而是呼唸佛號以救人，一次又一次的從死
神手邊喚回瀕死的母親。

　　兒孫們對於能不能喚回李母抱持忐忑不安的心情，一方面擔心治喪事宜
來不及處理，一方面又不願相信李母真的去世的事實。老么（李榮五）說：

　　大家絕對要覺悟，直到最後一分鐘還是決不放棄想辦法救母親的決心。[10]

兒子要救母親的心是堅決的，但也恐懼死神隨時都會來到，這也就是老么
的老婆月娥燒了一鍋開水等著用的原因。老四（李榮春）心裡想：

　　看情形她們準備馬上要給母親舉行臨終沐浴了，這樣母親便什麼都完了，
　　這樣母親便被宣佈死亡了。她們已經認定母親必定會死，死的時候差不多
　　到了，所以開始都要關心母親的靈魂，因此在臨終直前必須要給母親來一
　　番臨終沐浴。這是傳統的對於一個臨終的人必須要做的一件非常重大的事
　　情，現在這種事情，她們覺得比什麼都來得重要。萬一母親死了，她們來
　　不及給母親臨終沐浴，這對她們來說簡直是一樁很不堪設想的事，這是她

---

[9]庫伯勒・蘿絲（Kuebler Ross）著；謝文斌譯，《論死亡與瀕死》（臺北：牧童出版社，1973 年），
頁 28。
[10]李榮春，《八十大壽》，頁 465。

們做媳婦的，對母親的最後的一種很重大，永遠無可補救的大錯失。[11]

急欲為李母舉行臨終沐浴的媳婦似乎成了死神的先行宣告者，看起來很無情，但李榮春也寫出身為媳婦的難處，而不是直接的批判。

在親人瀕死的場合，媳婦通常是比較能鎮定面對的人，根據臺灣現代社會的田野問卷調查研究發現，在傳統喪葬禮俗中，媳婦常常是主要意見提供者，不僅是決定者的角色，儀式過程中則擔主要執行者、監控者的角色，同時在先生因為哀傷而失去功能時，擔任輔助者的角色，協助先生執行他所負責的工作，並對先生失父失母的哀傷，扮演傾聽與支持者的角色。而媳婦面對公婆的喪禮時，除了親人生命將逝的難過及遺憾外，還有忙、煩、害怕、擔心及不安，因為她們常會壓抑內在的情感，將注意力放在喪葬儀節的進行中媳婦該做的事情上，甚至在葬禮結束，仍會出現「害怕」、「恐懼」、「無法擺脫的自責感」的負面情緒，心情無法放鬆。[12]可見媳婦面對公婆去世的心理壓力不會小於她的先生。

因此，媳婦月娥想先替母親洗澡，怕再不洗就來不及的擔憂是可以理解的，因為她承擔是否能即時讓李母乾乾淨淨、清爽辭世的重責大任，而丈夫的猶豫不決則來自不願接受母親已辭世的事實。兩人的出發點不同，處理的態度也不同，因而產生衝突。榮五以「等一等」、「看情形怎樣再說」、「教妳等一等，妳聽不懂」愈來愈不好的口氣回應月娥，不肯鬆口答應替母親臨終沐浴。榮五的心中只想救母親，他要月娥將釋迦佛像及小香爐拿到母親房間，試圖挽回些什麼。親家母（月娥的母親）來關照時也催促著要趕快臨終沐浴以免來不及，榮五依然不為所動。親家母提醒要買魂轎，讓老人家靈魂要離開的時候不用自己走路，這時榮五的情緒被逼到頂點：

---

[11]李榮春，《八十大壽》，頁 468。
[12]許瑛珝、許鶯珠，〈媳婦在喪葬禮俗中角色與心路歷程——從臺灣本土的儀式出發〉，《生死學》第 5 期（2007 年 1 月），頁 99～161。

「我不要聽，我聽得會厭死了。」

「榮五，只是準備，並不一定……」

「不要再跟我說，我絕對不要聽。」老么簡直要掩起耳來了。

「用不著丟掉它，值不了幾個錢。」

「聲音小一點，媽會聽見。」老么非常懊惱，非常生氣了。[13]

　　「魂轎」是閩南人的習俗，其源於人死後亡者要到陰間報到，故燒一頂紙做的轎子給亡靈使用，稱為「燒魂轎」或「過山轎」，現今南投地區有改燒紙汽車。[14]原本榮五不知道「魂轎」是什麼，經過親家母的說明，他明白「魂轎」的重要，月娥又勸說著：「不能讓媽自己趕起路來，這樣媽會太辛苦了。」但榮五不願接受母親需要「魂轎」以離開人世的事實，以焦躁的態度回應。

　　李家老二看著弟弟榮五對親家母及妻子的極端難堪態度，他有些過意不去，湊巧火生來，他作主讓火生去買魂轎。這時榮五不是極力的反對二哥的做法，而是謹慎的叮嚀火生買回來時絕對不能讓李母看到。他們在行禮過程中有不同的意見，但沒有臉紅脖子粗的吵鬧，因為：

　　每一個人都在想辦法，沒有一個人不在想辦法救母親。救母親，或救母親靈魂，不管各人觀點已經如何分歧，都是一樣緊張，一樣重要，一樣著急。[15]

　　他們一言一行不是想到自身的利益，而是以救母親為共同目標。所有

[13]李榮春，《八十大壽》，頁 475。
[14]李秀娥，《臺灣的生命禮俗——漢人篇》（臺北：遠足文化公司，2006 年），頁 120。
[15]李榮春，《八十大壽》，頁 468。

兒孫之中，榮五對母親的眷戀、不捨是最明顯的。親家母能理解榮五的心情，忍不住要說他是最有孝心的。游藤、徐玉和黎蓮三位朋友也來勸榮五接受李母將要辭世的事實，結果反而被榮五的孝心感動，集眾人之力持續的為李母唸佛，希望有奇蹟出現。

　　李母反反覆覆的瀕死過程，對生者而言其實非常的煎熬，李榮春小說中運用極長的篇幅寫下這段期間親人的忙亂與無措，本文整理如下：

情節大要	出處、頁數
李母的病情加重，語言能力受損。	《八十大壽》、267～273
李母陷入昏迷，眾人「喊」回李母。	《八十大壽》、293～296
眾人第三次「喊」回李母。	《八十大壽》、336～338
經過與死神拔鬥的三回合，眾人決定為李母提早一年做八十大壽。	《八十大壽》、402～403
李母又陷入昏迷。	《八十大壽》、413
為李母的病，兄弟姐妹間大家互相幫忙沒有嫌憎。	《八十大壽》、424
李榮春一無所成，自覺愧對李母。	《八十大壽》、455
李母又陷入昏迷。	《八十大壽》、459
張羅李母後事。	《八十大壽》、461
燒水、準備臨終沐浴、更衣，但又不放棄救李母。全家陷入一片慌亂。	《八十大壽》、465～473
買魂轎。	《八十大壽》、474
李母沒事了。	《八十大壽》、477
第三天，李母又陷入昏迷。	《八十大壽》、479
兒子們不接受李母即將死去的事實，遲遲不願意開始後事各項事宜，親友們各自討論關於生死的觀點。	《八十大壽》、479～496

游藤引領眾人唸佛，意圖喚回李母。	《八十大壽》、530
李母的病症是第三次腦溢血。	《八十大壽》、537
眾人為李母提早一年做八十大壽。	《八十大壽》、590～596
農曆五月二日下午一點鐘，母親溘然長逝。	〈魏神父〉、213

相較於兒孫的不安，臥病多年的李母靠著唸佛做為「辭世」的心理準備：

> 這樣一面要唸佛，這是她貫徹餘年的心靈上唯一的慰藉與追求……她這樣
> 不停的，永不厭倦地默動著嘴唇，絕不是老人家的無聊的消遣，卻越發顯
> 出她的一種熱情充湃憧憬，以及一種具有極端信心所促使之下的，積極的
> 心靈創造的境界。[16]

唸佛已成為李母精神安康的表徵，因此，當眾人看到母親嘴巴沒動，沒有
唸佛時，都感到不安與驚訝，但李母率真說：「心裡照樣也可唸。」[17]子孫
們這才瞭解到母親的唸佛純然是屬於內心心靈的主動，不必一定有嘴巴的
動作，至於有形的念珠，就更不一定必要了。

> 母親還是繼續在唸佛。母親幾十年如一日繼續不懈這種信仰的修持，生命
> 實在太微妙，能發生這種信仰，以為繼續不斷的篤誠虔敬的信奉和力唸，
> 死後便會往生極樂國土，每一唸都是安慰，都有憧憬，都是力量，都充滿
> 喜悅似的，這比任何世間的物質享受，對母親都更形重要，更有深刻的意
> 義。但要我實現母親這樣的心境，無疑是不可能，將來我會覺得如何徬
> 徨、渺茫而可悲，可是這一刻看到母親這種篤誠的心境，實在太可喜……
> [18]

---

[16]李榮春，〈和平街〉，《和平街》，頁105。
[17]李榮春，《八十大壽》，頁94。
[18]李榮春，《鄉愁》，頁191。

李母信佛的虔誠令人可喜，李榮春覺得自己都無法做到這樣誠信篤實的境地。

　　李母除了唸佛的心靈安慰，她也為自己張羅著其他後事，所以她要女兒完仔為她買百壽氈，預備百歲後可用。完仔一直不願意買，因為不想面對母親會死的現實，但母親的多次昏迷，讓她覺得不安，怕不能在母親生前完成母親的願望，所以特地抽空選購，最後如願在臺北買了母親想要的百壽氈。買了之後拿回頭城時，還為了該不該給李母看而猶豫著，結果李母非常的歡喜。[19]相較於黃春明〈死去活來〉描述 89 歲的粉娘第二次瀕死又醒來時，面對子孫的狐疑與冷淡，忙著解釋：「下一次，下一次我真的就走了。下一次。」[20]李母瀕死三次，其子孫一次又一次，不離不棄的唸佛喚回她的魂魄，兩人的臨終命運有極大的差異。

　　李母以唸佛安慰心靈，從容面對死亡，在生命的最後一刻，又能得到親人的陪伴是最值得安慰的一件事。兒孫、媳婦們的忙亂與焦慮，在在突顯生者面對瀕死者的複雜情緒不亞於瀕死者自身，有時反而是瀕死者已進入無意識狀態，生者面對死亡的各種情緒才被引發出來。能像李家子孫這樣多次面對老母親的瀕死，其關愛慈母之心依然不減，實在非常不容易。

（二）發喪報外家

　　李母初死之際，因舅父早已去世，老四負責到深澳告知元朋表兄弟此事，親家母（阿娥母親）堅持要李榮春腰纏白布才能去報喪，還再三叮嚀到舅父家門口一定要跪下去。這些瑣事，讓他感到厭煩，忍不住衝口而出：

　　「為什麼？」老四真厭死了，他已經痛不欲生了，他管得著這種把戲。[21]

---

[19]李榮春，《八十大壽》，頁 641～647。
[20]黃春明，〈死去活來〉，《放生》（臺北：聯合文學出版社，2009 年），頁 139～143。
[21]李榮春，〈懷母〉，《懷母》，頁 33。

老四懊惱的喊著:「要我跪他（元朋表兄弟）？叫他跪我吧！我要跪他？」，老四不能理解這是什麼意思，他現在正經歷失親的痛，他才不想管這些事。他出門後，解下腰間白布，把它塞到褲袋裡，以示對此儀節的不滿。

搭火車到深澳報喪時，元朋表弟拿水給老四喝，老四原本不喝，但表弟非常堅持。老四從表弟的表情中看出他在笑自己對這種世事全然無知，老四也才發覺這杯水可能有某種特別的涵義，而不是一般的客套話。

這杯水有怎樣的涵義呢？文中作者自註，此為臺灣北部的風俗習慣。[22]但到底是何意呢？書中未寫明。

據林清泉的研究，宜蘭地區漢人習俗，母喪要報知外家，孝男帶一白一黑兩塊布到母舅家報喪，稱「報白」。報喪不得進入屋內，只可在門外跪哭，母舅聞聲而出，將其牽起，謂之「牽成」。母舅收白布退黑布，並請喝水，表示將前往弔喪。若收黑布表示斷絕往來，孝男必須求情寬諒。[23]顯然老四對於這樣的習俗是不瞭解的，以致於未完成讓外家拿白布的儀節，因元朋表弟知其原由，所以堅持要老四喝下他拿的開水。

如此看來，儀節到底重不重要呢？李榮春小說對喪葬傳統的價值批判為何？不懂並不代表不重要，李榮春小說中曾指出傳統儀節確實能引導出真實情感:

接著便是外家探視。……這時他才恍然深深感服，祖先傳下來的這種禮制，絕不是祇屬於某一時代之特有，這是基於普遍人性之共通。根本沒有什麼時間性的界限，也不是特殊的造作，更不是什麼繁文縟禮之一類的形

---

[22] 李榮春，〈懷母〉，《懷母》，頁80。
[23] 林清泉，《喪葬禮儀的傳統及演變——以宜蘭地區漢人為例》（佛光大學生命學研究所碩士論文，2004年），頁54。

式，截然不是這樣的。這完全是發自人性之自然，是人情之極致，是至高真情的自然流露。這並沒有什麼所謂「新」什麼所謂「舊」的分別。

在這裡李榮春對傳統文化展現擁抱的熱情，他相信祖先流傳下來的儀節是至情至性的。可是，從實際實行層面來看，並不是每一個人都能做到。

李榮春認為也只有娶老婆時以能否吃苦奉侍母親為第一優先考量；事母至孝的老么在元朋表弟來進行「外家探視」時能自然的流露真情，與儀節相應和，一點也不造作：

直到表弟趕到這一刻，老四卻還在懷疑老么，是否能照親家母所關照那樣做，那樣表演得出這一套？老么終於完全做到了，他迎著表弟跪下了；如果這時是舅父，他可能還會慟哭一場。不，老么一點也不是做出來的，更不是什麼表演；絲毫不是出於造作，沒有一絲勉強，沒有一絲外在的因素。老四自愧萬萬辦不到，要他這樣做，他自己便感到厭惡、虛偽、造作而苦惱，但他看到老么這一刻的表現，他也才真切體悟到這一切的意義，以及境界的深奧；他完全感動了。[24]

儀節與情感之間是否能完美的契合，與行禮者有極大的關係，同樣是兒子，老四就做不到在外家探視時下跪的動作，而老么就可以。因為老么 18 歲時母親就臥病在床，從那時候起他一直以照顧母親為一生最重要的責任，無論如何他一定要將母親服侍得安安穩穩，而他也確實做到此點，母親一直是住在他那裡，他讓母親有家的自在感。[25]因此，當母親撒手人寰時，他的喪母之痛要更深於其他兄弟，也就自然而然能做出情與禮相應

---

[24]李榮春，〈懷母〉，《懷母》，頁 94。
[25]李母感覺在老三那裡被尊貴的照顧著像做客，還是回到老么這裡才自在。李榮春，《八十大壽》，頁 782。

的，禮的最高境界——文質彬彬。

「禮者，斷長續短」（《荀子・禮論》）所謂「禮」，即是節制賢者太過豐富的情感，增益不肖者不足的情感。這也就是喪禮立中制節的用意，讓人依禮而行，使賢者不至於做得太過而變成以死傷生，讓不肖者可以努力做到以及教導他親愛敬長的道理。喪禮是表現哀情的外在文飾，這些文飾都是有所考量，使之不會太過與不及的。因此所立的文飾；華美的不會太過奢華，粗惡的也不至於讓人傷害自己，享受愉悅不至於流落到怠惰、淫邪的地步，悲慟的哭泣、跳踊、搥胸也不至於傷害到生者身體，這都是禮節制人情，使之合於中庸之道的用意。[26]外在之「文」（禮）能與內在之「質」（情）相應合，當然是最好的狀態，至於能不能自然做到，就因人而異。

「外家探祝」的習俗是為了讓女子原生家庭確認她有沒有冤死，這是基於人情的考量，女子出嫁後一切以夫家為重，就算有何冤屈也多保持忍讓，但如果忍到被虐死，能為她申冤也只有娘家的人，因此有此儀節。此儀節立意良善，但亦可能發生女了娘家人藉故滋事，討索無度的狀況，後來遂演變成不讓外家摸到或太靠近往生者，李榮春文中註明「此為臺灣北部風俗習慣，目的為防止遺容難看，外家細看後認為夫家平時對待死者苛刻，以致引起不必要的糾紛。」[27]因此親家母才會再三叮嚀女婿（榮五）此事，深怕他做不好，引來麻煩事。這樣的擔心原是不必要的，榮五以慈愛母親之心自然的應對，情禮相應，毫無做作。

由以上情節看來，李榮春對喪葬傳統的儀節並不十分熟稔，甚至對儀節感到排斥，但在儀節的進行中，他漸漸感受到祖先古老制度中所傳承的智慧，只是他也體認到自己無法完全做到。

---

[26]陳麗蓮，《早期儒家喪禮思想研究》（臺北：花木蘭文化公司，2010 年），頁 31。
[27]李榮春，〈懷母〉，《懷母》，頁 85、91。

（三）買棺入棺

《臺風雜記》記載：「臺人重葬典，棺槨必選良材，坑穴必欲深，最稱古聖賢喪死之遺旨。」[28]從棺木的選購上可看出子女後輩們對李母的孝敬。李母的大媳婦特別重視對婆婆遺體的尊重，提醒大家棺材一定要買好的，眾人認為檜木最好，但一時間不一定買得到，也要考慮價錢。[29]李榮春如此形容母親的大厝：

> 棺材雖然給他感覺痛苦，棺材本身卻是出類拔萃，不像普通一般平常的棺材。它顯得特別碩大，有著屬於棺材特有的一種令人感到沉重的壓迫的堂皇莊嚴的氣派。一定是花掉很不少錢去買來的，看樣子很重，要很多人才抬得動。但這到底有什麼用呢？母親是永遠回不來，永遠回不來了。[30]

街坊鄰居忍不住對這樣堂皇壯觀的棺材品頭論足一番，有人說要兩班人馬才抬得到墓地；有人說花五千元買這棺材很不簡單；有人說只有你們這樣的人家才辦得到，語氣裡滿是羨慕、讚嘆！為什麼要買這樣好的棺木呢？老二認為這口大厝是做兒子能為母親唯一做得到的一件事，以後想再怎麼孝敬母親都沒辦法了。這也回答了老四這樣好的棺木有何用處呢？再好的棺木也喚不回母親的質疑。

依循「落葉歸根」、「入土為安」的傳統觀念，人死沒有棺木可埋，是一件可悲的事。李母年輕時過著艱困的日子，生了女兒養不起，送人當童養媳，那時節，社會上甚至有人死了無棺可用的窘困局面，大家都窮得沒辦法，真慘！[31]現在，李母有兒孫子女為她如此慎重張羅著後事，豈不寬慰。

---

[28]佐倉孫三，《臺風雜記》（臺北：臺灣銀行經濟研究室，1961 年），頁 4。
[29]李榮春，《八十大壽》，頁 461。
[30]李榮春，〈懷母〉，《懷母》，頁 81。
[31]李榮春，〈一天要做幾個人的活兒〉，《懷母》，頁 430～431。

　　李家兒子們（老四除外，因為經濟能力不允許）對於能為亡母準備上等的棺木感到自豪，為此還準備兩班共十六人可輪流抬棺，這些人一律姓李，抬棺時穿著寫上李字的白衣，迎棺的路線還特地安排不走近的溪仔邊，要繞遠的大街上，讓別人看得到。這樣做法是不是太炫耀呢？不符合哀情呢？李榮春的看法是：

> 現在他們在這種極度哀感中，一說起這事情，大家不期然便引起一陣興奮了，並且一齊為可能產生的效果，感動著、欣悅著。這對他們的哀感，無疑是一種慰藉，一陣振作。[32]

　　孔子云：「繪事後素」、「禮，與其奢也，寧儉。喪，與其易也，寧戚。」（《論語・八佾》）即是提醒人們哀戚之情最為重要。當社會愈來愈進步，人們愈來愈有能力為往生者做些什麼事，以撫慰自己的心靈。此事就情感層面而言是可以理解的，但就禮的實行面而言，過於鋪張則是不必要的。李榮春深刻觀察到母親的兒媳們悲喜交雜的買棺心情。

　　棺木買定，李母遺體入棺時，儀容已經過一番打扮，薄施脂粉，更顯超然莊嚴，原本蜷曲的肢體已完全復原，沐浴後換上她自己 80 歲前就準備好這一天要穿的新衣服，戴上女兒、乾女兒送的金耳環、金鐲子，再蓋上百壽氈，這些都象徵著女兒們的孝心。

　　當李母正要入棺之際，兒子們的動作自然顯露的不捨與孝思：

> 弟兄們便一齊抱起母親來，都很小心，好像怕弄醒母親，母親祇是睡著。他們都很緊張、很激動，莫不萬感交集，都萬分不忍，萬分難捨，又這樣無可奈何，這樣無奈。每一隻手都抖得十分厲害，好像真會抱不動母親，

---

[32] 李榮春，〈懷母〉，《懷母》，頁 87。

就要把母親摔下來了，這就非常不得了；全世間沒有什麼一樣東西會比母
親使他們更寶貴、更珍重。

兄弟們又小心的將李母放入棺木中，一家大大小小圍攏著棺木周圍，沒有
人會在最後一刻走開，榮五激動的說著：「以後永遠沒機會再看到你們奶奶
了，現在再延兩分鐘讓大家多看一會。」[33]最後棺木終於蓋下了，大家回到
自己的岡位，等出殯那一天才會再回來。

此儀節結束，老四反而有樹倒猻猢散的感慨，這一大家子，因母親的辭
世，也失去家族的凝聚力。想起以前大家庭的溫暖、和樂，老四不禁拿起母
親的舊衣服，嗅著、想著、回憶著。儀節告一段落，也要學著控制悲思。

（四）出殯送葬

《臺風雜記》記載：「臺人重葬典……送葬之際，傭泣人數名，白衣倚
杖，成伍追隨，哭聲動四鄰。」[34]臺灣閩南傳統喪禮常給人過於「喧鬧」，
不夠隆重的感覺，《陳夫人》作者庄司總一以「豪華、熱鬧、怪異」來形容
臺灣式喪禮的送葬過程，並一再強調日本喪禮的莊嚴肅穆。坂口澪子〈鄭
家〉雖然能以在地的文化視角承認臺灣喪禮出殯儀式的肅穆性質，但也將
出殯時的音樂描寫為「喧鬧的噪音」。[35]李榮春小說讓我們看到有關出殯儀
節中「熱鬧」的必要性，以及這樣的儀式在文化脈絡上所呈現的意義。

戰後第一代臺籍小說家李榮春寫出對「出殯」儀節的觀察。他描述別
人出殯的行列：

隨著一陣從遠而近傳來的喪樂，出殯的行列已朝這邊過來，隨即有兩個人
各擎著一隻比他們還高的紙人──開路神，接著就是洋樂隊……十音、軺

---

[33]李榮春，〈懷母〉，《懷母》，頁98。
[34]佐倉孫三，《臺風雜記》，頁4。
[35]朱惠足，〈「小說化」在地的悲傷──皇民化時期臺灣喪葬習俗的文學再現〉，《「現代」的移植與翻
譯──日治時期臺灣小說的後殖民思考》（臺北：麥田出版社，2009年），頁234～236。

聯、花圈，然後由八個鄉下人抬著鬃上一層紅漆的靈柩，上面還覆著一張
猩紅氈子，有三個孝男依依不捨地緊靠著兩旁，把手搭在靈柩，……最後
約莫有五十多個由頭至尾穿戴著披裹在喪服裡的女人，她們一隻手抓住一
條很長而頭尾由兩個男人揹著的白布帶，另一手拿條手帕緊掩住眼睛。[36]

李母看到這樣孝男孝女這麼多的熱鬧出殯場面，覺得這樣死也幸福了。

　　在頭城這個地方，凡是有人家出殯，其行列走完大街總還會繞經老
街，好像表示要離開到另一世界的人，來這裡和眾父老兄弟姊妹們一一道
別，生前的恩怨在此結束。出殯的陣仗，也讓世人觀看評定其一生的榮
績、毀譽。李母對此事是非常關心，就像在為自己的這一天準備著，只要
聽到惜別的樂音接近，不論扶著杖，或只能側身躺床上，她總是看得那麼
感動忘我，手握佛珠默禱著，要是熟識朋友的告別，更是百感交集。[37]這是
李母對出殯儀節的理解與感受。

　　頭城和平街上，連死亡和告別都那麼和平圓滿。喪樂之音遠遠的傳
來，有子弟團宏亮壯烈的鑼鼓聲，也有西樂的悲壯驪歌。中風在床的李母
要么兒五仔趕快背她起來看熱鬧：

　　兩個開路神……一班五十音……一路吹奏著……倒有幾分像迎神賽會的熱
　　鬧，一個人就這樣永別於世了……看著這一天的光景，大概也可窺知一點
　　這人生的遭遇了……看到一大群孝男孝女隨著靈柩慢慢過來。[38]

老人家不禁讚嘆「子孫這樣多，也真好命。」如何詮釋這樣的觀看心態
呢？像是透過觀看，比較別人的情況，也為自己打算。就像是 live 現場直

[36]李榮春，《鄉愁》，頁435。
[37]李榮春，《鄉愁》，頁432～433。
[38]李榮春，〈和平街〉，《和平街》，頁119。

播新聞一樣引人注目，也反應當人生圓滿無掛礙時，反而能樂觀看待生死。小說中藉由觀看他人喪禮，以呈現李母對出殯儀節的看法，和李家子孫處理李母後事的情節相呼應，可得知李母對喪禮「熱鬧」採取非常「中意」的態度，間接肯定李家子孫是以合於李母期待的方式處理其身後之事。唸佛的老太太將心靈交給神佛，出殯的儀式卻偏向傳統的「開頭神、五彩旗、地理師、銘旌、鼓吹、點主官、樂隊、魂轎、棺前吹、靈柩」[39]等方式，顯現其宗教信仰的多元包容性。

　　李家兄弟們坐下來一起討論如何辦理出殯那一天的事，他們一致的目標是想要辦得熱鬧，讓母親開心。老二認為那天是盡兒子責任的最後一天，無論如何一定辦到讓一般社會看得過去，但也不必過於浪費。老三想要把南北兩個樂團都請來，老么認為這樣太盛大了。老么聽了老二及老三的意見後，大致有個依據，然後再參酌進行。[40]在這個場合裡似乎聽不到老四的聲音。

　　辜顏碧霞《流》以相對於男性的女性弱勢者所觀看日治時期大家族的喪葬儀節，作為描述的視角。李榮春小說寫出男性世界中，處於經濟弱勢的男性所觀看的視角。李榮春處理儀節「背後」的準備過程，更甚於經濟強勢者之兄弟所主導的儀節「展演」的部分。

　　李母出殯當天太陽高掛，鎮上的父老兄弟姊妹們熱切期待這天的到來，人生的最後一幕就像是一齣戲的終幕，抓緊觀眾的心。早上八點多移柩，隨即舉行家祭，緊接著出殯奠禮就開始了。奠禮儀式結束，出殯的時程一到，小說中以天氣的變化顯現母親受上天的眷顧，原本毒辣的太陽被雲給遮住了，午後兩點的烈陽，頃刻間有如黃昏夕陽，這樣的變化讓大家眉開眼笑，認為是上天的垂憐。

---

[39]江慶林主編，《臺灣地區現行喪葬禮俗研究報告》（臺北：中華民國臺灣史蹟研究中心，1983年），頁47～57。

[40]李榮春，〈懷母〉，《懷母》，頁88～91。

出殯行列隨即繞著大街上開始逐漸出發，終於一路迤邐從大街頭一直連接
到大街尾，確實不遜於這裡任何迎神賽會的遊行盛況。……一時呈現萬人
空巷的熱鬧景象。這裡其實沒有什麼特別會刺激著人們這樣大的興趣，這
樣大的熱情。祇是幾班樂團，其他盡是輓聯、花環、輓額。然而無疑他們
不辭烈日所以一齊擠在這裡，完全是為了母親這一天這種動人的榮耀，想
發出他們的一聲感嘆、羨慕和讚美。[41]

李母生前雖然四肢不能動，但她的精神是健全的，兒孫都敬愛、感激、尊
重她，她自己也活得很熱情、很勇敢、很堅強。李榮春想起自己的無能，
要不是有兄弟們，母親的葬禮怎能辦得如此隆重：

他們兄弟一路緊挨著母親靈柩……老四不禁抬起頭，望著兩旁黑壓壓的人
群，在哀感中卻有一陣興奮的激動，他默默自語：「要不是弟兄們，今天
到底會是什麼樣一種情形呢？」他想著，他非常感激弟兄們。[42]

李榮春雖然在金錢上無法給予協助，但兄弟們也不會計較，不像呂赫
若〈財子壽〉的周海文仔細記載母親喪禮所有費用，喪禮一結束馬上要和
兄弟們算計清楚，並要求馬上支付代墊的款項。[43]李家子孫安排李母喪事時
時以「母親愛鬧熱」為依據，在經濟能力範圍內為李母張羅著，展現兄弟
手足之情。

（五）墳頭墓地

相較於日本殖民時期有關喪葬描述的小說，李榮春小說沒有「日本」

---

[41]李榮春，〈懷母〉，《懷母》，頁 118。
[42]李榮春，〈懷母〉，《懷母》，頁 121。
[43]呂赫若著；林至潔譯，〈財子壽〉，《呂赫若小說全集：臺灣第一才子》，頁 261～262。

作為小說情節衝突來源的對照組，他注重於內心情感與外在儀節之間如何相融、實踐之。李榮春小說所描繪的喪葬情節，不完全依照所有儀節進行與說明，所以讀者看不到人類學式的全程描繪，反而能讀到臺灣閩南喪葬進行時，生者情感的回應問題。其小說雖然不是以全知觀點的寫到每位生者回應狀態，卻能一窺處於喪禮主導權核心之外的老四（李榮春），如何在盡可能的範圍內，表達了他對母親的思念，特別是為李母整頓墓園這一段寫得至情至性，真摯感人。

距離出殯還有二十多天，老么就召集兄弟們及地理師要先找墓地才能安心。[44]他們來到鎮上二里路的小丘陵，擁擠的山頭到處是墳墓，草也比人高，很難找到適合的，陳地理師建議有個新遷走的，大小適合只怕他們嫌不乾淨。

> 墓祇是讓遺體有個歸元腐化的地方，但他們是無法想得這樣單純的。在他們這時的意識，墓是代替母親的肉體，寄託母親的靈魂，是母親另一種新生活的開始，他們必須找個會使母親滿意、舒服，使母親會感到自在安慰的環境。[45]

所以陳地理師建議他們是不考慮的。一般人關注墓地風水多半與德蔭子孫相關，在此反而寫出生者考慮死者需要的孝思。又找了老半天，已近正午，老二突然發現一個很適合的地方，只是它是一個深坑，又長著密密麻麻的林投。他們決定把坑填起來，陳地理師認為難度太高，要填的土很多，那裡找不到土，鐵牛車又無直接開到那裡，如何填坑呢？老二、老三、老么對填坑是否趕得及出殯當天完成有極大的焦慮。末了，老二將此事交代老四，要他先除去坑中的林投。

---

[44]李榮春，〈懷母〉，《懷母》，頁88。
[45]李榮春，〈懷母〉，《懷母》，頁102～103。

　　吃過午飯，老四借了一把砍刀，一個人來到墓地，跳入坑中，使盡全力的與整片林投戰鬥著，這時他忘了內心的傷痛，在心中湧起生命最高的快慰，他正在為母親準備一個很美善的地方，他一刻也不停的工作著，直到夕陽西下，所有力氣都耗盡，他已完全戰勝林投，清出坑地，可以進行填土的工作。此時又想到要闢一條路讓鐵牛車可以開進來，他已經沒力氣了，想明天再來，但又怕時間來不及，咬著牙撐著，做著，直到天黑，終於完成可供車子行走的小徑。緊接著又忙著填坑的事，因為是農忙時期，極缺人手，大家都去刈稻子吃五餐，誰願意造墓搬石，最後他只找到一個六十多歲的老頭子和他一起工作。

　　老四將所有心力放在填坑造墓這件事，「除了填坑，其他一概全沒有他的關係。期間所有法事，他簡直也沒有穿起麻衫，跪在母親靈前，以盡其一份兒子之孝思，他根本沒得這種功夫。」[46]出殯、法事等儀節與社會關係有關，老四插不上手，都由其他兄弟作主，他全副精神放在為母親造一個好的墓地，經過二十多天，沒日沒夜的改造，此墓地已改頭換面，地方寬大，視野好，兄弟們看了也很喜歡。老四還將墓的四周整理乾淨，希望讓此處附近墓地裡的每一個靈魂為母親的到來而歡欣鼓舞。

　　李母的墓花了一個多月的時間才完成，老四在墓前種下許多花，他為此感到自豪，放眼全公墓區找不到像這樣幽靜、環境又特殊，規模又不算小的空間。李母的墓雖稱不上華麗，但有特殊的氣氛，李榮春對自己能為母親做此事感到很有成就感。[47]常在母親墳頭（頂埔公墓），仰望金面山，陷入對生命與死亡的冥思。

　　《禮記・檀弓下》記載：「啜菽飲水盡其歡，斯之謂孝；斂首足形，還葬而無棺，稱其財，斯之謂禮。」父母活著時，子女無法給予豐富的物質享受，但是盡心奉養讓父母保持精神愉快就是孝。父母死時，子女衡量自

---

[46]李榮春，〈懷母〉，《懷母》，頁110。
[47]李榮春，〈魏神父〉，《懷母》，頁214。

己的財物狀況，不用不義之財安葬父母讓他們蒙羞，這就是禮。老四沒有辦法提供造墓的金錢，他用自己的雙手，親自為李母打造一個清幽的墓地，這就是合於禮。

（六）掃墓祭祖

人死埋入土中，為什麼要隆起土堆以標示墓地？孔子云：「吾聞之，古墓而不墳，今丘也，東西南北人也，不可以弗識也。」（《禮記‧檀弓上》）依此段記載，墓地高於平地是為了讓生者以後有個辨認的標示，雖不合於古禮但對於周遊各地的人有其必要。且此舉亦能避免別人重複挖掘此地，後來封壤種樹的封墓就成為大家遵行的喪禮。[48]李榮春對墓地的存在，不同階段有不同的體悟。

李榮春父親去世未久時，他曾跟著母親去過墓地幾次，聽著母親悽慘的哭聲，再看著滿目荒草的墓地，好像才了解死是怎麼一回事。墓地一直給他淒涼、可悲的印象，但自從母親行葬在這裡後，他對墓地的感覺完全改觀，差不多天天到墓地，將母親墳墓周圍，甚至別人家墓草也整理得乾乾淨淨。坐在墓前沉思，好像回到母親的身邊，讓自己的生命獲得微妙的充實感，有一種深沉的安慰和溫暖。墓地在李榮春心中，其內在的情思更甚於外在形式，墓地已成為他追憶亡母，尋找心靈慰藉的依據，這就是立墳砌墓最初的用意。

墓地不僅滿足生者追思亡者的情懷，也是慎終追遠的祭祖場所。依照喪葬儀節流程表，從「臨終」到「安葬」的喪禮結束後，接著是「做七、百日、做對年、三年合爐、做新忌、清明掃墓」等祭禮[49]，意味往生者已漸漸由鬼魂歸入家族祖先之列。

依臺灣民俗自冬至算起第 105 日是清明節，正當氣清象明，乘此郊遊

---

[48]陳麗蓮，《早期儒家喪禮思想研究》，頁 90。
[49]魏英滿、陳瑞隆編，《慎終追遠──臺灣喪葬禮俗源由》（臺南：世鋒出版社，2005 年），頁 274。

行樂，曰踏青。也是上墳祭掃，在祖墓「掛紙」或「培墓」的掃墓時節。[50]
李母生前非常重視祭拜祖先，孫子一回到家，李母便要他們拜祖先。清明
節更是一行人浩浩蕩蕩，興高采烈，就像要去探望久違不見、懷念不已的
親人，一路鬧哄哄的朝墓地走。[51]掃墓是踏青，更是教育子孫輩認識祖先的
好時機：

> 他們的公媽神位上寫的是海澄，鏤在這些祖墓墓碑上的，也是海澄。這兩
> 個字對他們是這樣悉熟，好像與生俱來他們便曉得海澄。他們對這兩個字
> 總是感到這樣親切，這樣懷慕、嚮往。同時卻又覺得這樣陌生，也因為陌
> 生，所以便越懷慕，越嚮往。[52]

因為有「祖先靈魂永存，子孫孝祀長存」的觀念，所以李母對有關祖
先祭祀的事都謹記在心。所有的祖先忌辰，她都記在腦海中，不時叮嚀媳
婦要記得上香。有時候媳婦太忙，不小心忘記了，她以「狼心狗肺、豬心
狗肺」[53]之詞嚴厲責罵，還告誡媳婦：

> 祖先一定要拜，一個人連自己的祖先都不要，這樣還想做什麼人呢。[54]

李母認為祭拜祖先這件事是身為人妻的責任，她為自己能完完全全的做到
此事自豪著：

> 以前你們祖母常常說：「李仔傳厚要狼狽了，都像他女人這樣子，祖先都

---

[50]吳瀛濤，《臺灣民俗》（臺北：眾文圖書公司，1992 年），頁 10。
[51]李榮春，《鄉愁》，頁 416。
[52]李榮春，《鄉愁》，頁 421。
[53]李榮春，《鄉愁》，頁 448。
[54]李榮春，〈和平街〉，《和平街》，頁 134。

> 要做餓鬼了。天有眼睛，將來黃仔金針代代子孫都發展。」[55]

祭拜祖先關係到家族的興旺，李母一點也不敢馬虎，看到兒媳們對此事的漫不經心，她擔心她死後，祖先都要做餓鬼。

李家保持著祭拜祖先的傳統，特別是逢年過節的日子：

> 大家都是以中秋拜過祖先來過節的最快樂的心情湧上街上來了。……無疑是這一夜的歷史悠久，偉大文化的大中華民族特有的月亮，又把他們每一個人，毫無偏愛地一起給帶進了一種詩的境界……廣大地達到高度的和諧。[56]

人間歡樂團聚的中秋節，不忘追本溯源，所以先拜完祖先再過節。中秋節如此，過年更是如此：

> 中國人的過年，一家骨肉一定要團圓，家家戶戶拜祖先，氣氛是這樣隆重肅穆，個個追思生命的根源，圍爐吃年夜飯，說不盡的喜氣和溫暖。[57]

藉由祭祖團聚，李家子孫們喜歡聽老人家（李母）說過往年代，她是時代的活見證。日本人統治時的悲苦、恐怖生活她是忘不了的。李家祖先的歷史更靠她口耳相傳，雖然她只知道一些，但她不講就沒有人會知道了。他們所知道的祖先都是很卑微的小人物，不曾留下驚人的榮耀給他們，他們卻很喜歡聽老母親講這些事。從遊手好閒的曾祖父李食講起，講到李食葬身花蓮草寮火窟，曾祖母醮入蕭火傳家、養家。蕭火是河南人，從事木匠工作，留給子孫的紀念物是城隍廟巨大木頭香爐上的精緻人物浮

---

[55] 李榮春，〈和平街〉，《和平街》，頁 134。
[56] 李榮春，〈中秋夜〉，《和平街》，頁 144。
[57] 李榮春，〈分家〉，《和平街》，頁 302。

雕。[58]祖父李潤是個懶惰的人，一天鉋不到三塊木板。傳到李雲、李傳厚做起箍桶的生意。他們的父親李雲，49 歲就辭世（1921 年），李母三十多歲守寡，辛苦拉拔一群孩子長大。[59]李食何時死的沒人知曉，連子孫都不知道如何為他做忌。為了感激蕭火的養育之恩，所以他們姓李，也姓蕭。[60]充分表現報恩不忘本的精神。

　　慎終追遠的祭祖儀節，在異族統治下，意義更為深刻：

> 祖先之前上隆重的祭物，子子孫孫代代都要這樣的孝思著在唐山，和從唐山來的祖先，這樣便會覺得永遠跟他們在一起，自己永遠在這悠久綿延不絕之中。無論異族如何壓制宰割他們，他們還要這樣一代接一代的傳下來，永遠不能成一個沒有祖先的失落的靈魂。[61]

李榮春小時候看到棺材，思考「死亡」問題，想到死後的歸宿，進而追溯祖墳的所在地，知道李家在觀音山還有一座祖墳，因為李家剛到臺灣時先定居滬尾，後來才搬到頭城，原本在觀音山的幾座祖墳都已遷墳，只留一座祖墓是從唐山帶過來的，太久沒去那座祖墓祭掃，恐怕不容易找到。日子一久，連父親李雲也只知道公媽祖主牌上寫的海澄是祖厝的所在地，但詳細的祖厝位置已渺渺不可知。[62]李家為生存打拚，流散各地，但藉由一代一代的祭祀，即使只有海澄兩個字，李家還是有根有本的家族，不會成為失落的靈魂。家族、文化精神的傳承，得以世代流傳。

（七）親疏喪服

　　中華民族傳統社會對人生的價值建立在壽終正寢，兒孫滿堂的期盼。關

---

[58]李榮春，《鄉愁》，頁 448。
[59]李榮春，〈歸寧〉，《和平街》，頁 335～338。
[60]李榮春，《鄉愁》，頁 422～423。
[61]李榮春，〈分家〉，《和平街》，頁 312～313。
[62]李榮春，〈祖厝〉，《和平街》，頁 271～275、290。

於這一點，李母一生是感到很滿足、驕傲的。榮五曾經為母親錄下這段話：

> 我 16 歲便嫁到這裡來了，我一共生了五個兒子，二個女兒。老大叫榮
> 昌，老二叫榮德。第三個女的，叫完仔。接著便生下老三叫榮芳。再下來
> 就生下一對雙胞胎，一女一男，女的叫絨仔，男的叫榮春。最小的兒子叫
> 榮五。現在兒女個個成家立業，都過得下去了，大家有一口飯吃了，我做
> 母親的人可以放心了，也真高興了……現在我已經有一大群兒孫，將來我
> 死後，棺材要抬走的時候，密密層層著這大群兒孫，我想著也真高興，真
> 滿意了。[63]

能有一堆兒孫為李母送終，人生足矣！如果有五代孫，就更令李母感到欣
慰。

臺灣清朝時期尚保留斬衰穿大麻（粗黃麻）、齊衰穿二麻（稍粗者依序
稱二麻、三麻）、大功穿三麻、小功穿苧布（俗稱茶仔）、緦麻則穿白苧的
習俗，但因時代變遷，生活方式的改變，現在習俗是孝子女、孝媳、孝長
孫穿戴苴麻，出嫁女、長孫以外諸孫、孫女則穿苧麻，曾孫、外甥、甥
女、姪孫、姪孫女都穿藍布衣，五代玄孫有穿粉紅也有穿大紅者，若至六
代孫則必定是穿大紅。[64]李母在和平街上觀看他人的出殯隊伍，看有穿紅色
玄孫的衣服，認為這是好命的代表。[65]也曾看到別人出殯隊伍中有人穿紫長
衫，讚嘆不已。[66]據《臺灣舊慣習俗信仰》記載喪服僅「麻、苧、淺黃布、
黃布、紅布、白布」等[67]，並無紫色布，但是從民國 73 年出版的《臺灣現
行喪葬禮俗研究報告》所拍攝的喪服彩色照片來看「藍、紫」兩色相近[68]，

---

[63]李榮春，〈懷母〉，《懷母》，頁 83。
[64]江慶林主編，《臺灣地區現行喪葬禮俗研究報告》，頁 68。
[65]李榮春，〈和平街〉，《和平街》，頁 117～119。
[66]李榮春，《鄉愁》，頁 436。
[67]鈴木清一郎著；馮作民譯，《臺灣舊慣習俗信仰》（臺北：眾文圖書公司，1989 年），頁 340。
[68]江慶林主編，《臺灣地區現行喪葬禮俗研究報告》，頁 18。

不易區別，李母所見之紫長衫應是孝曾孫女所穿藍布衣，其心中認為兒孫滿堂，世世代代傳承，人的這一生就是過得非常有意義，非常有價值[69]，所以有曾孫女穿喪服送殯，即是好命之意。喪服不僅是親疏表徵可看出子女的繁衍，也指稱哀淒的深淺。

李母死後的第二天，一家大小穿起喪服準備迎棺，老四（李榮春）也穿起麻衫，心情卻有許多的轉折：

> 時代已發展到太空時代了人類的惰性實在驚人，還穿起這種撈什子麻衫，覺得多麼滑稽可笑，以一個現代人進步的眼光，看一家人個個渾身穿上這種麻衫，簡直會覺得是一種野蠻作風。但他立覺自己這種觀念，完全錯誤而且膚淺，自愧可能係思想上多少受了點歐化中毒的感染。但直到這一刻他實在真無法相信自己一穿上這種麻衫，突然會從自己內心深處，湧現出一種傳統的濃烈情緒，民族特有的情感。忽然好像有什麼一股感動的力量，喚起他一陣更深切，更哀傷的思念。[70]

李榮春一開始對穿喪服一是有鄙棄的心理，可是穿上麻衫後，又不自覺的顯現真情感，體認到中華民族傳統文化的價值，此處他是由「內部」真實體驗臺灣閩南喪葬文化，而非外緣的人類學式的觀察、論述。

其外緣觀察呈現在觀看他人出殯行列時，對於「哭」的方式的批評：

> 最後約莫有五十多個由頭至尾穿戴著披裹在喪服裡的女人，她們一隻手抓住一條很長而頭尾由兩個男人揹著的白布帶，另一手拿條手帕緊掩住眼睛。像在痛哭而涕淚交流的樣子，但天曉得到底有沒有真哭。……恰似正在比賽演唱歌仔戲的哭調仔，看誰哭得嘹亮動人。但誰一看都會明白，這

---

[69] 李榮春，《八十大壽》，頁851。
[70] 李榮春，〈懷母〉，《懷母》，頁92。

　　完全是為滿足一路觀眾，而出自類似一種表演心理，無異是在愚弄死者，
　　卻為這裡社會所重視而加以喝采的一種世俗的虛假造作。[71]

李榮春鄙視出殯隊伍中不管遠親、近親女子的哭泣聲，覺得她們像是盡責
的女演員，因為「被觀看」的需要，所以「賣力的演出」。

　　喪禮上的「哭」是真哭，還是假哭？因儀節的必要而哭一定是假哭
嗎？前文提及榮五在外家探視時跪哭的自然表現，李榮春認為儀節能引發
榮五「真哭」的情感，他自己就沒辦法做到。別人喪禮上的哭為什麼會被
李榮春認定是虛偽、表演的呢？

　　臺灣傳統喪葬儀節的變化不大，卻因觀看者詮釋角度不同，產生相異
的觀感，甚至是相左的看法。王昶雄〈奔流〉描述伊東春生在父親朱良安
的喪禮上受不了母親的哭泣方式及聲音，認為哭得那麼難看。但旁觀的醫
生也就是小說的敘述者，卻能感受到老婦人哭聲中所隱含的壓縮後爆裂的
情感，因而苦悶著。[72]這是因為敘述者能體會文化認同危機，所以能感覺到
心靈撕裂成碎片的淒苦心情。

　　李榮春對出殯行列中女子的哭泣聲的批判，不是文化認同問題，而是
一種文化傳承上的批判。李家兒子以內斂的情緒來表示喪母的哀痛：

　　他們兄弟一路緊挨著母親靈柩；老四跟在老二後面，老三和老么挨在另一
　　旁。他們沒有撫棺慟哭，他們祇是緊挨著母親靈柩，默默走著。他們沒有
　　流出眼淚，也沒有哭出聲來，連哭的樣子都沒有，他們祇是滿臉憔悴悲
　　慼，祇是默默地，讓痛苦凝結在心裡。[73]

──────────
[71]李榮春，《鄉愁》，頁435。
[72]王昶雄著；鍾肇政譯，〈奔流〉，《日據時代臺灣小說選》，頁373。
[73]李榮春，〈懷母〉，《懷母》，頁121。

李榮春本身比較能接受這樣方式，因此以批判的語言譴責表演式的假哭。
此處顯出男女表達悲傷的方式有異，翁鬧〈可憐的阿蕊婆〉描述送葬時
「婦女有的充滿著悲傷，有的卻唱歌似的，每個人哭著每個人的音調，跟
在男人後面走著。」[74]悲傷哭踊的方式因人而異，為了「可傳可繼」、「哭踊
有節」[75]，古有「斬衰之哭，若往而不反；齊衰之哭，若往而返；大功之
哭，三曲而偯；小功緦麻，哀容可也，此哀之發於聲音者也。」（《禮記·
閒傳》）的儀節，訂定各種哭的方式以節哀順變，後人因情感未到而傭人代
哭，如五子哭墓、孝女白琴之類者，實誤解古禮。若因哭調的差異而有所
指責，則又強人之所難。情與禮之間的糾葛確實困擾著人們，如何情禮相
應，文質彬彬，考驗著行禮者的智慧與情緒管理。

三、「生以盡己，死以長存」的生死觀照

臺灣閩南喪葬儀節繁複，且社會上普遍對儒、釋、道等信仰的包容性
強，儀節的進行方式，因人、因事、因地、因不同教育程度、因不同經濟
狀況、因不同宗教信仰、因不同人際關係等而有多重面貌。因此，本文不
欲從李榮春小說中探討臺灣閩南喪葬儀節的正確與否問題，而是跳脫是非
對錯的二元分析，將重點放在實行禮儀之際的情感糾葛，直探其書寫喪葬
禮儀情節的意義與價值。

喪葬儀節處理方式，其背後隱含面對生死的態度。李榮春七歲時經歷
險些溺水的生死經驗[76]，第一次發覺人會死，當時的他非常悲觀，跟隨母、
姊接觸佛教，想成佛救度母親，因而吃了一年早齋。後因年紀太小，看到
過節時大魚大肉，意志力不足而破戒。[77]這是李榮春最早面對生死的回應。

---

[74]翁鬧著；許俊雅、陳藻香編譯，〈可憐的阿蕊婆〉，《翁鬧作品選集》（彰化：彰化縣立文化中心，
　1997年），頁170。原載於《臺灣文藝》第3卷第6期（1936年5月）。
[75]《禮記·檀弓上》：「弁人有其母死而孺子泣者。孔子曰：『哀則哀矣，而難為繼也。夫禮，為可傳
　也，為可繼也。故哭踊有節。』」
[76]李榮春，《鄉愁》，頁110。
[77]李榮春，〈中秋夜〉，《和平街》，頁165。

　　李母對生命自有自己的體悟，她罹患甲狀腺腫瘤需開刀動手術，別人寧願「死也要死在家裡」對此新醫術感到可怕，可是她不畏死，認為「回去也是等死」、「開刀會死，就讓我死在這裡」，坦然接受切除術。[78]其後中風半身不遂，長達 31 年臥病在床的日子[79]，她靠著佛教信仰度過憂鬱、哀傷、討價還價的階段。

　　最後，李母接受命運安排，曾說：「一個人來到世間來，像暫時來做客，遲早大家都得回去了。人是泥做的，落葉歸根，人死歸土」[80]、「我已經九分是鬼，只賸一分是人。」[81]她對於生命的消逝漸漸有所體悟，56 歲中風後，除了宗教上的慰藉，支持她活下去的力量是家庭的天倫之樂。[82]偶而或許有悲觀的情緒，但兒女能自食其力，子孫滿堂，這一生她覺得足夠了，她盡到自己的責任，可以坦然的面對祖先，平靜的看待生死。所以她喜歡熱鬧的喪禮，讓大家都看得到她榮耀的、有價值的一生。

　　喪葬之禮的重要意涵──「慎終追遠」，即說明死者的生命由新生者所繼承，祖先長存在子孫的心中，這是精神生命的延續，人人皆在子孫的記憶中得到不朽。[83]個人生命有窮盡的時候，家族的生命卻是無窮，人可以將子孫的存在視為自己生命未嘗朽壞的直接證明。[84]「不孝有三，無後為大。」（《孟子‧離婁上》）沒有子孫之所以能成為不孝的首要因素，即在於家族的生命由子孫繼承，無後代子孫就是讓此一家族的所有祖先失去成為祖先的條件。

　　子孫繁衍，對得起列祖列宗是李母面對死亡時的精神支拄，李榮春卻

---

[78] 李榮春，〈上天貼上告示了〉，《和平街》，頁 273～276。

[79] 〔李鏡明〕，《李榮春的文學世界》，頁 242～246。

[80] 李榮春，〈和平街〉，《和平街》，頁 120。

[81] 李榮春，〈歸寧〉，《和平街》，頁 447。

[82] 李榮春，〈和平街〉，《和平街》，頁 132。

[83] 馮友蘭認為：「特別注重喪祭禮，則人人皆得在其子孫之記憶中，得受人知之不朽，此儒家所理論化之喪禮祭禮所應有之涵義也。」馮友蘭，〈儒家對於婚喪祭禮之理論〉，《燕京學報》第 3 期（1928 年 6 月），頁 357。

[84] 唐君毅，《中國文化之精神與價值》（臺北：正中書局，1965 年），頁 322。

無法如此。為此李母深以為憂，李榮春也自覺不孝。

　　為了讓母親安心，李榮春開始「賺錢、工作」，先後做過深澳發電廠的建廠苦力、山上苗圃種樹苗、海邊捉虱目魚苗、挑穀子、拔花生等工作，毫無目的工作著，只為了能夠賺點錢，做些母親認為正常的事，讓她高興。但母親對李榮春的工作有時不滿意，李榮春會感到懊惱，在自我意識及母親意願之間擺盪、糾葛著。晚年蟄居頭城的李榮春不願離開母親身邊，他也意識到是母親生病依賴他，還是他依賴母親得到生活的意義與目的。[85]可是，心中有另一個聲音告訴他：

　　我總認為自己有一種什麼天賦的重任，不得不在有生之年完成它。[86]

他最終明白他有自己的想法及要做的事，無法順應母親的要求。[87]他將一生奉獻給文學，擺脫外在的、世俗之利益觀，完成自我實現的內在成長。即使他在宗教信仰上採取庶民的、天真的寬容態度[88]，但仍然未找到心靈真正的依歸，因為他早已將身心奉獻給文學：

　　「光復後第二年從上海回來，船一靠基隆碼頭，我便覺悟只有跳海……」一想起那八年的國家存亡絕續，民族的歷史的大苦難，他不免又會深深懊悔、苦惱，自覺沒有面目對得起時代，毫無意義地偷生苟活在世間，為了救贖自己這一生，他決定朝寫作這一條途徑來摸索進行。

文學獨孤俠的一生，在肉體上看來確實是孤獨的，但在自我生命的心靈層次上，無寧是完整而自足的。這一點不需要外加的肯定來證明，它本身就已具

[85]李榮春，〈懷母〉，《懷母》，頁41～60。
[86]李榮春，〈頭城仙公廟廟公呂炎嶽〉，《和平街》，頁105。
[87]李榮春，《八十大壽》，頁23。
[88]林慶文，〈當代臺灣小說的宗教性關懷〉（東海大學中國文學系博士論文，2001年），頁25～26。

足存在。李榮春筆下展現的面對生死的觀照,真正的在他的生命中實踐。

兄弟看不起他一事無成,只沉迷埋首於文字堆中,連基本生活都成問題。李母喪葬之禮的過程大部分由兄弟主導,他能插手的不多,靠著雙手建起母親墓地是他能做的事,他將最大的心力放在這件事上,其他的事情有兄弟在,一切都沒有問題的,雖然他沒有子嗣,但是他們家族會在世代祭祀中得以永存。

生前,李母以子孫孝敬、祀奉祖先,李榮春以文學創作獲得面對生死的力量。去世後,李母有子孫行喪祭之禮,李榮春由家族後輩祭祀,他的文學創作也由家族子孫李鏡明醫師整理、出版,而得以傳承。面對生死,活著時能「盡己以安頓心靈」,死後靈魂不滅,家族綿延,靠著子孫「永祀祖先以長存」,人生的意義與價值,盡在其中。

四、結語

臺灣閩南傳統喪葬儀節誠然有許多忽略禮意,僅存儀式的部分,因而引來種種的質疑,李榮春小說寫出對傳統喪葬文化的自我觀感,更道出實踐時的種種情緒。當日本統治下的臺籍菁英以孔孟為中心的意義秩序逐漸受到「殖民地現代性」(colonial modernity)的消解,在各種現代思潮中不斷掙扎而不得其所之際[89],李榮春沒有殖民認同的困擾,中華傳統文化的祖國是他唯一的認同,因此他的小說中較多自我意識的錘鍊過程,藉由他的筆,寫出時代巨輪下,庶民百姓的生活實況。因此,從他的小說中你很難讀到單一接受或不接受傳統喪禮的批判之詞,這不就是最真實的人生嗎?

異於庄司總一《陳夫人》、坂口澪子〈鄭家〉書寫臺灣喪葬習俗具有的殖民視角,以及皇民化時期呂赫若〈財子壽〉、王昶雄〈奔流〉、辜顏碧霞

---

[89]方孝謙,《殖民地臺灣認同摸索——從善書到小說的敘事分析(1895~1945)》(臺北:巨流圖書公司,2001年),頁22。

《流》三篇小說所再現的臺灣喪葬習俗的在地悲傷[90]，李榮春小說中完全沒有這樣的書寫角度。他有強烈的自覺，不受日本文化的影響，以擁抱文化祖國[91]為職志。在鄙夷傳統的喪葬儀節書寫脈絡中，李榮春小說以哲理式思辨的敘述方式，呈現他對喪葬儀節的詮釋與理解充滿感情，而非單純以迷信、落伍視之。

　　李母喪禮的進行過程中，李榮春描述瀕死與墓地的部分占有極多的篇幅，不同的文本也互相有提到，可見他對這兩件事較為關注，在整個喪葬儀節的進行，以這兩個部分他參與較多，其他部分由兄弟們負責。家族兄弟之情是傳統文化中可貴的價值。李母大兒子因飲酒過量而去世，老四摸著，抱著，吻著大哥遺體，[92]最後看著他著衣、入木、蓋棺、出殯，儀節所需的請道士、吹鼓、一班十音和西樂等費用由老三負責。[93]此事反襯人死後如果沒有子孫、兄弟、親戚處理身後事的可悲。家族血緣之情重要意義即在此展露。

　　細讀李榮春小說全文，有情節不夠緊湊、錯置，用語不夠精鍊的狀況，造成閱讀者不易親近的障礙，但也正因為如此，反而呈現其「自語式囈語」的特色，娓娓道出時代巨輪下，卑微小民的苦與樂。他藉由文學之筆完成自我的圓滿，也讓我們得以窺見血淋淋真實人生的挑戰實境。這裡沒有偶然的幸運，只有連續的猶疑、抉擇、堅持、打擊等情境，不斷循環的考驗著「我」[94]的身心。小說中沒有英雄，沒有流血革命，沒有炫麗詭辯的文字，只有活生生的現實。具體呈現大時代下，處於權力核心之外的普羅大眾所觀看的視角，具有庶民真實生活的情感力量。

---

[90] 朱惠足，〈「小說化」在地的悲傷——皇民化時期臺灣喪葬習俗的文學再現〉，《「現代」的移植與翻譯——日治時期臺灣小說的後殖民思考》，頁229～272。

[91] 此處的祖國並不等同於現今中華人民共和國，而是以李榮春小說《祖國與同胞》同時代環境背景為指稱內容。李榮春的民族認同，是廣義的「文化中國」，而非政治國家的認同。

[92] 李榮春，《鄉愁》，頁115。

[93] 李榮春，〈生離死別〉，《和平街》，頁396～400。

[94] 李榮春小說自傳性強烈，文本中的「我」，是真實的「我」一體的多面，很難切割，故以引號標示之。

　　現實社會中，功成名就者是少數，多數人更需要的是建立自我價值以對抗多變的世俗環境，找出自我生命的意義。李榮春的小說，讓我們除去外在權勢、名利，直探人之所以為人的意義何在？以自我的圓滿對抗外界對自我圓滿的挑戰，文壇獨孤俠的意義也因而得以彰顯。

參考書目

作家作品集

- 李榮春，《李榮春全集》（八集共十冊），臺中：晨星出版社，2002 年。

- 施淑編，《日據時代臺灣小說選》，臺北：麥田出版社，2007 年。

- 甘耀明，《喪禮上的故事》，臺北：寶瓶文化公司，2010 年。

- 呂赫若著；林至潔譯，《呂赫若小說全集：臺灣第一才子》，臺北：聯合文學出版社，1995 年。

- 翁鬧著；許俊雅、陳藻香編譯，《翁鬧作品選集》，彰化：彰化縣立文化中心，1997 年。

- 辜顏碧霞著；邱振瑞譯，《流》，臺北：草根出版公司，1999 年。

- 黃春明，〈死去活來〉，《放生》，臺北：聯合文學出版社，2009 年。

- 劉梓潔，《父後七日》，臺北：寶瓶文化公司，2010 年。

專書

- 方孝謙，《殖民地臺灣認同摸索——從善書到小說的敘事分析（1895～1945）》，臺北：巨流圖書公司，2001 年。

- 朱惠足，《「現代」的移植與翻譯——日治時期臺灣小說的後殖民思考》，臺北：麥田出版社，2009 年。

- 江慶林主編，《臺灣地區現行喪葬禮俗研究報告》，臺北：中華民國臺灣史蹟研究中心，1983 年。

- 佐倉孫三，《臺風雜記》，臺北：臺灣銀行經濟研究室，1961 年。

- 李秀娥，《臺灣的生命禮俗——漢人篇》，臺北：遠足文化公司，2006 年。

- 唐君毅，《中國文化之精神與價值》，臺北：正中書局，1965 年。

・庫伯勒・蘿絲（Kuebler Ross）著；謝文斌譯，《論死亡與瀕死》，臺北：牧童出版社，
　1973 年。

・陳麗蓮，《早期儒家喪禮思想研究》，臺北：花木蘭文化公司，2010 年。

・鈴木清一郎著；馮作民譯，《臺灣舊慣習俗信仰》，臺北：眾文圖書公司，1989 年。

・魏英滿、陳瑞隆編，《慎終追遠──臺灣喪葬禮俗源由》，臺南：世鋒出版社，2005 年。

・吳瀛濤，《臺灣民俗》，臺北：眾文圖書公司，1992 年。

期刊論文

・許瑛珼、許鶯珠，〈媳婦在喪葬禮俗中角色與心路歷程──從臺灣本土的儀式出發〉，
　《生死學》第 5 期，2007 年 1 月。

・馮友蘭，〈儒家對於婚喪祭禮之理論〉，《燕京學報》第 3 期，1928 年 6 月。

碩博士論文

・李麗玲，〈五〇年代國家文藝體制下臺籍作家的處境及其創作初探〉，清華大學中國文
　學系碩士論文，1995 年。

・林清泉，〈喪葬禮儀的傳統及演變──以宜蘭地區漢人為例〉，佛光大學生命學研究所
　碩士論文，2004 年。

・林慶文，〈當代臺灣小說的宗教性關懷〉，東海大學中國文學系博士論文，2001 年。

──選自「李榮春百歲冥誕學術研討會」大會手冊
靜宜大學臺灣文學研究中心、財團法人文學臺灣基金會主辦
2014 年 5 月 2～3 日

私小說的紀實與省思
談《祖國與同胞》、《海角歸人》與《洋樓芳夢》
中的自我形象及愛情書寫

◎唐毓麗*

一、創作自傳性小說的作家

李榮春 1914 年出生於宜蘭頭城，1994 年過世，享壽 80 歲。他的前半生，處身在最動盪的時代。臺灣作為日本的殖民地，生為殖民地子民的悲哀，李榮春全看在眼裡，他深切地體驗到身為被殖民者的種種痛苦，不但無法伸張民族的尊嚴，更不可能擁有自由。他參與農業義勇團前進中國，到占領區進行農業試驗，在中國待了八年；他也是臺灣作家當中，少數具有中國經驗的作家。這樣獨特的生命經驗，讓他看見了在戰火蔓延下的臺灣子民或是中國人民，皆受到軍國主義侵略的痛苦，顛沛流離的戰爭刺激，也開啟了他的創作路程。他選擇成為一個對歷史忠實的作家，小說內容大多取材於人生經歷，是自傳性作家與自敘傳文學的代表人物。李榮春克服萬難，奮筆疾書，記錄下這一生珍貴的歷史紀錄，留下三百萬字的創作，震驚世人。

李榮春從 19 歲（1933 年）接觸到白話文運動之後，就開始立志寫作，大量閱讀再加上中國經驗，讓他磨練出更堅強的鬥志，以尚稱流利的文字，一吐心中抑鬱塊壘，傾瀉殖民地子民內心最深沉的悲哀。他從日治時期出走，等到臺灣光復回鄉，後面臨白色恐怖的威脅。他也經歷了臺灣

*發表文章時為靜宜大學臺灣文學系副教授，現為高雄師範大學國文學系副教授。

的民主化時期，於 1990 年代過世。他的文學旅程，雖然走得有些孤獨，但他走過所有壓抑、動亂與孤寂的一生經歷，他都以文字保存下來，成為永恆的紀錄。他的文學，也以回音的方式，刻鏤動亂的歷史。他與時間賽跑，在五十年的創作時間中，獨立完成了三百萬字的中文創作，且在 1960年代以前，已完成了百萬餘字的長篇巨幅小說，毅力與創作力都異常驚人。他創作的著作當中，《祖國與同胞》約八十九萬字，《海角歸人》約二十一萬字，《洋樓芳夢》約二十九萬字，這對於尚須跨越跨語障礙的第一代臺籍作家而言，簡直是不可能的任務，但他完成了。[1]1960 年後，李榮春創作主題丕變，約在 51 歲時，李榮春遭受白受恐怖的威脅，後歸隱故鄉，與母親有較多的接觸，這些感懷也以小說的方式記錄下來。母親中風多年，在李榮春 54 歲時逝世。他開始構思《鄉愁》與《八十大壽》，以家族史的角度，傾訴對母親的思念。[2]他以堅持的態度澆灌文學的花朵，為文學奉獻一生，無心尋求工作，終身不娶，更無心於功名利祿，真可稱之為臺灣極具傳奇性的作家。

因全集的出版，關於李榮春的研究，近十餘年來，已累積了較豐碩的成果。綜觀各方的研究成果，可初分成四類：其一，關注作品本身的寫實性，探索李榮春傳奇人生及闡述作品之繫年、分期，這部分以彭瑞金的研究成果最為豐碩。彭瑞金早在 1994 年，即討論了李榮春的作品《懷母》，認為李榮春以「殉道者」的身分完成文學的實踐，與懷母的心境做結合，突顯作品的深層思索。1997 年，彭瑞金提出「還李榮春文學公道」的沉重呼籲，要求臺灣學界重估他的文學成就。2002 年，《李榮春全集》終於出版，世人得以看見他的文學生命與內在風景。主編彭瑞金認為李榮春的作品自傳性雖強，卻沒有忽視大時代的動盪，而能成為大時代的見證者，

「《祖國與同胞》雖然是以個人經驗史為軸心發展出來的作品，但並沒有忘記將個人生命的意義放在大時代動盪的格局去思考，他仍是大時代的見證

---

[1]彭瑞金，〈《李榮春全集》序〉，《李榮春的文學世界》（臺中：晨星出版社，2002 年），頁 5。
[2]參見彭瑞金主編，《李榮春的文學世界》，頁 227。

者，這也是那個時代審閱他的稿件的人不敢忽視、否定他的價值的原因」，
再次肯定李榮春文學的寫實性價值，不只為自己保存生命史的紀錄，更珍
藏了大時代動亂下的人心異動。此外，彭瑞金也注意到，李榮春的文學，
受到日本昭和文學影響甚大，由左派轉向，轉而描寫內心煎熬的私小說傾
向，「《祖國與同胞》何嘗不可以視為他記錄自己思想轉向、心靈煎熬的轉
向文學，何況，他的作品完全符合日本文學私小說的寫作方式」，這是最早
注意到李榮春文學極具私小說特徵的論文，所持觀點也啟發本文甚多。[3]李
麗玲認為，李榮春的文學世界可分成三個階段：以「殖民地裡的苦悶青
年」、「堅持藝術創作的典型」與「宗教經驗與回歸母親」區分為作品的內
涵，也把這三個內涵當成創作階段，對李榮春耕耘一生的文學風景，進行
最簡要的歸納。[4]

　　其二、細論作品內容與美學的部分，陳顏注意到李榮春作品的美學特
色與困境，陳顏認為他太強調真實的書寫，反而限制了作品的深度與廣
度，「他只是將自己的『現實人生的情節』，全盤『移植』或『複製』於書
面，欠缺轉化的中間過程，致作品無法更往深厚處開鑿」，在部分重複性多
的作品中，本文也認同這樣的觀點。[5]有些論文集中詳述他作品的寫實主義
傾向，特別留心殖民經驗與中國經驗，如陳凱筑撰述〈論李榮春及其小
說〉針對此點討論甚多。[6]褚昱志認為《祖國與同胞》是臺灣文學史上，別
具意義的大河小說，以寫實敘事開啟了殖民論述的相關議論。[7]

　　其三，探索李榮春作品中，濃烈的「藝術家傾向」，此議題以周介玲的
研究成果最為出色。周介玲認為，李榮春三部「成為藝術家」的小說，接
合了歐洲成長小說的模式，利用自我與世界的相互關係，更偏重於自身

---

[3]彭瑞金，〈《李榮春全集》序〉，《李榮春的文學世界》，頁12。
[4]李麗玲，〈真實與虛構──從人物論李榮春的文學世界〉，《李榮春的文學世界》，頁142。
[5]陳顏，〈尋找李榮春──一個臺灣作家的困境〉，《文學臺灣》第59期（2006年7月），頁285。
[6]陳凱筑，〈論李榮春及其小說〉，（臺北教育大學臺灣文學研究所碩士論文，2007年）。
[7]褚昱志，〈臺灣大河小說之先驅──試論李榮春的《祖國與同胞》〉，《臺灣文學評論》第5卷第3
期（2005年7月），頁84～106。

「藝術成長」的啟蒙：透過「各方面的或自我教育的小說，是以生活經歷教化自己，或多或少有自覺地，整合己身能力已成為某種英雄的形式」，創造出像《祖國與同胞》每日捧書的魯誠，《海角歸人》罔顧自身生計的牧野，《洋樓芳夢》中不在乎出版利益的羅慶，只想奪回稿件修改，都是富含「藉由藝術，創造出一個新的自我與世界」的「藝術家成長小說」的形式；此文觀點甚為精闢，可以充分掌握前期三部小說的核心意涵。[8]

其四，探討李榮春後期小說的討論。丁世傑認為，後期小說雖多有重複，但小說的敘事主軸，由個體走向整體，與前期作品不同，「趨向以懷母為核心的家族書寫」，是極其貼切的評述。認為李榮春此時關注鄉土與宗教，皆與懷母、憶母的情結有關連。[9]江靜怡認為，《懷母》、《八十大壽》、《鄉愁》與《和平街》等書可視為作者回歸的文學之旅，「回歸之作皆是有關他出生地所在的頭城，李榮春外強內荏的異鄉人經歷，經過學習及摸索的過程後，他努力拼湊著支離的自我，加之勇於追求自己的生活，並無時無刻都在做自我要求和省思，這樣自我性格轉折的腳步，最後則是回歸到自我心靈的探索」，將回歸之旅的文學表現與心靈轉折作了很好的詮釋。[10]

由上述研究成果可見，李榮春前後期作品的本質變異不大，最大特色，就是寫實。前期三部長篇作品，都有強烈的自我傾訴與形塑自我的傾向，值得注意。他從 35 歲時（1948 年秋天）開始撰寫《祖國與同胞》，成稿時間為 1952 年，大致上這個作品記錄了李榮春 23 歲到 32 歲的歷程；《海角歸人》則完成於 1949 年，描述他 33 歲到 34 歲的故鄉經歷，這些內容曾在 1959 年，於《公論報》連載；《洋樓芳夢》應自 1957 年開始執筆，是李榮春家人在書櫃中找到的未發表著作。這三部小說，成書的時間較為相近，可被稱為前期三書。這三個作品可以看出，李榮春前後期文學有著

---

[8]周介玲，〈臺灣作家的文學獻身之道──李榮春之藝術家成長小說研究〉（清華大學臺灣文學研究所碩士論文，2012 年），頁 7～9。

[9]丁世傑，〈回歸母土──論李榮春小說的母親主題〉，「李榮春的文學世界」，http://leerongchun-literature.blogspot.tw/2013/11/5-3.html。最後瀏覽日期：2014 年 4 月 25 日。

[10]江靜怡，〈李榮春小說研究〉（東吳大學中國文學系在職專班碩士論文，2005 年），頁 39。

明顯的蛻變，後期作品雖自我傾訴的氣息仍強，但已少了追求自我理想的強烈慾望，雖有突兀的騷擾女性、迷戀女性的舉動，如《歸鄉》，但愛情書寫已少了早期作品的重要性與位置。

　　李榮春的第一部小說《祖國與同胞》，曾獲得「中華文藝獎金委員會」獎勵的殊榮。這部小說的內容，主要描述青年魯誠的中國經驗。他參加了日本鼓吹的農業活動，讓他看見中國在戰亂中的變動。魯誠無心回到故鄉，一心想參與革命，終究未能一償革命報國的志願。他後來與幾個朋友經營洋行，因戰爭的關係，洋行關門後，他分得了一些紅利，在召妓的過程中，認識了一名女子，與她相談甚歡。後來，他與女子決定在戰亂中同行，也滋生出患難與共的情感。無奈，戰事頻仍，難得溫飽，他與女孩對於生活的想像不同，衍生許多衝突。最後，兩人分道揚鑣，為戰亂的時局，做了最真實的註腳。

　　《洋樓芳夢》的內容，在時序與故事情節上，都與《祖國與同胞》有緊密的關係，內容描述臺籍作家羅慶與朋友一起實踐作家夢的故事。臺籍作家撰寫了一本十分厚重的小說《真理與光明》，他的好友顯坤認為，這本書若是出版，他必定成為聞名於世的大作家，會帶來豐富的名利。羅慶在經濟上無法獨立，長期寄住在顯坤家中，竟與顯坤的妻子，擦出曖昧愛苗，在慾望與道義之中，有著非常痛苦的人性掙扎。羅慶依舊不敢拋開倫理的束縛，傳達自己的愛慾；也因個性優柔寡斷，自尊心強又無主見，最後，將朋友多方奔走的出版美夢化為泡影，也斷送了朋友之間曾經肝膽相照的情感。所幸這些波折，最後都漸漸平息。

　　《洋樓芳夢》的內容與《海角歸人》一樣，主角都是一個極愛創作，甫從中國回鄉的宜蘭青年。主角牧野和童養媳完成結婚儀式，就前往中國，八年後，才回到故鄉。因他文采不凡，很快成為鄉鎮中矚目的焦點人物。但他從中國回鄉，看似一事無成，難免遭受家人的奚落與嘲弄。眾人忽視他的才華，藐視他的存在，他失去了立足的所在。他不理會家裡的童養媳，愛上一位美麗的老師。因情不自禁，想要一親芳澤，卻把女孩給嚇

跑了。他決定悍然拒絕童養媳，要求退婚，逼得他的未婚妻自殺而亡。他只能遠離塵囂，回山上去種植農作，躲掉這些閒語。總結以上所述，可見三書對於男女情感，都有專注的描寫。這些內容，因掩蓋在國族殖民或動盪不安的大敘事下，或是穿插在理想不能實踐的抑鬱書寫中，長期被讀者忽視，但這些觸及情感最私密的內容，卻顯現了最濃厚的私小說傾向，值得讀者注意。

　　《祖國與同胞》、《海角歸人》與《洋樓芳夢》三個作品都是自傳性作品，富有強烈的自傳性，也就是「自我形象」的建構與強化，「『現在自我』對『過去自我』的詮釋，透過所選擇的事件、角度以及想像力的包裝，描繪出『自我的形象』」。[11]在時序上，三個作品有先後聯繫的關係，在內容上，更存在著顯性的對話與連結。重要的是，李榮春在三書中，記錄親身的經歷，書寫生命感懷，據此勾勒出極其鮮明的自我形象。李榮春絕大多數的小說，都體現了追求真實的文學觀，《祖國與同胞》、《海角歸人》與《洋樓芳夢》三部小說，較後期作品，保留了更多愛情的書寫，也體現濃厚的日本私小說（private novel）本色。小說的表現內容，幾乎以真實生活為中心，如實描繪他所接觸到的生活面向與現實。這些作品的共同性在於，它們都不是憑空虛構的故事，這些故事多半有真實的人生經驗作為素材與情節的演繹和鋪陳。顯然李榮春認為，真實就是作品的意義，而決定了他的文學與小說的走向。本文企圖聚焦在李榮春前期的私小說，論述這些私小說在文學表現上的特色與得失，闡述他以淡化技巧的紀實敘事，描寫日常事件所建構的私小說樣貌，除了具有建構自我形象的意義，也將書寫自我的層次上升到自我省思，從記錄自我，也記錄下他對社會的批評與擔憂。

　　本文以四個小節來深化論述。第一，「自傳性作家」，簡述李榮春的生平與文學，統整相關研究史料的貢獻與局限。第二，「紀實書寫與自我形

---

[11]陳玉玲，《尋找歷史中缺席的女人》（嘉義：南華管理學院，1998 年），頁 2～3。

象」，闡述李榮春的私小說只重寫實，不重虛構的敘事特色，書寫在社會中奮力求生的自我，利用自我觀察來表現外在社會的實景，融會了「自我書寫」與「社會書寫」的特殊敘事，藉由書寫突顯鮮明的自我形象，走向「自我發現」與「自我覺醒」之路。第三，「情愛遺恨與自我省思」，討論三部小說中糾結的男女情感，加深了私小說自我懺悔與自我挖掘的私密特質，從生存與愛情、道德與愛情及責任與愛情的對立中，呈現強烈的個人主觀視野，既是自我批判，也隱含批判社會的訊息。第四，「結論：私小說是生命的詠嘆調」，深入論述李榮春的文學，從私我的傾訴到社會的觀看，都敞開了從個人到社會鎖鍵關係的鍵結，宣告「真實即美學」，值得世人關注。

二、紀實書寫與自我形象

私小說是日本作家接受了法國作家左拉（Zola）提倡的自然主義（Naturalism）理念，與日本文學傳統重視寫實的書寫文化結合之後，所誕生的小說書寫類型。這是歐洲思想與日本文化結盟之後，所誕生的獨特聯姻產物。明治時期的私小說，顯然受到左拉倡議的自然主義思想影響極大，強調「暴露隱藏的事實」，實踐「露骨的描寫」，這種專門刻畫個人私生活的文學，此後在大正時期蓬勃發展，成為文學主流。「日本文壇就以島崎藤村的《破戒》，和田山花袋的《蒲團》（《棉被》）這兩部作品，決定了日本的自然主義方向，促使自然主義派的興隆，同時《蒲團》被認為是作者表現自己的生活，成為日本近代文學私小說的嚆矢」。[12]私小說強調「敘述自己的生活體驗，一邊披瀝心境的小說」，又稱心境小說，在日本文壇風行甚久；從明治時期到大正時期，延伸到昭和時期，也隨著作家的特殊性，做了體質上的轉變。

自然主義教主左拉創作的自然主義小說與實驗小說理論（Le Roman Experimental），在 19 世紀中末期造成風起雲湧的思潮與文學熱潮，他提出

---

[12]劉崇稜，《日本文學史》（臺北：五南圖書出版公司，2003 年），頁 367。

自然主義文學的目標，就是希望把科學研究的方法實際運用在文學創作上。他在〈戲劇中的自然主義〉一文詳盡地說明創作的手法：「自然主義就是回到『自然』，就是當學者們一旦發覺應當從研究物體和現象出發，以實驗為基礎，以分析為手段的時候所創立的方法。文學中的自然主義同樣是回到人和自然，是直接的觀察、精確的解剖以及對世上所存在的事物的接受和描寫。」[13]由此可見，左拉特別強調作家在從事創作時，應像研究室的人員一樣，把握觀察、實驗的方法，以充分展現「對世上所存在的事物的接受和描寫」，呈現出人們受物質環境影響下的生活真相。左拉的文學創作，也不斷透過環境決定論與遺傳決定論，進一步印證與詮釋自然主義的理論思想。但日本作家所理解的自然主義，顯然與左拉的原意不同，把「自然」的意義想成是原原本本、如實的「自然」，賦予自然新的意義。「他們提倡為了原原本本地逼近自然而求真，所以主張其創作原則是無理想、無技巧，並且以為描寫自己身邊的事就最能達到真」。[14]求真與自然的創作手法，也成為私小說最容易辨識的本色。

李榮春在首部小說《祖國與同胞》中，奠定下他鮮明的創作理念與手法，就是記錄事實、追求真實，表現自我也表現社會。思想上，體現了日本私小說的核心精神——以為「描寫自己身邊的事就最能達到真」的創作要求。1938 年，李榮春隨著臺灣農業義勇團到中國大陸開墾，種植農作物，他當時才 23 歲，正是盧溝橋事變發生後第二年。他在小說中提到主角魯誠，在 26 至 27 歲，曾短暫回臺，後轉入東京治療口吃，都與他的真實經歷重疊。雖經歷戰爭與動盪，李榮春都待在中國，不願回臺，他也看見了抗戰時期中國最混亂的局面。這樣的經歷，早決定他精心撰述追求真實的小敘事，早串聯了國家浩劫與民族災難的大敘事。

或許受到個人歷程的束縛，整部小說的敘事角度和焦點，多數集中在

---

[13]左拉（Émile Zola）著；畢修勺、洪丕柱譯，〈戲劇中的自然主義〉，《西方文藝理論名著選編》（北京：北京大學出版社，1986 年），頁 191。

[14]葉渭渠、唐月梅，《日本文學史・近代卷》（北京：經濟日報出版社，1999 年），頁 248。

魯誠個人身上；也可以說，這個作品極力書寫在中國奮力求生的魯誠，總是利用自我觀察來表現外在社會的實景，以融會「自我書寫」與「社會書寫」的特殊敘事，奠定了他的小說發聲的模式。這篇小說帶有極濃的自我情感，即使描寫動亂的戰時社會也不例外，都是通過內心情緒的震盪，來表現外在社會的現實性。魯誠的任務是協助開闢軍農場，服務第一批從總督府派來戰地的軍伕，種植蔬菜供應皇軍。魯誠身為臺灣農業義勇隊的一員，所謂鍬之勇士，對生命中的第一次壯遊，有清楚的認知，「臺灣人在臺灣除了當奴隸，再沒有辦法了」。[15]他在戰時看到許多荒謬的景象，例如：隊長時常精神訓話，要求大家必要時，要為國家犧牲，「諸君，為要保衛祖國，我們能光榮奮身犧牲的時候到了，萬一敵人真的到來，大家便要發揚日本軍人最高的精神，滅私為國，協力一致擊滅敵人，即使戰到最後一人，也得繼續戰鬥下去！」[16]他到中國，原想逃出奴隸的界線，避免當日本的砲灰，沒想到，在中國依然被當成侵略者。

　　魯誠走訪戰場，發現在壕溝中交疊無數死屍，對於戰爭造成的可怕悲劇，心生無限悲憫，漸漸擴展成迥異於世俗凡人的憂憤情懷。他憎恨日本人，冷血地發動戰爭，日本將肉彈三勇士，當作英雄祭拜，成為典型的軍神，代表日本的文化和精神。這個被軍國主義與帝國主義妄想占據的國家，卻從未思考過，為何要發動戰爭？這些戰爭，為世界增添多少苦難？日本總督府卻不斷增加臺灣／日人之間的階級差距，助長被壓迫與歧視的行為，讓臺灣人承受諸多的羞辱，「臺灣這兩個字，已意味著可恥」。[17]臺灣島民長期遭受被壓迫被奴役的屈辱，從未得到民族的尊嚴，讓他萌生決心，要待在中國，不再回到被日人統治的故鄉。《祖國與同胞》有鮮明的民族矛盾與認同困惑，讓評論者注意到，同樣寫於 1956 年的吳濁流的《亞細亞的孤兒》與此書有許多共同性。除了主角人物都是臺灣知青外，到中國

[15]李榮春，《祖國與同胞》（臺中：晨星出版社，2002 年），頁 23。
[16]李榮春，《祖國與同胞》，頁 35。
[17]李榮春，《祖國與同胞》，頁 89。

後，都需面對國族認同的多重掙扎與矛盾，「面對的『殖民地世界』、『祖國
世界』、『個人內在世界』間的矛盾，剖析胡太明與魯誠處在當時境遇下的
衝突」。[18]

李榮春利用魯誠的故事，來傳達強烈的自我意識，也豐富了人物／自
我形象的塑造。魯誠的立場似乎比胡太明更堅定，始終深信，野心的國家
發動的戰爭，是錯誤的行為，必受到公斷，「是對人類的尊嚴和正義的諷
刺。歷史會給嚴正的褒貶」。作為一個大時代下的知識青年，他無法旁觀祖
國的苦難，一生追求的目標就是「光明，真理與和平」。到了南京，他發現
時局更加複雜，這裡既有日軍，又有中國軍，還有偽政府和平軍。魯誠到
了上海，發現租借變成孤島了，上海周圍完全在日軍的蹂躪之下。他希望
自己也能為祖國民族的生存，為正義自由奮鬥。可惜，魯誠並無報效的機
會，他有深沉的自責和悔恨，「真對不起苦難的祖國！……對不起這偉大的
時代！……」。[19]他計畫到重慶去，遇見了地下抗日革命同志丁，卻因他是
臺灣人，「臺人被統治四十年，難免當日人走狗」，他實現不了報國的志
願。[20]

透過敘事的層層建構，小說賦予魯誠愛國的情操、堅忍的性格和正義
的思想，深化了魯誠的自我形象，連帶也透過小說，折射出作者李榮春最
激切的愛國宣言與赤忱熱血，以及他為戰爭，完成了一份極其精細的觀察
報告。魯誠與其他來自臺灣的青年，人生視野、終極關懷和畢生志向都不
大相同。魯誠在戰爭之中，看見最複雜的人性，有些人為了生存，只能犧
牲人格或民族尊嚴。因要活命，就得服從日人，就連和平軍也為日人開城
門，做日本人的奴隸與順民，柳通譯無疑是其中的投機者。他跟中國人做

---

[18]陳凱筑，〈試就李榮春《祖國與同胞》探其與臺灣大河小說之淵源〉，「吳濁流故居」，
http://blog.moc.gov.tw/blog/gujuhchcc/articleAction.do?method=doViewBlogArticle&articleId=MjExM
DQ=。最後瀏覽日期：2014 年 4 月 25 日。原刊於〈三校研究生學術論文聯合發表會論文集〉
（臺北教育大學臺灣文化研究所、臺北市立教育大學中國語文研究所、臺東大學語文教育研究所
合辦，2007 年 4 月）。
[19]李榮春，《祖國與同胞》，頁 134。
[20]李榮春，《祖國與同胞》，頁 207。

生意，可以穿起長袍；轉過身，可成為日本人，學了日本人鞠躬的樣態，
屋內還掛了天皇照片。「然而他到底是機警的，知道處於這時代的環境，不
偽裝日本人的樣子，會沒辦法做起人來，那裡還會有前途呢。因征服者是
目前打勝仗的大和民族，他們隨處可以攫取你的一切特權，施行壓迫的權
力；那被征服的民族，究竟都不能好好生存下去了」。[21]柳通譯坐享利益，
卻輕蔑魯誠，認為思想家與文學家在亂世又有何用，到中國來，就是要追
求名利。只有矣平這樣的老朋友，知道魯誠的志向，認為他很光榮，希望
他繼續研究學問。

　　李榮春書寫魯誠的中國經歷，皆緊貼真實的生活。因為真實，也讓
《祖國與同胞》具備了報導的特質，將歷史的實況，做了文字的整理與紀
錄。李榮春記錄下 1930 年代末的前線戰爭重要的相關資訊，包括日軍、中
國軍、偽政府和平軍對峙與拮抗的局面。有些失去自己的故鄉的人，後來
加入和平軍，避免受到日軍阻撓，有的成為搶食的流氓。中國人打中國
人，造成許多孩子沒得吃，屍骸曝曬在路上。魯誠看到戰爭的街道，竟是
滿目瘡痍。

　　　　有的還拾得一隻空罐頭，只尋著垃圾堆裡撿東西吃，看那樣子已完全就
　　　　像變成了只會說人言的一種最低級的動物了。他們自己都不能再喊出一
　　　　聲悲慘求救的哀號，個個都已喪失生存的希望和自信，再沒有絲毫求生
　　　　的本能和衝動。從他們是不能再感得到一點生命的氣息和溫暖，只能看
　　　　得到一種死滅的無情和殘忍。而且從他們的臉孔已是再現不出一些人的
　　　　表情，本來人一死面部就要變形了，雖則他們還未完全死；可是死的殘
　　　　忍，早就把他們的臉形一個個都已變樣了。[22]

　　李榮春也藉小說，記錄了物價暴漲的 1938 年，日本攻擊珍珠港後，造

---

[21]李榮春，《祖國與同胞》，頁 181。
[22]李榮春，《祖國與同胞》，頁 928。

成的糧食危機、米飯飆漲；也記錄下傀儡汪精衛政權，代替中國政府發行法幣，普遍推行偽鈔的歷史事件。也忠實呈現鄉下的慘烈，透過芝香的父親被搶，他有亂世難以棲身的感嘆：「我真想不到做這時候中國老百姓，終會這樣苦」。[23]更記錄下日軍進駐租界，日本女人被日軍關起來侵犯，租界全換成中國文字的荒謬面貌。日人為塑造「東亞人的東亞新天地的新氣象」，透過媒體，粉飾真相，日文報上記載：

> 自我皇軍一旦進駐以後，快刀斬亂麻，立刻取消了租界——這唯一侮辱中國人主權的尊嚴，尤其對於一個獨立國家那是絕不容許存在的，它是曾阻礙過去中國大陸上完成政治主權的統一，一直成為中華民族生存之癌的外國侵略下惡勢力的權益。如今我皇軍，已把政權全部奉還了中國人，所以現在上海市議會的議長，以及所有議員，完完全全一色都是中國人，只就這一端，便很顯而易見地可以明瞭，大日本帝國這次作戰的理想和目標。那是要從亞洲的天地，驅逐出侵略的惡勢力，使亞洲的各民族，能從惡勢力的壓迫下解脫出來。俾能獲得真正自由幸福的保障，然後才能協力建設東亞共存共榮的新天地。足見大日本帝國為這種光明正義的目標，正勇敢地繼續在犧牲奮鬥。所負的使命既堂皇而又神聖的。這同時證實日本精神，和日本民族，是優秀偉大的。[24]

魯誠洞悉日本皇軍的一切花招，也揭露日軍殘酷又醜陋的真面目，藉由個人的感知，建構了大時代的氛圍，也刻畫了戰爭下人民的身影。當魯誠和芝香決定回鄉避難，才發現學堂和房子都燒光了。東洋兵進來後，更是兇猛。街上的告示全是「中日親善合作」、「建設東亞新秩序」、「驅逐英美的勢力」，和平軍和日人合作，東洋人打自己的祖國，人民都厭棄他們。也有的軍人，不幹和平軍了，要聯絡其他軍隊，一起打倒日本帝國主義。

---

[23]李榮春，《祖國與同胞》，頁469。
[24]李榮春，《祖國與同胞》，頁274。

李榮春記錄下戰爭把街道變成廢墟的慘況，也書寫了東洋工廠對於中國人的剝削與壓榨。戰爭中殘酷的面貌，都被小說毫不保留的記錄下來。

　　綜合以上所述，可發現李榮春的《祖國與同胞》基本上是按照順時的方式，記錄下 1938 年以降，約莫八年的中國景況。由於作者的堅持，《祖國與同胞》依循私小說的創作理念，輕視虛構，也不在意情節的鋪陳。為達到貼近真實，小說時常依循魯誠的人物動線，記錄各種時期的觀察與發現，以及所見的瑣碎樣態和景況。最後，故事結束在魯誠的徬徨之中。大體說來，仰賴無技巧的敘事方式，鉅細靡遺記錄戰爭的動線與歷經的瑣事，整體的故事性不強，結構性也很薄弱，事件之間欠缺更嚴密的連接性。但這種採用報導並記錄所見所聞的書寫形式，非常接近自敘傳與報導體合一的敘事形式，既書寫自我，也表現了社會的實景。最重要的是，李榮春透過創作，記錄下八年中國生活的細節與感知，在大時代動亂下的庶民剪影。

　　《海角歸人》以順時的方式，描述李榮春回臺後，所經歷的真實現況。主角叫做牧野，故事亦從回鄉後展開。牧野歸鄉後，眾人恭喜童養媳素梅，卻沒料到，志趣與眾人不同的牧野，從沒打算與素梅共組家庭，一心只想實踐作家夢。戰後臺灣百廢待舉，他的創作之路也顯得困難重重且渺茫，牧野不接受任何工作的邀約，只願花心力在完成創作上，獨自承受著被家人誤解、質疑與怒罵的屈辱，「我從沒看過像他這種傢伙，只曉得要吃，什麼事都不肯做」。[25]臺灣剛從戰爭中脫離，戰後臺灣的荒蕪，更助長人們對經濟的恐慌。所有人關注的只是實際上的利益，只求經濟上衣食無虞與保有工作，更誇大了這些日常工作的重要性，而把溫飽與經濟收入的重要性無限上綱，當成是人生的終極目標。極少人看好立下創作志願的牧野，母親和牧民更是對他失望至極，常以冷言冷語打擊他的士氣，無法理解他不務正業的抉擇，有其神聖的意義。

---

[25]李榮春，《海角歸人》（臺中：晨星出版社，1999 年），頁 232。

　　小說中，亦記錄下〈遙弔烏石港〉一文，在《臺灣新生報‧副刊》刊出後的情景。這應是作者此生最興奮的時刻，也是回國後第一次投搞。但是，當時整個頭城鎮的居民，針對此事議論紛紛。有人拍掌稱快，有人卻批他膽大妄為，竟敢談到羅站騰祖先不雅的傳說，觸怒又得罪了地方權貴。牧野是不在乎的，故意藉文章，來諷刺這些御用仕紳。沒想到，引來牧民的指責、羅站騰的氣惱，以及鎮民的誤會。小說中不厭其詳地羅列這些爭吵的畫面，也呈現出一個期望受到矚目的作家，卻受到輿論批評的無奈與心理重擔。

　　有研究者指出，李榮春回故鄉後，之所以馬不停蹄地趕寫《海角歸人》，是因經歷《祖國與同胞》出版的失敗，想利用此作為己辯護；也因參加《文友通訊》，讓他更積極地投入創作，「有感於臺籍作家的處境，而寫出自己回臺後為理想受苦的經驗，藉此鼓勵文友。如此，小說中的壓迫社會就成了小說外政治社會的隱喻，而主角在壓迫中所點燃的文學熱火，便可延伸視為文友『共同的理想』」。[26]由此看來，李榮春在小說中書寫自己挫敗的創作經歷，格外具有重要意義；那既是自我書寫的宣洩，也為了志同道合的文友而寫，深具激勵與反抗社會的深層意義。

　　小說刻意突顯牧野追求自我價值之路的艱辛，他只在乎文學，只追求精神上的鍛鍊與完成，而忽略了民生溫飽。他終究無法找到兩者的平衡之道，只能逃避家人的指責與謾罵、嘲諷與冷語。牧野激動的心，經過眾人的謾罵與嘲弄，也變得更為頑強。「牧野曉得在這樣的環境裡，希望有一個會同情他、理解他的人，那是不可能的，但是要他放棄自己的理想，那更是不可能的，他寧願毀滅自己的一生，也不能沒有做一個人的自己理想」。[27]最後，牧野寧願上山自食其力，斷絕所有人的耳語，換得安靜的空間，完成自己的創作。這些故事，都讓讀者讀來頗感悲嘆。

---

[26]丁世傑，〈回歸母土──論李榮春小說的母親主題〉，「李榮春的文學世界」，http://leerongchun-literature.blogspot.tw/2013/11/5-3.html。最後瀏覽日期：2014 年 4 月 25 日。
[27]李榮春，《海角歸人》，頁 214。

　　《洋樓芳夢》中羅慶的遭遇，亦與李榮春的真實生活重疊甚多。羅慶具有極鮮明的性格，他對文學的痴戀態度，根本就是李榮春本人的翻版，他認為，「一個人沒有理想，就等於喪失了生命的明燈，活力的源泉……」，幾乎等於李榮春一生默默編織文學夢土，最適切的註解。[28]就算得提防日本憲兵，環境異常艱難，羅慶依然不會放棄寫作，他要寫下戰火下的這段經歷，回國後更不會輕易停筆，「我認為這是我的使命」。[29]他把文學放在神聖的位置上，知道「經國之大業，不朽之盛事」的重要性，儘管眾人不明白，但他清楚知道創作不輟的意義，「我便有著覺悟了，我想每一個人的生存總是要有個理想，不能只為吃飯，同時對於自己所生存的時代，必須有所交代」。[30]

　　李榮春仍小說中，以非杜撰的方式，記錄《祖國與同胞》一書的修改過程，也提到它在 1953 年獲得中華文藝獎金委員會的稿費獎勵一事。小說中，刻意將《祖國與同胞》改為《真理與光明》，談到了中華文藝委員對此書的讚賞，「這裡從來所採用的長篇小說，都在二十萬字以下，再長便不要它。不過，你們這部著作很特別。本省青年能寫出這樣鉅著，真難得，嘿嘿，了不起！」，終於讓羅慶感受到知遇之喜。[31]侯先生說：「我們內地人，還寫不出這樣的小說，想來真慚愧」，這是對羅慶最大的肯定。[32]關陶範（影射張道藩）看完後也誇口，「二十世紀六十年代，自由中國文壇上會產生一部輝煌而不朽的傑作。寫出這偉大時代的苦難，向全世界人類傾訴我們這偉大民族底靈魂的苦悶」。[33]

　　李榮春深入書寫羅慶不被世人理解的志向，更將一起創辦洋行的顯坤（王萬春），一起拉進作夢的行列，一起孵育文學美夢。但是，李榮春在小

---

[28]李榮春，《洋樓芳夢》（臺中：晨星出版社，2002 年），頁 29。
[29]李榮春，《洋樓芳夢》，頁 31。
[30]李榮春，《洋樓芳夢》，頁 31。
[31]李榮春，《洋樓芳夢》，頁 93。
[32]李榮春，《洋樓芳夢》，頁 94。
[33]李榮春，《洋樓芳夢》，頁 131～132。

說中，並未美化世間的人心，也非醜化善於猜忌的人性，而是依據事實，給予人性豐富且完整的描寫。正是顯坤對於小說的驚嘆與讚賞，造就了兩人的「洋樓芳夢」，做了一場不甚實際的文學大夢。顯坤認為，《真理與光明》必是傑作，「一部傑作對於國家民族的貢獻，勝過二十萬軍隊所能發揮的功用」。[34]他們都深信，這部劃時代的巨作，一定會成為影響國家甚遠的文化資產。但這部探索戰爭的大時代巨作，卻命運乖舛，因酬金分配與後續利益，引起友人和家人的嫌隙，最後造成談判破裂，粉碎了文學夢的實踐。

　　這三部小說都偏愛描述李榮春的親身經歷，既書寫自己的情懷，也不忘表現社會，呈現出自我強大的回聲。李榮春藉著小說，批判日本帝國主義的猖狂與冷血，批判人們對於創作者的冷漠，批判人們的私心與慾望，三部小說都有個核心主題，就是建構自我形象，書寫自己經歷的時代、事件和情感。《祖國與同胞》裡塑造了魯誠，以「戰爭受難者」突顯自我形象。《洋樓芳夢》裡的羅慶，敏感多思、猶豫不決、自卑，一心想實踐作家夢，又抱著過高的自尊；既想得到朋友與家人的支持和肯定，又想得到愛情，最後一一破滅，以「純粹創作者」的孤高，突顯李榮春另一鮮明的自我形象。《海角歸人》裡的牧野，同樣敏感多思、孤獨、自卑又自傲，一心想實踐作家夢，不願與世界妥協；想追求愛情，卻被難堪地拒絕，更加突顯了「逃犯」的自我形象。不論是「戰爭受難者」或是「純粹創作者」與「逃犯」，竟是被大時代壓抑與擠壓後造成的複雜處境。

　　李榮春在動亂的時代中，經歷過戰爭、死亡、希望、爭吵與幻滅，轉而從內部深掘，以各個角度書寫自我，塑造鮮明的人物／自我形象，書寫國族身分的曖昧性，抒發懷才不遇，透露脆弱情感，描述自己的友誼崩解，挖掘自己的無能懦弱，披露恨鐵不成鋼的自我指責，都利用了完整的私小說形式，更深地挖掘了自己的志向與情感。藉著私小說，傾瀉所有被時代與環境給犧牲的苦悶或怨恨，將自我宣洩發揮到極致。

---

[34]李榮春，《洋樓芳夢》，頁165。

李榮春一次次透過文字的編織，才發現自己與他人最大的差異處，便是以文學夢孵育更大的夢想，從而重新認識了自己的價值。他透過文學不斷凝視自己，才開始認識自己，認識自己的不足與優點，亮點與價值。這樣的成果，就像私文學帶給日本作家的影響，「通過接近文學、思想和實際生活，以及在那裡發現自己的真實，才開始深深地扎下近代思想、近代文學的根」。[35]發現自我的真實，原是近代日文文學的根源，這個觀點提醒讀者，私小說除了暴露自我之外，發現真實，也是最富有嚴肅意義的文學行動。

大正時期，日本私小說成為主流文學，雖然私小說並未將解決社會問題當成首要目的，強調的還是個人的探尋，或是個人價值的探求，造成了自我意識的強化，「日本自然主義文學的主題，並未形成以社會問題為中核，其任務是首先確立個人主義精神，直面狹義的現實和環境，從這裡來開闢自己獨特的道路」。[36]丁亞芳也認為，日本私小說中，關懷現實的角度與寫實主義小說不太相同，私小說捨棄了對於社會責任的挖掘與承擔，「私小說只描寫『有什麼不好』，不需要說『誰不好』。也就是說，他們只為生活現狀所苦惱，並不想進一步去猜破生活的謎底，探求之所以然的社會根源，更不想由『自我』對社會負什麼責任」。[37]從李榮春的小說看來，可以發現，他的寫實小說雖融會「自我書寫」與「社會書寫」的敘事，在本質上，血統更近於私小說，而非批判寫實主義小說。因為，他的私小說雖然十分強調真實性，但除了記錄生活樣貌、抒發個人想法外，未必賦予小說批判社會、監督社會或改善社會的強大意圖，也就無心針對混亂的時局或人際牽連，塑造或虛構一個極具典型性的場景或時空，藉由典型故事的推動，藉以突顯現實本身強壓的張力或矛盾。也因如此，他筆下紀實性強的文學作品，即使描寫的是動亂的戰時社會，都是通過主角人物內心情緒的震盪，來表現外在社會的現實性。他以私小說的敘事，走向更內在的思索與探求，從而發現自我生命的價

---

[35]葉渭渠、唐月梅，《日本文學史‧近代卷》，頁247。
[36]葉渭渠、唐月梅，《日本文學史‧近代卷》，頁247。
[37]丁亞芳，〈走出私小說陰影的中國自我小說〉，《學術月刊》第9期（2001年9月），頁78。

值與道路。

三、情愛遺恨與自我省思

很少人注意到，在李榮春的前期小說中，夾雜在國族創傷、殖民困境、族群認同、創作理想和自我追尋等龐大主題下，男女的愛情故事從未缺席過，也缺少相關論文，只針對情愛遺恨，有更深入層次的討論。這些隱藏在救國與戰爭亂世的主題之下的繾綣情思，成為一道道綺麗的風景，妝點了李榮春文學的抒情性與戲劇性，讓他的作品薰染上了更多私小說曖昧與綺情的特質。

在前期小說中，愛情的書寫占據不少分量，男女情愛更是私敘事中極重要的內容。《祖國與同胞》是從生存與愛情的矛盾中，探討戰時的困厄；《海角歸人》是從責任與情感的對立中，突顯個人的懦弱；《洋樓芳夢》是從道德與愛情的對立中，傾訴內心的掙扎。李榮春在三部小說都探觸到情愛的執念，不迴避對愛情的迷戀，對異性的騷亂情緒，對異性的偏執，對肉體的懷想，甚至是耽溺；李榮春選擇透過真誠的文字，一一表露了人性的慾望城國。這些情愛糾葛最後都走向分離，這些情愛關係，皆以破裂作結；但這些描述情愛遺恨的情節，具有深刻的自我省思，加深了私小說自我懺悔與自我挖掘的私密特質。

長期研究日本文學，翻譯日本文學的文評家葉渭渠認為，私小說受到重視，是因追求真實，這一直是日本文學與精神的核心，「**真是真實，也是誠**」。[38]這種追求真實與真誠的心，以最赤裸的方式，展現在私小說的情愛敘事中。散文家周芬伶指出，私小說最重要的特質在於張揚醜惡之心，暴露慾望城國的景致，「**它（私小說）的特色乃採用告白的形式，剖白自身內面的『慾望寫實』，即以呈現自身的姿態，凝視內面赤裸而真實的自我為依歸**」，論點甚是精闢。[39]在私小說中，情愛敘事扮演了主導的地位，許多私

---

[38] 葉渭渠，《中國古代文學思潮史》（北京：中國社會科學出版社，1996 年），頁 113。
[39] 周芬伶，〈龍瑛宗與杜南遠的自傳書寫〉，《芳香的祕教：性別、愛欲、自傳書寫論述》（臺北：麥

小說對於個人情愛或性愛矛盾，都有露骨大膽或坦承不諱的披露，以達到「慾望寫實」的目的，也讓這些情愛小說，帶有深重的犯罪感與自我告白的意味。這些小說的主題，依然以主觀的自我為對象，追求的是內部心理的寫實，而不是外部寫實，這樣的文學類型，對世界文學造成了很大的影響。

李榮春的《祖國與同胞》，有極大篇幅，描寫魯誠在上海偶遇張芝香，後相戀、相伴、逃難，最後黯然分手的經歷。當魯誠和也禮在上海召妓，魯誠從青樓女子張芝香（路明）身上，看見愛情時，也決定了這段亂世情緣的延續，定與炮戰及烽火交鋒。兩人初遇即惺惺相惜，決定攜手相伴。魯誠報效國家的偉大志向，曾令張芝香欽佩不已，「我原是想跑回大陸為祖國的生存奮鬥，誓死要與侵略者決鬥到底」。[40]當芝香知道他的臺籍身分後，也理解他高遠的理想，也以真誠的情感回應，跟他一同加入革命。

當他們的情感越來越深，也對彼此袒露更多實情。芝香與魯誠到了王壇鄉下，看見平靜的鄉下也成為戰爭的俘虜。芝香家人以為魯誠與芝香成親，都以家人身分照顧他，掩護他，讓他們在宗仁這個小鎮待下。李榮春詳盡刻畫戰爭可怕的一面，也突顯這對愛侶必須面對惡劣環境與死亡威脅。他們曾是彼此扶持的愛侶，卻因山河變色、生活困苦、戰亂頻仍與爭吵劇烈，而產生了情感裂痕。在帝國主義的強權壓制下，一切都黑暗無比，看不到一點光明。家族的碎嘴，更造成兩人失和，終日爭吵。日後，兩人感情漸淡。魯誠在氣憤激動之餘，拿尿潑芝香，讓她得了病根。芝香母親從上海回來照顧她，讓他失了自尊，覺得無恥。多次爭吵，他還動粗。她警告他，「你再打我，罵我，我就會跑開你，我比你還有辦法呢」。[41]芝香的羞辱，再次傷了魯誠原本脆弱的自尊。

《祖國與同胞》的下冊，除了呈現日軍的凌虐之外，也不迴避兩人的情感的衝突與金錢的糾葛；既不粉飾太平，也不迴避人性的弱點。從這裡

田出版社，2006 年），頁 57～58。

[40] 李榮春，《祖國與同胞》，頁 348。

[41] 李榮春，《祖國與同胞》，頁 833。

可以看出，李榮春從尖銳與緊張的男女關係中，挖開了亂世兒女最深沉的痛苦。李榮春陳述這些撕裂的情感，加入了許多魯誠的自我沉思，鑿開私小說底下最赤裸坦承的懺悔，也刻畫了芝香眼中，魯誠只是個暴斂躁狂、不再溫柔的情人。在亂世中逃難的魯誠，也有陰暗、自私的一面，只在意自己的自尊，心狠、炎涼又暴力。魯誠對於芝香的情感趨於淡薄，也動了離開的念頭。芝香更嚴厲地指責魯誠，認為他是沒用的男人。無計可施之際，芝香想回上海當舞女，他阻止她墮落。後來，又因細故爭吵，他口不擇言，罵她野雞。為了錢與理想，兩人不斷吵架，終究難逃分手的命運。險惡的大環境，每人都看不到未來，也找不到求得溫飽的方式，曾經相愛的兩人，不得不走向分手之途。

《祖國與同胞》描繪戰火埋葬了愛情的花朵，《海角歸人》則是聚焦在牧野的人倫責任與愛慾的對立中，進行情愛的想像與自我審問。李榮春除了突顯牧野個人的理想與堅持之外，也不掩藏他身為男人的懦弱之處。他知道素梅向來勤儉持家，無微不至地照顧母親和紗枝子，維持了家庭的完整。但是，他無法將親情與愛情混為一談。他不愛素梅，也無法接受母親的安排，質疑母親利用最封建、最不人道的方式收養童養媳，卻從此束縛了兩人的自由。在人倫道德的尺度上，魯誠知道自己是個觸怒人倫的逆子，是個不負責任的丈夫，他不懂賺錢，不懂噓寒問暖，未給素梅任何情感上與言語上、心靈上的支持；但他一心反對封建體制的方式，這種反對之心，凌駕於他對素梅的慈愛之心。他無法忤逆母親，只能刻意怒罵素梅，要她找尋自己的幸福，離開家庭，拋下形式的婚約，和他一樣成為自由的人。

李榮春在小說中，多次透過牧野的自省式懺悔，坦露他對素梅既冷血又自責、既傷害又不忍、既堅決又心軟的心境，流露出牧野猶豫不決的一面；同時，又刻畫他喜愛征服，喜愛刺激，喜愛美麗胴體的另一面。李榮春以溫情的筆觸，書寫他對素梅這樣一個溫厚女子的不忍與同情之情。當母親安排牧野與素梅同床共枕，素梅卑屈地等待牧野的回應，這是怎樣可

悲的人生呢。雖然表面上，牧野看似刻意迴避素梅，但在同床而眠時，他
也曾迷惑該不該禁止自己的慾念。

> 那末，就從吻開始做吧，像一般情人那樣甜蜜的吻她一下。……他咬住
> 牙根，看看漸湊攏了她的，然而，跟著卻更感困難，愈接近她就愈猶豫
> ——猛然地再湊下一點，可不就吻著了嗎？隨著兩張嘴可不就併湊在一
> 起了嗎？那末，兩人的命運不就永遠連結在一起了嗎。[42]

　　牧野守得住對素梅的慾望，卻守不住對美華的傾慕之情。他喜歡熱愛
知識和文學的美華，常藉由各種機會碰觸美華，更趁機槍聲大作、美華驚
嚇之際，故意摟住她，狂吻她，美華似乎也以柔情回應他的追求。牧野後
來大膽決定闖入美華的香閨，無法壓抑肉慾之苦，想一親芳澤，沒想到美
華嚇得花容失色，只想急忙脫離魔爪。唐太太也目睹狼狽的景象，而有所
指責。牧野無法面對自己闖下的大禍與醜事，萌生灰色的念頭，「『自
殺！』他悶在被窩裡，懊喪地，忿忿地叫著。『我不能再做人了，以後的日
子怎麼活下去』」？[43]即使是非常難堪的情境，李榮春依然選擇以慾望寫實
的方式，呈現這些窘迫的情緒、難堪的醜態，來批判自我。
　　李榮春以私小說的筆觸，深入探索牧野對於家族主義、封建社會箝制
的質疑；他憎恨封建的思想，只存在單一樣貌（成家立業）與單一目標
（締結良緣）的假想，這種僵固的思想，卻限制了個人的覺醒與時代的進
步，更造成人格的戕害與獨有價值的蔑視。李榮春在《海角歸人》中，利
用少見的虛構方式，杜撰了童養媳素梅自殺死亡的悲劇，塑造出無可挽回
的結局。這樣的轉折，更能呈現出強烈的張力，讓向來只關心自己、只關
心創作的牧野，終於感受到自己的自私，感受到素梅的悲苦；進而對素梅
的處境，有更深層的體會之外，也帶領讀者凝視這則悲劇造成的近因與遠

---

[42] 李榮春，《海角歸人》，頁 179～180。
[43] 李榮春，《海角歸人》，頁 257。

因。這個令人心痛的故事，除了呈現牧野發自內心的自我批判、自我譴責和自我控訴之外；母親以愛為名，一手主控了童養媳與牧野的命運，卻是牧野想要指責，卻無法指責的錯誤源頭。童養媳是封建社會自立救助的一種方式，這種傳統習俗，可能解決一些人口或勞力負擔的問題，卻造成了許多沒有愛情基礎的怨偶，衍生許多悲劇。家族主義、封建社會的結盟，葬送了多少人的一生。小說從私我書寫傾訴了陰鬱的一面，也透過感情的宣洩，傳達痛恨社會習俗鑄成家族悲劇的心境。

李榮春另一個創作《洋樓芳夢》，刻意從友人與家人、道德與愛情的對立中，突顯羅慶優柔寡斷的性格，以及眾人各方的盤算，最終導致美事成空。民族文藝獎金協會獎勵的這份創作，依然無法如期出版。羅慶的出版願望，最終也只能以自費的方式，實踐一小部分。《洋樓芳夢》以雙線進行敘事，一條是友誼線，不斷突顯顯坤和羅慶真摯無私的友誼，一起孵育出書的美麗大夢；另一條線，則刻畫羅慶與顯坤妻子貞嬌，產生了曖昧的情愫，呈現出羅慶對於情愛的耽溺、執迷與渴望的一面。

李榮春極力描寫羅慶對於「藝術純粹」的夢想與堅持，不斷修改著作《真理與光明》；同時，也建構他極其人性的一面。以私小說的筆觸，放肆書寫那些恣肆賁張的雄性慾望，挑逗人性的青春胴體，將道德的枷鎖擱置一旁，直寫男性的慾望與掙扎。李榮春能把性苦悶、性衝動與性慾望寫得如此出色，很令人訝異。在現實的邊緣中，羅慶的處境很尷尬，他思慕好友妻子的肉體與美麗，卻又仰賴好友的支柱與扶持，心中承受龐大的道德煎熬。

顯坤既為羅慶的貴人，又身為好友，為了協助他早日實踐夢想，寧願出賣勞力拉車。顯坤為他做的犧牲，羅慶都看在眼裡，但他就是對貞嬌有一種觸電的感覺，一種迷茫的情思，無法克制自己的情感。隔著紙門，有一道極薄的牢籠，試探他的界線；羅慶可以決定成為君子，或是誘拐他人妻子的惡棍。很多時候，羅慶覺得肉體的依偎和誘惑，那些酥軟的身體，都在誘惑他。他不是執迷於愛情的遊戲，而是真的落入了愛情的漩渦，他

控制不住自己的情感。

　　私小說常描述不倫的戀情或是壓抑的情愛，這之間彷彿存在著一種危險的樂趣、冒險的試探，亦能表現人性的豐富面相與自由選擇。人們對愛情與美女的追求，某種程度也與對美的執迷與占有慾有關。羅慶的愛慾不斷滋長，李榮春將這種遊走曖昧的愛情試探，寫得很傳神。他總是情不自禁，想要去撫摸睡著的貞嬌，這種無法克制的慾望，讓他覺得自己墮落、可恥，卻又無可奈何。小說中，最精采莫過於描述羅慶內心的掙扎，「他的兩隻眼睛，跟著又這麼可鄙地，閃射著邪惡淫穢的光芒，貪婪不捨的盯住她。神色愈顯卑鄙可厭。他內心充滿著苦惱、不安、恐怖、徬徨。似乎意識到自己即將陷身於永劫的地獄」。[44]羅慶曾想拋下人倫的限制，大膽的親了貞嬌；貞嬌似乎也在等待羅慶的勇氣，完成對她全部的占有。但羅慶依然躊躇再三，無法完全拋卻理性的呼喚。小說中安排一段非常戲劇化的情景，清楚呈現羅慶焦躁不安的性恪，破壞了他與貞嬌試探的關係，也終止了兩人糾纏不清的瓜葛。生性多疑的羅慶，因罪惡感作祟，總疑心貞嬌把事情告訴顯坤，而心生不安。羅慶斥聲質問貞嬌的舉動，也把兩人互有好感的曖昧情愫全都打散，貞嬌鄙夷他的人格，羅慶則挖苦她的主動獻媚，而將原有的愛意與情分全都化為烏有，停止了二人的情感試探。

　　李榮春花了極大的篇幅，描述二人關係的曖昧與緊張，這些無所顧忌的痴戀，還有及時噴發的慾望，非常率直大膽，卻沒有靡靡之音的缺失。這個作品選擇從羅慶私密的角度，呈現他對社會不滿的質疑，對慾望的渴求、情感的失落、尊嚴的踐踏、理想的堅持，頗能呈現人物多面向的厚度。諷刺的是，羅慶未必依賴的是良知，來克制愛慾衝動，反而是源於他對於人性的不理解、對於情感的猜忌，而失去了貞嬌的信任，粉碎了貞嬌的幻想，而讓浪漫的綺情化為烏有，「但是和一個女人同睡在一起，經過了一個多月，終於能控制著，不至於發生肉體的關係，現在回想起來，自己

---

[44]李榮春，《洋樓芳夢》，頁196。

都不免覺得有些奇異似的。不斷受著那種刺激的苦悶,情慾像烈焰在燃燒著他。雖則發作許多可恥的衝動,以及不堪告人的妄念,實際上始終能夠懸崖勒馬,總算聊可自慰」。[45]讓這場發乎情,曾遠離禮的慾望風暴,又回復到「克己復禮」的人倫位置與和平狀態,也讓他恢復了對自我的信任。

這些私密的筆觸,以微妙的態度「暴露隱藏的事實」,對於愛戀慾望有更深沉的刻畫,實踐了「露骨的描寫」與「慾望的寫實」。李榮春利用私小說,巧妙透過第三人稱敘事觀點的疏離效果,少了第一人稱過度曝露的不安,而得到更多傾訴的可能性。他的小說雖不使用第一人稱,只利用第三人稱的方式發聲;但小說卻時常利用從屬於(貼近於)主要人物的聚焦與敘述,只集中在有限的觀察者的視域和傾訴。[46]這樣的敘事,聚焦在主角的觀點來陳述情感的波動,使得他的小說,既具有第一人稱的細膩感受,又同時兼富臨場感。

在情愛的國度,李榮春努力的維持一個平衡點,上演的依然是「一個人的戰爭」。在追求自由和守持道德之上,態度是搖擺的,一方面肯定主角的情慾,一方面又貶抑主角的衝動。總結說來,這些情愛書寫,多是浪漫的無性之愛,雖然渴慕肉慾,具有強大的吸引力,但愛與性的界線涇渭分明,他筆下的男子,依舊沒有跨越到失序的那一端。

四、結論:私小說是生命的詠嘆調

李榮春極早意識到創作對於民族、全人類的宏大貢獻,個人的創作不可能與社會命運分離,他的文學夢是神聖的。他選擇一條最孤寂的道路行走,特異獨行,又不被世人理解。該如何在完成文學志業的同時,又符合家人期待,在理想與現實之間找到平衡之道,他終究沒有答案。

李榮春生於日治時期,他的人生歲月,所經歷的苦楚頗多。在大時代

---

[45]李榮春,《洋樓芳夢》,頁 222。

[46]Shlomith Rimmon-Kenan, *Narrative Fiction: Contemporary Poetics* (London and New York: Routledge,1983), pp. 71-81.

底下，他選擇作為一個為時代代言、為自己發聲的寫實作家。他從大浩劫與大戰爭、大時代標誌自己的座標，又回到小時代中的親人與朋友圈中，描寫他的私故事。他筆耕多年，在文學的扉頁中，留下受帝國主義橫行、踐踏下的中國殘影，也留下受封建思想籠罩的臺灣城鎮，受金錢、名利追逐與情感羈絆的人際剪影。他以文學作為與時代對話的利器，始終在作品中，刻畫那顆嚮往自由的心靈，總被戰爭時代與環境、親情層層重壓；他以私小說的形式，寫出時代青年的苦悶和陰鬱，卻在殘酷與現實的環境中，藉由書寫梳整考驗的意義，重新肯定了自我存在的價值，突顯自我人格的特徵。

綜合以上可知，私小說的內容，雖以書寫作者的生活經驗為主，也能寫愛情、友誼、家庭，各種事件帶來的思想與感懷，更加人了作者對時代或環境的種種思維。李榮春的私小說主要透過主角的獨白，兼以第三人稱的敘事，透露了其他人的想法；作品雖帶有濃濃孤獨的況味，卻未必只呈現封閉隔絕的自我狀態。不論是在亂世，或是理想重建的時代中，他在小說中，塑造一個「永不與時代妥協」的自我形象，具有重要的意義；它對於混沌未明的時代價值，起了棒喝的作用。雖然，作品中也揭露了自我形象的不完美，自私、怯懦、無助與猶豫不決。但那些鮮明的自我覺醒和自我塑造、自我省察、自我懺悔，都將成為文學最動人的利器，引領讀者珍視個性解放與獨有的人生價值。

目前現雖欠缺直接的證據，可引證李榮春的創作手法，受到日本私小說的重大影響；但從李榮春對於自身創作所堅持的「真實」要求看來，這三部作品，可說是依照紀實創作觀戮力實踐的產物，也切合了私小說特有的形式及內容要求。這三部小說有著心思細膩的自苦和自譴心態，對於情感糾結的書寫與自我形象的塑造，都建構了極其鮮明的形象，豐富了自我書寫的厚度。此外，三部作品以書寫自我出發，也保留了觀看社會與他人的凝視目光。《祖國與同胞》刻畫多位在中國奮鬥的臺灣青年，對於「國族身分」認同的尷尬，又顯露了對於亂世子民的憐憫哀矜；身懷愛國大志的

青年，找不到可以獻身的方式，最後成為連愛侶都無法保護的逃難者，刻畫在亂世中活命，最卑微、最痛苦的生存競爭。《海角歸人》突顯具有中國經驗的青年，看過大江大海，帶著新的經驗回國，也孕育著新的自我抉擇。他看見眾人，對世俗成就的執迷；也同時看見世人對文藝工作者的景仰與崇拜。《洋樓芳夢》闡述實踐出版夢想的文藝知青，在現實與理想、在金錢與自尊、在愛慾與友情之間，都面臨了多重的考驗，最後經過現實的打擊與洗禮，也淬煉成更趨成熟的人格，都寫出了屬於文藝知青的生命詠嘆調。

　　從這些私小說意味濃厚的小說看來，李榮春並未將造成命運蹇困的緣由，全歸咎於社會，全指向外在。在這些小說中，雖大量暴露自己的生活細節，描述經濟的貧困與愛慾關係的窘狀，這些人物卻不會卸責，而以大量的自省與告解，承擔了自己在人倫關係上失責的一面。這些小說將暴露自我的層次，上升到至自我的省思，從盡情的宣洩，進入到情感的沉澱與理智的覺醒，而不只陷溺在情緒的耽溺上。李榮春的作品，提供了這種坦誠面對一切的勇氣與覺醒，讓他的私小說，充滿更鮮明的自我成長痕跡。也因如此，這一篇篇小說，就是他記錄自我與社會，謳歌自己生命的詠嘆調。

　　李榮春的前期三部長篇小說，頗有為時代記史，為自己立傳的味道，詳實記載了畢生發生的大小事件。除了自傳性強、真實性高之外，靈魂人物的形象，據多位文評家考證，再加上姪兒李鏡明醫生所述，很大部分與作者本人重疊甚多，構成作者、敘事者與人物三者合一的狀態。他的文學作品，雖未形塑出濃烈的個人風格，書寫形式近於日本私小說淡化技巧的敘事，只記錄親身的經歷，不講求戲劇性的文飾；只書寫自己，排斥虛構杜撰的情節，帶給讀者最纖細敏感的感知，已記錄下作者個人對時代、對國家、對環境、對家庭或自我最深切的感懷。

　　以這樣的角度來看，李榮春這些小說所反映出的知識分子的苦惱，也具有重要的意義。這些強烈的個人意見，既是自我批判，也指向了批判的雙面刃，將批判的角度，指向社會。雖受私小說的視野所限制，李榮春的

作品並未完全的走向批判寫實主義的路徑，由觀看自我，轉而觀看整個社會現實與結構弊病，進而勇於承擔揭露社會矛盾的任務；也未以更宏觀的角度，勾勒時代最精細的剖面或對災難進行大規模的摹寫，擴展更寬廣的視野與格局。綜觀這些長篇小說，動輒長達數十萬的字數，卻在結構與情節上，似乎缺少史詩式的規畫與謀篇，也缺少了眉目清楚的框架和布局。小說所需網羅的瑣事繁多，似乎被真實給綁架，無法做到適切的裁剪，可能造成小說整體結構失衡，人物描述不清或功能性不明等缺失。但讀者若能以私小說的形式及本質，來衡量他的小說成就，或許這些被看作是缺失的特色，反更能看出作者獨特的創作觀。

　　李榮春善用寫實敘事，極力表彰他的文學最重要的特色──就是真實。這些強調真實性的敘事，也達到李榮春預設的目標，既建構了自我的形象，也同時表露了人無法自外於社會的連接性。但讀者可留意，藏身在個人的囈語與自省的敘事聲音中，從私我的傾訴到社會的觀看，都敞開了從個人到社會鎖鏈關係的鍵結，依然呈現了重要的社會內容。就如同日本私小說作家所完成的創作一樣，既是「往內逼視」私人的敘事，也是社會性的敘事，「筆觸所及，從個人到社會，往往通過個人的生活經歷，來抒發對社會和時代的看法，使私小說也包容了一定的社會內容」。[47]這樣看來，李榮春這種追求一種極度的真實性與純粹性的書寫行動，既忠於自我，本身即宣告「真實即美學」，也保留了不少社會殘影與紀錄，值得世人關注。

參考文獻

小說

・李榮春，《祖國與同胞》，臺中：晨星出版社，2002 年。

・李榮春，《海角歸人》，臺中：晨星出版社，1999 年。

・李榮春，《洋樓芳夢》，臺中：晨星出版社，2002 年。

---

[47]葉渭渠、唐月梅，《日本文學史・近代卷》，頁 252。

書籍

- 伍蠡甫、胡經之主編,《西方文藝理論名著選編》,北京:北京大學出版社,1986年。
- 周芬伶,《芳香的祕教:性別、愛欲、自傳書寫論述》,臺北:麥田出版社,2006年。
- 彭瑞金主編,《李榮春的文學世界》,臺中:晨星出版社,2002年。
- 劉崇稜,《日本文學史》,臺北:五南圖書出版公司,2003年。
- 陳玉玲,《尋找歷史中缺席的女人》,嘉義:南華管理學院,1998年。
- 葉渭渠、唐月梅,《日本文學史・近代卷》,北京:經濟日報出版社,1999年
- 葉渭渠,《中國古代文學思潮史》,北京:中國社科出版社,1996年。

期刊論文

- 陳顏,〈尋找李榮春——一個臺灣作家的困境〉,《文學臺灣》第59期,2006年7月,頁282〜317。
- 丁亞芳,〈走出私小說陰影的中國自我小說〉,《學術月刊》第9期,2001年9月,頁74〜81。

學位論文

- 周介玲,〈臺灣作家的文學獻身之道——李榮春之藝術家成長小說研究〉,清華大學臺灣文學研究所碩士論文,2012年。
- 江靜怡,〈李榮春小說研究〉,東吳大學中國文學系在職專班碩士論文,2005年。

網路資料

- 丁世傑,〈回歸母土——論李榮春小說的母親主題〉,「李榮春的文學世界」,http://leerongchun-literature.blogspot.tw/2013/11/5-3.html。最後瀏覽日期:2014年4月25日。
- 陳凱筑,〈試就李榮春《祖國與同胞》探其與臺灣大河小說之淵源〉,「吳濁流故居」, http://blog.moc.gov.tw/blog/gujuhchcc/articleAction.do?method=doViewBlogArticle&articleId=MjExMDQ=。最後瀏覽日期:2014年4月25日。

英文書籍

- Rimmon-Kenan, Shlomith. *Narrative Fiction: Contemporary Poetics*. London and New

York: Routledge, 1983.

——選自《文學臺灣》第 92 期，2014 年 10 月

輯五◎
研究評論資料目錄

作家生平、作品評論專書與學位論文

專書

1. 李榮春　　李榮春的文學世界　臺中　晨星出版社　2002 年 12 月　284 頁

本書為《李榮春全集 8》，內容包含 3 部分：1.書信：〈李榮春、鍾肇政、陳有仁來往書信〉、〈與鍾理和的通信〉、〈其他〉，共 3 篇；2.李榮春小說評論：彭瑞金〈無言的抗議——從《海角歸人》試解李榮春的心鎖〉、〈還李榮春文學公道〉、李麗玲〈真實與虛構——從人物論李榮春的文學世界〉、錢鴻鈞〈認識一位逝去的老作家——從《文友通訊》進入李榮春的世界〉、李鏡明〈懷母——人子的告白〉、〈關於李榮春的短篇小說〉、彭瑞金〈殉道者言——評介李榮春的文學遺書《懷母》〉、施翠峰〈寫在《祖國與同胞》之前〉、彭瑞金〈被遺忘的文學礦藏——記李榮春的〈魏神父〉出土〉、〈走出孤獨——讀李榮春短篇小說集《烏石帆影》〉、〈何處是《海角歸人》的歸程〉、鍾肇政〈悼老友榮春〉、李潼〈認識兩位作家〉、〈前世文字債，今生償還來——為老作家李榮春的最後寫真〉、鍾肇政〈永恆的友情——李榮春老友四週年祭〉、陳有仁〈我與榮春先生交往及其進《公論報》始末——謹為榮春謝世四週年紀念專輯而寫〉、李鏡明〈我的四伯——挑戰命運和時代的文藝工作者李榮春先生〉、彭瑞金〈李榮春——以全生命擁抱文學的終身作家〉，共 18 篇；3.李榮春年表。正文後附錄李鏡明〈給錢鴻鈞先生的信（1997 年 6 月至 1997 年 9 月）——淺談李榮春作品〉、〈夢迴和平街〉。

學位論文

2. 江靜怡　　李榮春小說研究　東吳大學中國文學系　碩士論文　陳明台教授指導　2005 年 7 月　141 頁

本論文以李榮春的小說作為研究範疇，依文本分析法加之以文學理論的佐證，來討論李榮春的小說，同時配合作者的生平事蹟，觀察其作品早、中、晚期各異的風格與轉變的心境。全文共 6 章：1.緒論；2.李榮春的生平與文學歷程；3.李榮春的文學觀；4.李榮春小說的主題思想；5.李榮春小說的表現與特色；6.結論。正文後附錄〈李榮春生平及文學著作年表〉。

3. 陳凱筑　　論李榮春及其小說　臺北教育大學臺灣文學研究所　碩士論文　張炳陽教授指導　2007 年　166 頁

本論文藉由追溯文學歷程、分析作品中的語言意識，歸還一處屬於他的文學畛域。全文共 6 章：1.緒論；2.李榮春文學歷程；3.大河創作與認同流動；4.宗教經驗與小

說；5.多元語言運用分析；6.結論。正文後附錄〈李榮春年表〉、〈李鏡明醫師訪談錄〉。

4. 吳淑娟　　以生命和文學共舞——李榮春自傳性小說研究　佛光大學文學系碩士論文　楊松年教授指導　2007 年　213 頁

本論文透過李榮春以生命為文本的小說內容，追溯其小說的自傳性根源，揭開李榮春生平及其創作時期的背景，以及李榮春的創作歷程和創作觀，並聚焦於李榮春自傳性小說的主題探討，繼而從小說的特殊建構——大河小說，探討李榮春自傳性小說的創作手法和技巧；最後探討自傳性小說在作家與歷史、作者與文本之間的關係，肯定其寫作主題與歷史價值、寫作技巧與語言特色，並從中觀察其文學典型。全文共 5 章：1.緒論；2.生命做為文本——小說的自傳性根源；3.生命文本的生命——李榮春自傳性小說主題探討；4.生命文本的文采——李榮春自傳性小說創作技巧；5.結論。正文後附錄〈李榮春年表〉及〈李榮春手稿〉。

5. 沈秋蘭　　李榮春小說的在地書寫　臺北教育大學臺灣文化研究所　碩士論文應鳳凰教授指導　2009 年　149 頁

本論文以李榮春文學作品中關於頭城的描寫為研究對象，輔以田野調查、口述訪談等方式，析探在地作家對家鄉的特殊貢獻。全文共 6 章：1.緒論；2.李榮春的生命旅程；3.李榮春小說中的頭城地誌；4.李榮春小說與頭城的民俗節慶；5.李榮春小說與頭城在地生活；6.結論。正文後附錄〈一種典範〉、〈愛好文學的醫生〉、〈盧家宅第〉、〈頭城的過年〉、〈清明掃墓〉、〈拜訪頭城仙公廟〉。

6. 蘇惠琴　　李榮春小說研究——以《祖國與同胞》與《八十大壽》為例　高雄師範大學回流中文碩士班　碩士論文　陳貞吟教授指導　2011 年147 頁

本論文以李榮春文學作品中《祖國與同胞》、《八十大壽》為研究主軸，探索二十世紀初臺灣與大陸的社會概況和宜蘭頭城的發展經過。全文共 5 章：1.緒論；2.李榮春生平與創作背景；3.《祖國與同胞》作品內涵探究；4.《八十大壽》作品內涵探究；5.結論。正文後附錄〈李榮春年表〉。

7. 周介玲　　臺灣作家的文學獻身之道——李榮春之藝術家成長小說研究　清華大學臺灣文學研究所　碩士論文　陳建忠教授指導　2012 年 7 月116 頁

本論文以德國「藝術家成長小說」（kunstlerroman）的角度，析論李榮春《祖國與同

胞》、《海角歸人》、《洋樓芳夢》三部小說。全文共 5 章：1.緒論；2.滿懷文學使命感的遊子魯誠，與他所擁抱的《祖國與同胞》；3.自我孤絕的創作異人牧野，與他鋪畫出的《海角歸人》；4.沉迷夢與慾的文學癡人羅慶，與他搭築起的《洋樓芳夢》；5. 結語：理解一段戰後臺灣作家走過的「成為藝術家」心路。

作家生平資料篇目

自述

8. 李榮春　　作者後記　祖國與同胞　臺北　自印　1956 年 1 月　頁 244

9. 李榮春　　作者後記　祖國與同胞　臺中　晨星出版社　2002 年 12 月　頁 1291－1292

他述

10. 林海音　　臺籍作家的寫作生活〔李榮春部分〕　文星　第 26 期　1959 年 12 月　頁 29

11. 鍾肇政　　光復廿年來的臺灣文壇〔李榮春部分〕　自由談　第 16 卷第 1 期　1965 年 1 月　頁 72

12. 鍾肇政　　光復廿年來的臺灣文壇〔李榮春部分〕　鍾肇政全集・隨筆集（三）　桃園　桃園縣文化局　2001 年 4 月　頁 538

13. 鍾肇政　　艱困孤寂的足跡——簡述四十年代本省鄉土文學〔李榮春部分〕　文訊雜誌　第 9 期　1984 年 3 月　頁 131

14. 鍾肇政　　艱困孤寂的足跡——簡述四十年代本省鄉土文學〔李榮春部分〕　鍾肇政全集・隨筆集（二）　桃園　桃園縣文化局　2000 年 12 月　頁 468－469

15. 鍾肇政　　悼老友榮春　自由時報　1994 年 3 月 2 日　25 版

16. 鍾肇政　　悼老友榮春　懷母　臺中　晨星出版社　1997 年 11 月　頁 176－179

17. 鍾肇政　　朋友眼中的李榮春——悼老友榮春　李榮春全集・李榮春的文學世界　臺中　晨星出版社　2002 年 12 月　頁 197—199

18. 李　潼　　新識兩位老作家——李榮春作品全集之一——《懷母》代序一　懷

母　宜蘭　李榮春文學獎助會　1994 年 6 月　頁 6—9

19. 李　潼　新識兩位老作家　懷母　臺中　晨星出版社　1997 年 11 月　頁 17—20

20. 李　潼　新認識兩位老作家〔李春榮部分〕　李榮春全集・李榮春的文學世界　臺中　晨星出版社　2002 年 12 月　頁 200—202

21. 〔文學臺灣〕　李榮春特輯　文學臺灣　第 12 期　1994 年 10 月　頁 157

22. 彭瑞金　用一句話寫作家的一生　臺灣日報　1997 年 3 月 16 日　23 版

23. 彭瑞金　用一句話寫作家的一生　歷史迷路，文學引渡　臺北　富春文化公司　2000 年 10 月　頁 96—100

24. 李　潼　前世文字債，今生償還來——一位老作家李榮春的最後寫真　聯合報　1997 年 6 月 17 日　41 版

25. 李　潼　前世文字債，今生償還來——一位老作家李榮春的最後寫真　李榮春全集・李榮春的文學世界　臺中　晨星出版社　2002 年 12 月　頁 203—209

26. 李鏡明　懷母——人子的告白　懷母　臺中　晨星出版社　1997 年 11 月　頁 5—15

27. 鍾肇政　永恆的友情——李榮春老友四週年祭　宜蘭文獻　第 31 期　1998 年 1 月　頁 37—42

28. 鍾肇政　永恆的友情——李榮春老友四周年祭　鍾肇政全集・隨筆集 2　桃園　桃園縣文化局　2000 年 12 月　頁 639—643

29. 鍾肇政　永恆的友情——李榮春老友四週年祭　李榮春全集・李榮春的文學世界　臺中　晨星出版社　2002 年 12 月　頁 210—215

30. 陳有仁　我與榮春先生交往及其進《公論報》始末——謹為榮春謝世四週年紀念專輯而寫　宜蘭文獻　第 31 期　1998 年 1 月　頁 43—55

31. 陳有仁　我與榮春先生交往及其進《公論報》始末——謹為榮春謝世四週年紀念專輯而寫　李榮春全集・李榮春的文學世界　臺中　晨星出版社　2002 年 12 月　頁 216—228

32. 李鏡明　　我的四伯——挑戰命運和時代的文藝工作者李榮春先生　宜蘭文獻
　　　　　　　第 31 期　1998 年 1 月　頁 56—64

33. 李鏡明　　我的四伯——挑戰命運和時代的文藝工作者李榮春先生　李榮春全
　　　　　　　集・李榮春的文學世界　臺中　晨星出版社　2002 年 12 月　頁
　　　　　　　229—237

34. 鍾肇政　　二十年來臺灣文藝的發展〔李榮春部分〕　鍾肇政全集・隨筆集 3
　　　　　　　桃園　桃園縣文化局　2001 年 4 月　頁 550

35. 林政華　　熬生命為長篇巨著終身奉獻臺灣的小說家——李榮春　臺灣新聞報
　　　　　　　2002 年 10 月 30 日　9 版

36. 林政華　　熬生命為長篇巨著，終身奉獻臺灣的小說家——李榮春　臺灣古今
　　　　　　　文學名家　桃園　開南管理學院通識教育中心　2003 年 3 月　頁
　　　　　　　47

37. 李鏡明　　夢迴和平街　李榮春全集・李榮春的文學世界　臺中　晨星出版社
　　　　　　　2002 年 12 月　頁 279—284

38. 彭瑞金　　公道得還——寫在《李榮春全集》出版前　文學臺灣　第 45 期
　　　　　　　2003 年 1 月　頁 39—53

39. 〔彭瑞金選編〕　作者簡介　國民文選・小說卷 1　臺北　玉山社出版公司
　　　　　　　2004 年 7 月　頁 334—335

40. 陳凱筑　　李鏡明醫師訪談錄　論李榮春及其小說　臺北教育大學臺灣文學研
　　　　　　　究所　碩士論文　張炳陽教授指導　2007 年　頁 161—166

41. 廖清秀　　李榮春掉入生意坑　文學臺灣　第 64 期　2007 年 10 月　頁 11—
　　　　　　　13

42. 〔封德屏主編〕　李榮春　2007 臺灣作家作品目錄　臺南　國立臺灣文學館
　　　　　　　2008 年 7 月　頁 326

43. 徐惠隆　　李榮春遺作將納入鄉土教材　文訊雜誌　第 276 期　2008 年 10 月
　　　　　　　頁 135—136

44. 藍建春主編　越界的散文，瞬息萬變的現代社會——簡媜與八、九十年代散

文——小故事：文學的一生：李榮春　親近臺灣文學——歷史、作家、故事　臺中　耕書園出版公司　2009 年 2 月　頁 427

45. 黃智溶　　和平老街尋找李榮春故居——蘭陽文學行腳　歪仔歪詩刊　第 5 期　2009 年 5 月　頁 21—25

46. 張繼琳　　你知道李榮春嗎？　歪仔歪詩刊　第 5 期　2009 年 5 月　頁 32—34

47. 沈秋蘭；〔李鏡明受訪〕[1]　　愛好文學的醫生　李榮春小說的在地書寫　臺北教育大學臺灣文化研究所　碩士論文　應鳳凰教授指導　2009 年　頁 134—136

48. 錢鴻鈞　　鍾肇政的〈大嚴鎮〉與我所認識的李榮春　李榮春百歲冥誕學術研討會　臺中　靜宜大學臺灣文學研究中心，財團法人文學臺灣基金會主辦；李榮春文學館協辦　2014 年 5 月 2—3 日

49. 江明樹　　頭城的榮光——李榮春敗部復活　有荷文學雜誌　第 13 期　2015 年 4 月　頁 82—83

年表

50. 〔李鏡明〕　　李榮春先生寫作年表　懷母　宜蘭　李榮春文學獎助會　1994 年 6 月　頁 156—158

51. 〔李鏡明〕　　李榮春先生寫作年表　懷母　臺中　晨星出版社　1997 年 11 月　頁 188—190

52. 〔李鏡明〕　　李榮春年表　李榮春全集・李榮春的文學世界　臺中　晨星出版社　2002 年 12 月　頁 242—247

53. 〔李鏡明〕　　李榮春先生寫作年表　海角歸人　臺中　晨星出版社　1999 年 9 月　頁 328—330

54. 〔宜蘭文獻〕　　李榮春年譜　宜蘭文獻　第 31 期　1998 年 1 月　頁 31—34

55. 〔彭瑞金主編〕　　李榮春年表　李榮春全集・李榮春的文學世界　臺中　晨星出版社　2002 年 12 月　頁 242—247

---

[1]本文為李榮春姪子李鏡明談論李榮春。

56. 江靜怡　李榮春生平及文學著作年表　李榮春小說研究　東吳大學中國文學
　　系　碩士論文　陳明台教授指導　2005 年 7 月　頁 134—136

57. 吳淑娟　李榮春年表　以生命和文學共舞——李榮春自傳性小說研究　佛光
　　大學文學系　碩士論文　楊松年教授指導　2007 年　頁 188—161

58. 陳凱筑　李榮春年表　論李榮春及其小說　臺北教育大學臺灣文學研究所
　　碩士論文　張炳陽教授指導　2007 年　頁 157—160

59. 蘇惠琴　李榮春年表　李榮春小說研究——以《祖國與同胞》與《八十大
　　壽》為例　高雄師範大學回流中文碩士班　碩士論文　陳貞吟教授
　　指導　2011 年　頁 139— 147

其他

60. 李素月　宜蘭文獻會出版「李榮春專輯」　文學臺灣　第 27 期　1998 年 7
　　月　頁 24—26

61. 鍾理和　致其他文友書 ——民國四十六年與李榮春信　新版鍾理和全集‧鍾
　　理和書簡　高雄　高雄縣文化局　2009 年 3 月　頁 177

62. 林芸伊　臺灣地域文學的勃興——臺灣文學館 2013 年館際交流巡迴座談會
　　紀實 ——李榮春文學論述與宜蘭地域背景分析　臺灣文學館通訊
　　第 41 期　2013 年 12 月　頁 83—84

63. 徐惠隆　李榮春文學座談　文訊雜誌　第 338 期　2013 年 12 月　頁 134

64. 葉衽榤　致頭城獨行者李榮春　中國時報　2014 年 10 月 19 日　19 版

65. 呂焜霖　整座頭城都是他的文學館——李榮春文學館　遇見文學美麗島：25
　　座臺灣文學博物館輕旅行　臺北，臺南　前衛出版社，國立台灣文
　　學館　2015 年 12 月　頁 60—65

66. 呂焜霖　李榮春的頭城時光　遇見文學美麗島：25 座臺灣文學博物館輕旅行
　　臺北，臺南　前衛出版社，國立台灣文學館　2015 年 12 月　頁
　　224—228

作品評論篇目

綜論

79. 錢鴻鈞　「認識一位逝去的老作家」──從《文友通訊》進入李榮春的文學世界　宜蘭文獻　第 31 期　1998 年 1 月　頁 21─36

80. 錢鴻鈞　認識一位逝去的老作家──從《文友通訊》進入李榮春的文學世界　李榮春全集・李榮春的文學世界　臺中　晨星出版社　2002 年 12 月　頁 156─166

81. 彭瑞金　終身文學，完全作家──李榮春　臺灣日報　1998 年 5 月 20 日 30 版

82. 彭瑞金　李榮春──以全生命擁抱文學的終身作家　臺灣文學步道　高雄　高雄縣立文化中心　1998 年 7 月　頁 152─155

83. 彭瑞金　李榮春──以全生命擁抱文學的終身作家　李榮春全集・李榮春的文學世界　臺中　晨星出版社　2002 年 12 月　頁 238─241

84. 彭瑞金　李榮春──以全生命擁抱文學的終身作家　臺灣文學 50 家　臺北　玉山社出版公司　2005 年 7 月　頁 232─237

85. 林慶文　隱者的宗教生活──李榮春（1914─1994）　當代臺灣小說的宗教性關懷　東海大學中國文學系　博士論文　洪銘水教授指導　2001 年 6 月　頁 19─28

86. 余昭玟　為寫作奉獻一生的李榮春（1914 年─1994 年）　戰後跨語一代小說家及其作品研究　成功大學中國文學系　博士論文　吳達芸教授指導　2002 年 1 月　頁 93─101

87. 余昭玟　李榮春的宗教省思　戰後跨語一代小說家及其作品研究　成功大學中國文學系　博士論文　吳達芸教授指導　2002 年 1 月　頁 340─342

88. 彭瑞金　《李榮春全集》序　海角歸人　臺北　晨星出版社　2002 年 12 月　頁 2─16

89. 李鏡明　給錢鴻鈞先生的信（1997 年 6 月至 1997 年 9 月）──淺談李榮春作品　李榮春全集・李榮春的文學世界　臺中　晨星出版社　2002 年 12 月　頁 248─278

90. 林群浩　尋求臺灣文學史上的定位——文壇獨孤俠李榮春作品集結出版　自由時報　2003 年 1 月 3 日　40 版

91. 江靜怡　試論李榮春小說中的中國主題思想　東吳中文研究集刊　第 12 期　2005 年 7 月　頁 99—114

92. 陳　顏　尋找李榮春——一個臺灣作家的困境　文學臺灣　第 59 期　2006 年 7 月　頁 282—317

93. 彭瑞金　李榮春文學的心靈祕境探索　臺灣文學史論集　高雄　春暉出版社　2006 年 8 月　頁 125—145

94. 賴志遠　李榮春短篇小說賞析　歪仔歪詩刊　第 5 期　2009 年 5 月　頁 1—12

95. 余昭玟　從邊緣發聲——《文友通訊》與跨語一代小說家——《文友通訊》作家群——為寫作奉獻一生的李榮春　從邊緣發聲——臺灣五、六〇年代崛起的省籍作家群　臺南　國立臺灣文學館　2012 年 10 月　頁 137—141

96. 余昭玟　臺灣大河小說的特質與書寫場域之形成——臺灣大河小說作家與作品——李榮春　東方白大河小說《浪淘沙》研究　高雄　春暉出版社　2013 年 2 月　頁 27—29

97. 李鏡明　李榮春文學的生命情調——審美　李榮春文學論述與宜蘭地域背景分析座談會　臺灣文學館、李榮春文學館主辦　2013 年 10 月 26 日

98. 黃　怡　李榮春：小說體自傳的終極實踐　李榮春文學論述與宜蘭地域背景分析座談會　臺灣文學館、李榮春文學館主辦　2013 年 10 月 26 日

99. 彭瑞金　頭城文學之寶李榮春　李榮春文學論述與宜蘭地域背景分析座談會　臺灣文學館、李榮春文學館主辦　2013 年 10 月 26 日

100. 藍建春　李榮春文學的孤獨之路：文學多樣性與真誠志業　李榮春百歲冥誕學術研討會　臺中　靜宜大學臺灣文學研究中心，財團法人文學臺灣基金會主辦；李榮春文學館協辦　2014 年 5 月 2—3 日

101. 陳麗蓮　情與禮的糾葛：李榮春小說所呈現的臺灣閩南喪葬文化　李榮春

百歲冥誕學術研討會　臺中　靜宜大學臺灣文學研究中心，財團
法人文學臺灣基金會主辦；李榮春文學館協辦　2014 年 5 月 2—3
日

102. 彭瑞金　李榮春文學七十年——李榮春學術研討會講稿　文學臺灣　第 92
期　2014 年 10 月　頁 183—195

分論
◆單行本作品
小說
《祖國與同胞》

103. 施翠峰　寫在李榮春《祖國與同胞》前面　聯合報　1955 年 12 月 5 日　6
版

104. 施翠峰　寫在李榮春《祖國與同胞》前面　祖國與同胞　臺北　〔自行出
版〕　1956 年 1 月　頁 1—2

105. 施翠峰　寫在李榮春《祖國與同胞》前面　李榮春全集‧李榮春的文學世
界　臺中　晨星出版社　2002 年 12 月　頁 184—185

106. 褚昱志　臺灣大河小說之先趨——試論李榮春的《祖國與同胞》[2]　臺灣文
學評論　第 5 卷第 3 期　2005 年 7 月　頁 84—106

107. 陳凱筑　試就李榮春《祖國與同胞》探其與臺灣大河小說之淵源　三校研
究生學術論文聯合發表會　臺北教育大學臺灣文化研究所、臺北
市立教育大學中國語文研究所、臺東大學語文教育研究所合辦
2007 年 4 月 28 日

108. 周介玲　滿懷文學使命感的遊子魯誠，與他所擁抱的《祖國與同胞》　臺
灣作家的文學獻身之道——李榮春之藝術家成長小說研究　清華大
學臺灣文學研究所　碩士論文　陳建忠教授指導　2012 年

109. 陳瀅洲　「祖國」認同的幻滅：論《亞細亞的孤兒》與《祖國與同胞》

---

[2] 本文界定大河小說，並深入分析《祖國與同胞》之內容，探究其得獎卻沒結集出版的原因。全文
共 4 小節：1.緒論；2.大河小說之定位；3.《祖國與同胞》之評論；4.結論。

李榮春百歲冥誕學術研討會　臺中　靜宜大學臺灣文學研究中心，財團法人文學臺灣基金會主辦；李榮春文學館協辦　2014 年 5 月 2—3 日

110. 陳瀅州　「祖國」幻滅之後：論《祖國與同胞》與《亞細亞的孤兒》　文學臺灣　第 93 期　2015 年 1 月　頁 140—165

111. 應鳳凰　1950 年代臺灣小說——《文友通訊》作家群及作品——李榮春：《祖國與同胞》（1956 年）　畫說 1950 年代臺灣文學　新北　遠景出版公司　2017 年 2 月　頁 201—205

《懷母》

112. 李鏡明　有境界，自成高格——李榮春作品全集之一——《懷母》代序二　懷春　宜蘭　李榮春文學獎助會　1994 年 6 月　頁 10—13

113. 彭瑞金　殉道者言——評介李榮春的文學遺書《懷母》　聯合文學　第 122 期　1994 年 12 月　頁 126—128

114. 彭瑞金　殉道者言——評介李榮春的文學遺書《懷母》　懷母　臺中　晨星出版社　1997 年 11 月　頁 180—186

115. 彭瑞金　殉道者言——評介李榮春的文學遺書《懷母》　李榮春全集・李榮春的文學世界　臺中　晨星出版社　2002 年 12 月　頁 179—183

116. 李鏡明　有境界，自成高格——李榮春作品全集之一《懷母》代序二　懷母　臺中　晨星出版社　1997 年 11 月　頁 11—12

117. 李鏡明　《懷母》——人子的告白——宜蘭被遺忘的作家李榮春小說重新出土　臺灣時報　1998 年 12 月 3 日　30 版

118. 李鏡明　《懷母》——人子的告白　李榮春全集・李榮春的文學世界　臺中　晨星出版社　2002 年 12 月　頁 167—174

119. 徐惠隆　李榮春《懷母》手記　盈科齋隨筆　宜蘭　宜蘭縣文化局　2000 年 12 月　頁 231—232

120. 徐惠隆　李榮春的《懷母》情節　盈科齋隨筆　宜蘭　宜蘭縣文化局

2000 年 12 月　頁 229—230

121. 仙　枝　《懷母》讀後　九彎十八拐　第 63 期　2015 年 9 月　頁 28—29

《烏石帆影》

122. 彭瑞金　走出孤獨──讀李榮春短篇小說集《烏石帆影》　民眾日報　1998 年 5 月 22 日　19 版

123. 彭瑞金　走出孤獨──讀李榮春短篇小說集《烏石帆影》　烏石帆影　臺中　晨星出版社　1998 年 7 月　頁 3—6

124. 彭瑞金　走出孤獨──讀李榮春短篇小說集《烏石帆影》　李榮春全集‧李榮春的文學世界　臺中　晨星出版社　2002 年 12 月　頁 190—193

《海角歸人》

125. 彭瑞金　無言的抗議──從《海角歸人》試解李榮春的心鎖　民眾日報　1995 年 11 月 18 日　12 版

126. 彭瑞金　無言的抗議──從《海角歸人》試解李榮春的心鎖　李榮春全集‧李榮春的文學世界　臺中　晨星出版社　2002 年 12 月　頁 130—134

127. 彭瑞金　無言的抗議──從《海角歸人》試解李榮春的心鎖　海角歸人　臺中　晨星出版社　1999 年 9 月　頁 2—7

128. 彭瑞金　何處是《海角歸人》的歸程？　中央日報　1999 年 9 月 27 日　22 版

129. 彭瑞金　何處是《海角歸人》的歸程？　李榮春全集‧李榮春的文學世界　臺中　晨星出版社　2002 年 12 月　頁 194—196

130. 周介玲　自我孤絕的創作異人牧野，與他鋪畫出的《海角歸人》　臺灣作家的文學獻身之道──李榮春之藝術家成長小說研究　清華大學臺灣文學研究所　碩士論文　陳建忠教授指導　2012 年

《洋樓芳夢》

131. 褚昱志　　人性的照妖鏡——試論李榮春的《洋樓芳夢》[3]　臺灣文學評論　第 6 卷第 4 期　2006 年 10 月　頁 94—114

132. 張繼琳　　關於李榮春、讀李榮春的《洋樓芳夢》　歪仔歪詩刊　第 5 期　2009 年 5 月　頁 13—20

133. 周介玲　　沉迷夢與慾的文學癡人羅慶，與他搭築起的《洋樓芳夢》　臺灣作家的文學獻身之道——李榮春之藝術家成長小說研究　清華大學臺灣文學研究所　碩士論文　陳建忠教授指導　2012 年

134. 李沿儒　　集體靈魂的追尋者：論李榮春《洋樓芳夢》中的幻夢與實境　李榮春百歲冥誕學術研討會　臺中　靜宜大學臺灣文學研究中心，財團法人文學臺灣基金會主辦；李榮春文學館協辦　2014 年 5 月 2—3 日

〔李榮春全集〕（共八冊）

135. 彭瑞金　　《李榮春全集》序　李榮春全集　臺中　晨星出版社　2002 年 12 月　頁 2—16

136. 洪士惠　　《李榮春全集》新書出版　文訊雜誌　第 208 期　2003 年 2 月　頁 76

137. 徐惠隆　　《李榮春全集》出版　文訊雜誌　第 210 期　2003 年 4 月　頁 52

138. 彭瑞金　　《李榮春全集》出版　2002 臺灣文學年鑑　臺北　行政院文建會　2003 年 9 月　頁 203—204

多部作品

《祖國與同胞》、《海角歸人》、《洋樓芳夢》

139. 唐毓麗　　私小說的紀實與省思：談《祖國與同胞》、《海角歸人》與《洋樓芳夢》中的自我形象及愛情書寫　李榮春百歲冥誕學術研討會　臺中　靜宜大學臺灣文學研究中心，財團法人文學臺灣基金會主

---

[3] 本文透過小說中主角人物對各自理想的追求所引發的人性慾望，解讀李榮春在此小說中所表達的深刻內涵。全文共 5 小節：1.緒論；2.顯坤為功名的「貪」；3.貞嬌為情慾的「嗔」；4.羅慶為文學的「癡」；5.結論。

國家圖書館出版品預行編目資料

臺灣現當代作家研究資料彙編. 105, 李榮春 / 彭瑞金編
選. -- 初版. -- 臺南市：臺灣文學館, 2018.12
　　面；　　公分
ISBN 978-986-05-7168-4 (平裝)

1.李榮春　2.傳記　3.文學評論

863.4　　　　　　　　　　　　　　107018453

【臺灣現當代作家研究資料彙編】105

李榮春

發 行 人　蘇碩斌
指導單位　文化部
出版單位　國立臺灣文學館
　　　　　地　　　址／70041 臺南市中西區中正路 1 號
　　　　　電　　　話／06-2217201　　　　傳　　　真／06-2218952
　　　　　網　　　址／www.nmtl.gov.tw　　　電子信箱／pba@nmtl.gov.tw

總 策 畫　封德屏
顧　　問　林淇瀁　張恆豪　許俊雅　陳義芝　須文蔚　應鳳凰
工作小組　呂欣茹　沈孟儒　林暄燁　黃子恩　蘇筱雯
編　　選　彭瑞金
責任編輯　蘇筱雯
校　　對　林暄燁　蘇筱雯
計畫團隊　財團法人台灣文學發展基金會
美術設計　翁國鈞・不倒翁視覺創意
印　　刷　松霖彩色印刷事業有限公司

著作財產權人　國立臺灣文學館
　　　　本書保留所有權利。欲利用本書全部或部分內容者，須徵求著作財產權人
　　　　同意或書面授權。請洽國立臺灣文學館研究典藏組（電話：06-2217201）

經銷展售　國立臺灣文學館藝文商店（06-2217201 ext.2960）
　　　　　國家書店松江門市（02-25180207）
　　　　　一德洋樓羅布森冊惦（04-22333739）
　　　　　三民書局（02-23617511、02-25006600）
　　　　　台灣的店（02-23625799）　　　　府城舊冊店（06-2763093）
　　　　　南天書局（02-23620190）　　　　唐山出版社（02-23633072）
　　　　　後驛冊店（04-22211900）　　　　五南文化廣場（04-22260330）
　　　　　蜂書有限公司（02-33653332）

初版一刷　2018 年 12 月
定　　價　新臺幣 250 元整
　　　　　第一階段 15 冊新臺幣 5500 元整　第二階段 12 冊新臺幣 4500 元整
　　　　　第三階段 23 冊新臺幣 8500 元整　第四階段 14 冊新臺幣 5000 元整
　　　　　第五階段 16 冊新臺幣 6000 元整　第六階段 10 冊新臺幣 3800 元整
　　　　　第七階段 10 冊新臺幣 3200 元整　第八階段 10 冊新臺幣 3600 元整
　　　　　全套 110 冊新臺幣 33000 元整

GPN　1010702067（單本）　ISBN　978-986-05-7168-4（單本）
　　　1010000407（套）　　　　　　978-986-02-7266-6（套）

Printed in Taiwan
著作所有權・翻印必究